Canadá

Estados

38° 55' N Latitud
170° 00' W Longitud
03-08-1565 - 12ʰ

39° 30' N Latitud
139° 30' W Longitud
04-09-1565 - 12ʰ

30° 30' N Latitud
162° 15' W Longitud
11-08-1565 - 12ʰ

Isla Santa Rosa
Los Ángeles
18-09-1565

Salida
21-11-1564 - 02ʰ

25-11-1564 - 15ʰ

18-12-1564

Océano
Pacífico

Rusia

Japón

34° 03' N Latit
172° 30' E Long
20-07-1565 - 1

Okino Tori
21-06-1565 - 06

29° 12' N Latit
156° 48' E Long
05-07-1565 - 1

Filipinas

Guam
22-01-1565 - 11

Islas Ma
12-01-156

Tubabao
3-02-1565

Australia

38° 55' N Latitud
170° 00' W Longitud
03-08-1565 - 12ʰ

39° 30' N Latitud
139° 30' W Longitud
04-09-1565 - 12ʰ

30° 30' N Latitud
162° 15' W Longitud
11-08-1565 - 12ʰ

Isla Santa Rosa
Los Ángeles
18-09-1565

Salida
21-11-1564 - 02ʰ

25-11-1564 - 15ʰ

18-12-1564

Canadá

Estados

Océano
Pacífico

갤리온 무역

갤리온 무역

문종구 장편소설

섬앤섬

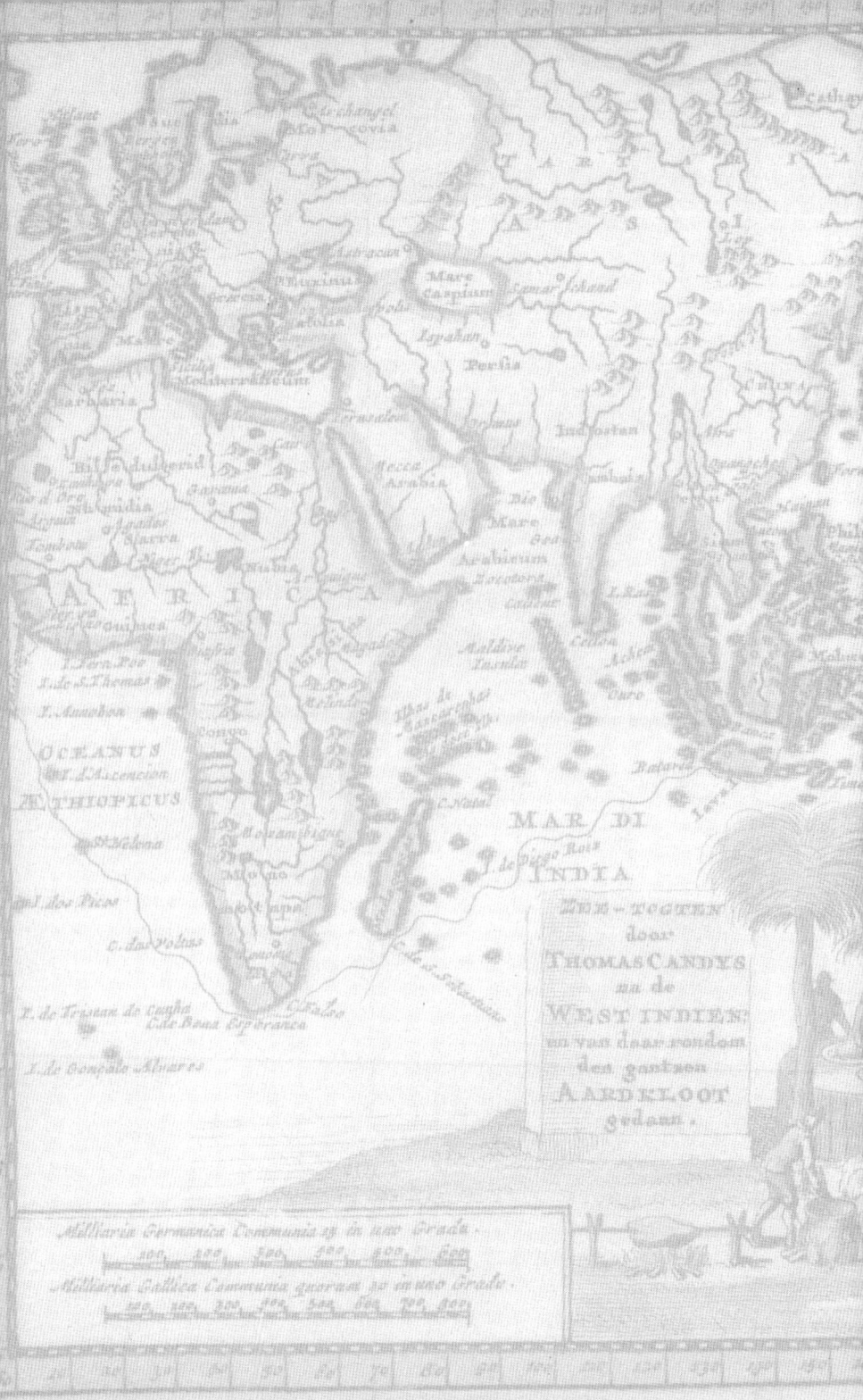

차례

1. 대항해시대 007
2. 유다양 013
3. 리카르도와 애드문 034
4. 마닐라 인트라무로스 요새 059
5. 동업자들의 만남 063
6. 동업 그리고 조선 여인 079
7. 하갓냐 항 099
8. 엔리케 왕자와 항해학교 111
9. 조선에서 온 여인 115
10. 드러나는 숨겨진 발톱 127
11. 악마들의 모습 143
12. 오리엔트 호의 결투 157
13. 무인도 175
14. 마도로스의 우정과 의리 194
15. 천측항해 208
16. 아카풀코 항, 보복과 응징의 시작 214
17. 도주와 추격 235
18. 석별의 정 248
19. 체포 252
20. 에필로그 - 미라와 크리스젼 262
21. 에필로그 - 헬리와 유다양 266
22. 에필로그 - 리처드(애드문) 286
연표 301

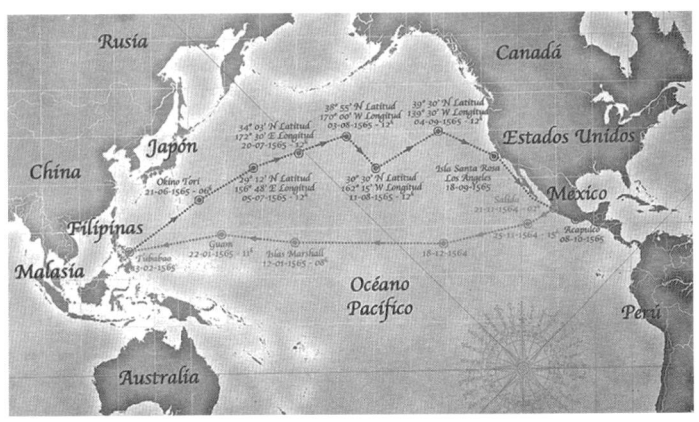

▲ 1564년 11월 25일 멕시코 아카풀코 항을 출발해 필리핀 마닐라를 잇는 태평양 항로를 개척하고 이듬해 10월 8일 귀항한 가르시아 로아이사(Garcia Jofre de Loaisa)의 항해 경로. 1564년은 영국의 셰익스피어가 태어난 해이자 조선에서 임꺽정이 처형된 지 2년째 되던 해이다.

1
대항해 시대

　15세기 중후반부터 17세기까지를 대항해 시대^{大航海時代}라고 한다. 후세 유럽인들이 듣기 좋은 말로 대항해 시대라 명명했지만 실제로는 기독교 유럽 국가들이 비기독교 아시아와 아메리카 국가들을 약탈하고 식민지로 만들던 포악무도한 시대였다. 유럽인들의 사리사욕을 채우기 위해 선량한 아시아, 아프리카와 아메리카 사람들을 무자비하게 정복하고 착취하던 시대였다. 땅이 없어 가난할 수밖에 없던 군인들과 선원들 그리고 이단으로 박해를 받아 가난했던 유럽의 신교도들이 정복과 착취의 선봉에 섰다.

　시인^{詩人}들은 시대를 앞서 느낀다고 했다. 일찍이 프랑스의 시인이자 방랑자인 프랑수아 비용(1431-1463)은 도리가 무너지는 시대가 다가오고 있다고 예언한 바 있다.

'가난한 자에게 큰 정의^{正義}를 바라지 말지어다.'

비용의 '가난한 자'는 재물에 국한하지 않고 영혼이 빈곤한 자들까지 포함하여 일컬은 지적이었으리라.

대항해에는 포르투갈과 스페인이 가장 일찍 나섰고 또한 가장 열성적이었다. 몇 십 년이 지나자 다른 유럽 국가들도 이들 두 나라가 먼 곳에서 강탈해오는 재물을 시기하여 앞 다투어 상선대^{商船隊}를 조직하여 정복과 약탈경쟁에 뛰어들었다. 1588년 영국이 스페인의 무적함대를 격침한 후에는 국가에서 노골적으로 지원하는 해적들이 상선들에서 탈취한 보물과 화물을 중간에서 가로채는 사건도 크게 증가했다.

백 년 이상의 강탈로 가난한 수많은 유럽인들이 부자가 되었고, 이미 거부^{巨富}의 반열에 오른 유럽의 왕들과 상인들은 정복과 착취와 약탈을 보다 효율적으로 하기 위해 서로 결탁하여 동인도회사^{東印度會社}를 설립했다. 1600년에는 영국이, 1602년에는 네덜란드가, 1604년에는 프랑스가 동인도회사를 설립하여 누가 더 강탈을 잘 하는지 경쟁했다.

먼 대륙의 귀한 물건들을 대규모로 약탈하여 유럽까지 가져오는 데에는 선박이 가장 유용한 수단이었다. 당시의 선박들에 대해 알아보자면 이렇다. 1500년대에는 카락이라 부른 범선이 주로 활약하였고 1600년대에 들어서는 이에서 발전한 형태의 갤리온 선이 주도했다. 갤리온 선은 카락에 비해 폭은 비슷했지만 배의 길이가 길었다. 그래서 보다 많은 화물을 싣고도 더 빨리 항해할 수 있었다.

해적 왕 드레이크 선장이 세계일주 항해에 사용했던 초기 갤리

온 선 골든하인드 호는 1577년에 건조되었는데, 배의 길이는 31미터, 폭은 6미터였으며 대포 22문을 포함하여 약 300톤의 화물과 무기를 적재할 수 있었다. 비교하자면, 드레이크보다 85년 전인 1492년에 신대륙을 탐험을 위해 대서양을 횡단했던 콜럼버스의 산타마리아 호는 150톤 규모에 길이 19미터, 폭 5.5미터에 불과했다. 1590년대에 활약했던 조선의 거북선은 150톤 규모, 길이 35미터, 폭 10미터였으니, 초기 갤리온 선과 비슷한 크기와 규모였다.

서구의 여러 나라들은 속도도 빠르고, 적재량도 높고 또 포격전에 적합한 갤리온 선을 더욱 크게 건조하여 군함과 대형 상선으로 운용했다. 1600년대에 들어서 갤리온 선의 규모는 500톤급에서부터 2000톤급까지 건조되었다. 이 중에서 1500톤급에서 2000톤급의 대형 갤리온 선을 일명 '마닐라 갤리온 선'이라고도 불렀는데 그 이유는 이와 같은 대형 갤리온 선들이 스페인의 식민지였던 마닐라와 멕시코를 오가는 항로에 주로 사용되었기 때문이다. 갤리온 선들은 1565년부터 1815년까지 무려 250년간이나 이 항로를 지배했다. 그래서 이 무역을 '갤리온 무역', '갤리온 선 무역' 혹은 '마닐라 갤리온$^{Manila\ Galleons'}$이라 일컬었다.

대항해 시대의 유럽 땅에서는 부패한 로마 가톨릭에 대항하여 개신교도들의 활동이 두드러졌다. 1517년에 루터에 의해 종교개혁이 시작되더니 1648년 베스트팔렌 조약이 체결될 때까지 130년 가까이 가톨릭과 개신교로 나뉘어 종교전쟁을 벌였다. 그 기간 동안 종교재판과 마녀화형식이 빈번했고, 종교로 인한 박해를 피하고자 또는 약탈에 가담하여 부자가 되고자 하는 많은 피기득권층 유럽인들이 식민지로 이주했다. 그러나 그들 중에는 상상하기 힘들 정

도로 잔인한 무리들이 많이 섞여 있어서 기독교를 전파하고 신세계를 건설한다는 핑계로 수백만 명의 토착민들을 학살했다. 유럽 땅의 피해자들이 남의 땅 신대륙에 들어가서는 오히려 더 악랄한 가해자로 변신한, 모순과 거짓과 위선이 판치던 끔찍한 시대였다.

문화와 과학에서는 몽테뉴, 셰익스피어, 세르반테스, 갈릴레이가 활동하며 종교의 비이성적인 영역을 탈피하여 과학과 인간지성의 영역이 확대되던 시대였으며, 왕과 교황의 절대 권력에 대항해 국민들이 자유와 권리, 민주의식을 갖추기 시작한 시대이기도 했다.

1649년 영국에서는 크롬웰이 왕을 처형한 후 국민(의회)이 국가의 주인이 되는 공화국을 열었고, 이는 1689년에 국민의 권리와 자유를 선언한 영국의 권리장전과 1789년 '인간은 나면서부터 평등한 권리를 가진다.'는 프랑스 인권선언의 시발점이 되었다. 다시 말하자면, 이때는 이미 인간의 지성이 해방되어 세기 이전에 비하면 한층 넓고 한층 능동적인 활동을 할 수 있는 세상이 되어 있었다.

대항해 시대의 아시아는 어땠을까?

명나라의 정화는 수십 척의 선박과 2만여 명의 병사들을 이끌고 1405년부터 1433년까지 7차례에 걸쳐 동남아시아, 인도, 홍해를 거쳐 아프리카 동해안까지 원정했다. 당시 정화의 배는 길이가 140미터, 폭 60미터, 무게는 1천 톤 이상에 이르러 전 세계에서 가장 거대한 선박이었고, 유럽에서는 150여 년 후에나 이러한 규모의 선박을 건조할 수 있었다. 하지만 정화가 1434년 원정 도중 병으로 사망한 뒤 중국은 더 이상 해상 원정에 관심을 기울이지 않아 그 후 바다는 유럽인들의 독무대가 되었다.

명나라의 13대 황제 만력제는 1572년부터 1620년까지 48년간

재위했지만 부패하고 무능하여 중국은 쇠락의 길로 접어들었다.

1615년과 1616년에는 산동지역과 만주 및 시베리아 지역에서 극심한 가뭄과 메뚜기 떼의 습격으로 먹을 것이 없어 굶주린 사람들이 사람을 잡아먹는 참담한 현상을 빚기도 했다. 이 시기에 만주를 통일한 누르하치가 후금(청)을 건국하여 세력을 키우더니 1627년(정묘호란)과 1636년(병자호란)에 조선을 공격하여 항복을 받아냈다. 1644년에는 이자성이 반란을 일으키면서 명나라는 망하고 무혈입성한 청나라가 중국을 통치하게 된다.

조선은 유교사상과 계급제도의 모순 속에서 허례허식과 당파싸움에 몰두하여 세계가 급변하는 것을 모르고 있었다. 양반들은 1498년부터 1545년까지 50여 년 동안 네 번이나 사화士禍(무오, 갑자, 기묘, 을사)를 일으켰다. 무능한 양반 기득권층이 나라와 백성을 돌보지 않자 1559년 황해도에서 임걱정이 변혁을 일으키고자 했으나 실패했다. 결국 1592년에 임진왜란이 발발하여 그 후 7년 동안이나 일본군들이 조선의 땅과 백성들을 유린하였다. 하지만 그러한 변고變故를 겪고서도 크게 깨닫지 못한 기득권층의 무능과 부패는 여전했고, 유교사상과 세습된 신분제도에 얽매인 백성들은 지배계층에 조직적으로 분노하거나 항거할 줄을 몰랐다. 그래서 대항해 시대에 조선은 동양 변두리의 우물 안 개구리 신세를 벗어나지 못했다.

일본에서는 1336년부터 역사상 왜구가 가장 많이 발호하던 무로마치 시대가 240년 간 이어졌다. 이 시대의 말기에는 각 지역의 영주들이 패권을 다투며 전쟁을 벌여 전국시대라 일컬었는데, 1573년 15대 쇼군이 오다 노부나가에게 멸망했다. 그 후 도요토미 히데요시는 1590년 일본 전국을 통일한 후 1592년에 조선을 침략

하였으나 성공하지 못했고, 도쿠가와 이에야스가 다시 전국을 통일한 후 에도막부를 세웠다. 이 무사정권은 1867년까지 260년간 존속하면서 유럽과 교역하여 도시와 상업이 발달했다. 그러나 계급에 따른 차별이 극심했고 인구의 90%에 이르는 하층민들은 무사(군인)계급의 착취와 인권유린에 심한 고통을 받았다.

인도에서는 칭기즈칸의 후예라고 자부하는 바부르^{Babur}가 1526년 로디 왕조를 격파하고 이슬람계 무굴 왕조를 세웠다. 3대 황제인 악바르 대제 시기에는 인도의 영토가 크게 확장되고 문화가 꽃피웠으나 5대 황제 샤 자한이 자신의 부인을 기리기 위한 궁전 형식의 무덤인 타지마할을 건축하는 데 국고를 탕진하면서 국력이 급격히 쇠락했다. 타지마할은 2만 명이 넘는 백성들을 동원하였고 완공하는 데 22년이나 걸렸다(1632-1654). 그리고 무덤이 완공된 후 공사에 참여했던 모든 사람들의 손목을 잘랐다 하는데 그 이유는, 타지마할보다 더 나은 무덤이나 궁전을 짓지 못하도록 하기 위해서였다고 한다. 얼마 후 인도는 영국의 식민지가 되었다.

후세 사람들은 이 무덤을 일컬어 '무슬림 예술의 보석이며 인류가 보편적으로 감탄할 수 있는 걸작', '신^{新} 세계 7대 기적' 가운데 하나라고 극찬하고 있다. 하지만 양식 있는 지성인들은, '절대권력이 허영과 사치를 과시하기 위해 국가와 백성들에게 얼마나 크나큰 죄악을 저질렀는지 보여주는 대표적인 사례'라는 평가를 하고 있다. 백성들의 피눈물을 뽑아내고 나라를 망하게 한 허영과 죄악덩어리를 보고 찬탄하는 인간들의 심성과 대비된다 하겠다. 유네스코는 허례허식과 끔찍한 착취의 상징이기도 한 이 건축물을 세계문화유산으로 지정했다.

2
유다양

16세기 후반, 스페인의 포르투라는 항구에서 유다양이라고 이름 지어진 한 남자아이가 태어났다. 그곳은 오늘날에는 포르투갈에 속하지만 당시에는 스페인이 통치하고 있었다. 유다양이 태어날 무렵, 유럽의 나라들과 거대 도시들은 십자군 전쟁 이후의 종교 갈등과 지중해의 패권다툼으로 크고 작은 전쟁에 휘말리고 있었다. 유다양이 태어난 1571년에도 그리스의 레판토 앞바다에서는 기독교 국가들의 연합함대와 오스만 제국의 투르쿠(터키)함대가 일대 격전을 벌였다. 이를 레판토 해전이라 부르는데 연합함대의 승리로 기독교 국가들이 지중해의 패권을 차지했다.

유다양의 아버지는 매일 고기잡이를 나가는 어부였고, 어머니는 부둣가 큰 거리의 여러 피복 점에서 일감을 따와서 바느질을 하며 생계를 보탰다. 유다양의 어머니는 유다양을 출산한 지 채

반년도 안 되어 둘째를 임신했으나 그 해 겨울에 닥친 혹독한 추위와 굶주림 탓이었던지 봄이 오기 전에 사산死産했고 그 후로 다시는 애를 가지지 못했다. 그래서 형제들이 득실거려 다툼이든 웃음이든 항상 시끌벅적했던 이웃집들과는 달리 유다양의 집은 조용했고 어딘지 모르게 음울한 분위기마저 감돌았다.

유다양은 동네의 또래 애들에 비해 힘도 좋았고 머리도 좋은 편이었다. 여섯 살 때부터 마을에서 소문난 부자인 호손 씨가 소유한 푸줏간에서 청소도 하고 잔 심부름을 하면서 밥을 얻어먹곤 했다.

그 푸줏간에는 레날도라는 젊은 청년이 점원으로 일하고 있었다. 그는 잘 생긴 외모에 체격도 좋았고 맘씨 또한 좋아서 동네 처녀들의 마음을 설레게 했다. 자기를 좋아하여 졸졸 따라다니는 유다양에게 푸줏간의 영업이 끝나 문을 닫기 전쯤에 팔다 남은 고기를 조금 떼어주곤 했다.

그러나 그 정도로 만족하지 못했던 유다양은 푸줏간 뒤쪽 벽으로 쓰이던 나무판자들 중에 작고 헐렁한 부분을 찾아내어 밤중에 살며시 들어와 고기를 훔쳐가곤 했다. 겁이 많았던 유다양은 자신만이 아는 비밀 통로를 통해 아주 소량씩 훔쳤기 때문에 레날도는 오랫동안 전혀 눈치 채지 못했다.

호손에게는 애들이 여럿 있어서 그의 집에 체류하는 젊은 여자 가정교사 메이가 매일 라틴어와 수학, 역사를 가르치고 있었다. 처녀였던 메이는 호손의 정부情婦이기도 했는데 그녀 역시 레날도의 외모에 반하여 수업이 없는 시간이면 푸줏간에 들르곤 했다. 유다양은 메이의 심부름까지도 도맡아 하면서 그녀로부터

라틴어를 배우고 싶어했지만 상냥하지 못했던 메이는 유다양의 바람을 무시했고 유다양이 푸줏간에서 얼씬거리는 것 자체를 못마땅해했다.

장맛비가 며칠째 쏟아지다 그친 어느 후덥지근한 여름날 밤, 그날도 역시 유다양이 비밀통로로 푸줏간에 들어갔는데 그만 못 볼 것을 봐 버렸다. 실오라기 하나 걸치지 않은 레날도와 메이가 푸줏간 바닥에서 뒹굴고 있던 참이었다.

깜짝 놀란 두 사람은 꼬마 도둑이 침입한 통로를 목격하고는 어이가 없어 빤히 쳐다보았고, 영악한 유다양은 생전 처음 보는 메이의 탱탱한 나신裸身에서 눈을 떼지 못하고 넋을 잃었다. 두 사람은 무슨 짓을 하고 있었는지 온몸에 땀이 송골송골 맺어 있었다. 메이의 목덜미를 타고 가슴 양편에 밥공기를 엎어놓은 듯한 젖무덤의 꼭대기까지 흘러내린 땀들이 방울방울 떨어져 내렸다.

메이가 당황하여 허둥대며 옷가지를 챙겨 급히 몸을 가렸다.

"유다양! 너 이 녀석! 어떻게 여길 들어온 거야? 무슨 짓을 하려고 했어?"

잔뜩 긴장해 떨고 있던 유다양은 레날도의 꾸지람에 얼른 대꾸를 못하고 머뭇거렸다. 그때 갑자기 이상한 감정이 그를 압도했다. 그것은 반항이 섞인 날카롭고도 악한 감정이었다.

"메이 누나가 이러는 것을 호손 아저씨가 아시면……."

그 말에 화들짝 놀란 메이가 "헉!"하고 외마디 신음소리를 내며 가리고 있던 옷을 바닥에 떨어뜨려버렸다. 유다양의 눈동자가 또 다시 드러난, 잔뜩 긴장해 단단하게 굳어진 그녀의 젖가슴으로 쏠렸다.

"뭐라고? 너 지금……?"

원래 겁 많은 아이가 용감한 아이보다 생각은 더 잘하는 법이라고 했던가? 두 명의 어른은 겁 많은 꼬마 도둑에게 애원하느라 아까와는 전혀 다른 성격의 진땀을 흘려야 했다. 소년 유다양은 그런 그들보다 자신이 우월하다는 야릇한 감정에 사로잡혔다.

벽으로 쓰이는 나무판재의 가느다란 틈새로 비집고 들어온 별빛 아래에서 세 사람은 밀고 당기는 협상을 소곤거렸다. 잠시 후 그들은 다음과 같은 네 가지 합의를 보았다.

하나, 유다양은 앞으로 두 번 다시 푸줏간에 몰래 들어오지 않는다.

둘, 레날도는 여태까지 유다양에게 주었던 양의 두 배의 고기를 매일 떼어준다(그래봤자 손에 쥐면 보이지도 않을 정도밖에는 안 된다).

셋, 메이는 매일 짬을 내어 유다양에게 라틴어와 수학을 무료로 가르쳐준다.

넷, 유다양은 두 사람의 관계를 어느 누구에게도 발설하지 않는다.

이로써 꼬마 유다양은 자신이 원하는 것을 손쉽게 얻는 방법은 상대방의 약점을 쥐고 흔드는 것이라고 일찌감치 터득했다. 그리고 그때부터 그는 이전까지의 그가 아니게 되었다.

유다양의 아버지는 소유한 배가 없었기 때문에 배를 가지고

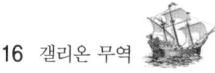

있던 마을 사람들에게 빌붙어 함께 고기를 잡으러 나갔고, 그가 잡은 고기의 1/3을 선주에게 뱃삯으로 주어야 했다. 고기를 전혀 잡지 못한 경우에는 그 다음날 잡은 고기의 절반을 선주에게 주어야 했다.

유다양의 어머니도 바느질 솜씨가 좋지 못해 피복점과 거래하던 다른 여자들에 비해 일감과 수입이 훨씬 적었다. 게다가 부모 모두 허약한 체질이어서 자주 앓아누워 지냈고 근근이 생활하며 모아둔 약간의 돈마저도 약값으로 써야만 했다. 그러다보니 유다양의 가족은 항상 먹을 것과 생활용품이 부족했고 이웃들의 호의에 의지하느라 눈치를 살피며 기를 펴지 못하는 가난한 생활을 면치 못하고 있었다. 이런 열악한 환경 속에서도 유다양은 푸줏간에서 충분히 얻어먹었고 레날도가 떼어준 한 입밖에 안 되는 고기마저 집에 가는 도중에 구워먹었다. 그래서 유다양은 이웃 또래들 보다 체격이 좋았다.

포르투갈에서는 왕 주앙 2세가 죽자 그의 조카 세바스티앙이 왕위를 계승했다. 세바스티앙은 유다양이 9살이던 1580년에 북아프리카에 있던 모로코의 내분에 개입하여 17,000명의 병사를 이끌고 아프리카로 침공해 들어갔다.

그때 20대 후반의 나이였던 유다양의 아버지가 징집되어 전투에 참전했다. 그러나 폭염의 8월에 모로코 군 4만 명 이상과 벌인 알카사르키비르 전투에서 수천 명의 포르투갈 병사들과 함께 전사했다. 그날 포르투갈의 왕 세바스티앙도 전사했다. 그로 인해 포르투갈 왕궁에서는 후계자 문제가 불거져 혼란을 거듭하

다 결국 스페인의 침공을 받았고 스페인이 전투에서 승리함으로써 펠리페 2세는 스페인과 포르투갈을 통합한 나라의 황제에 등극했다.

　유다양 집에서는 남편의 사망 소식을 전해들은 유다양의 어머니가 어린 아들을 내팽개치고 평소 불륜 관계에 있던 남편의 친구와 작은 어선을 훔쳐 타고 야반도주를 했다. 그러나 운이 나빴던 두 사람은 포르투항 입구를 채 벗어나기도 전에 돌풍을 만나 배가 전복되어 함께 익사하고 말았다.

　졸지에 고아가 되어버린 유다양을 이웃집 어부들이 어선에 태우고 다니면서 부려먹었다. 그의 부모가 진 빚을 갚아야 한다는 핑계로 배에서 온갖 궂은일을 시켰지만 임금은 한 푼도 주지 않았다. 게다가 쉬는 날도 없이 매일 바다로 나가야 했기 때문에 푸줏간에 갈 기회도 사라졌고 멋진 가슴을 가진 메이에게 라틴어와 수학을 배울 시간도 가질 수 없게 되었다. 어린 유다양의 마음에는 불평과 불만만 쌓여 갔다. 그렇게 3년 여의 세월이 흘렀다.

　겨울철에 접어들어 대서양의 날씨가 변덕을 부리기 시작하면 어부들의 바다사냥도 점차 활기를 잃고 집에서 소일하는 날이 많아지곤 한다.

　1585년 1월 어느 날, 이제 열네 살이 된 유다양은 이웃집 산티아고의 손에 이끌려 선창에 정박 중이던, 선수 양쪽에 '세바스찬'이라는 이름이 새겨진 제법 큰 -마을 사람들이 가지고 있던 어선보다 세 배는 커 보이는- 어선으로 갔다. 산티아고의 지시에 따라 집을 나설 때 유다양은 옷가지들을 쑤셔넣은 자기 몸

크기만큼 큼직한 가방을 가지고 나왔었다.

산티아고는 세바스찬 호의 선장인 듯한 험상궂게 생긴 뱃사람과 몇 마디를 나누고 나서 한 움큼의 동전을 받더니 유다양에게는 한마디 말도 없이 배를 떠났다. 유다양은 세바스찬 호에 남겨졌다. 자신의 의사와는 아무런 상관없이 어선에 팔린 것이다.

세바스찬 호는 포르투항을 떠나 사나흘을 항해한 후 청어잡이를 시작했다.

차가운 바다에 사는 청어는 여름철에는 발트 해 인근까지 북상하고 겨울철에는 영국과 프랑스 인근 해역까지 남하했다. 몸길이가 35센티미터 정도로 정어리와 구별하기 어려울 정도로 비슷한 생선인데, 북대서양 바다 속에 엄청나게 많이 살고 있어서 유럽인들의 주된 식량원이었다. 맛이 고소했고, 특히 내장을 제거한 후 소금에 절여 오랫동안 보관할 수 있는 방법이 알려진 이후 유럽인들 -특히 영국인들-과 장기간 항해를 해야 하는 선원들에게 폭발적인 인기를 끌었다.

유다양은 어부들이 잡아 올린 청어를 갑판 위에서 손질했다. 주머니칼로 청어의 내장을 끄집어내고 그 속에 소금을 뿌리는 일이었다. 혹독한 추위 속에서 벌벌 떨면서 일했지만 선원들 중 그 누구도 소년 유다양을 동정하거나 배려하지 않았다.

어선들은 최대한 많은 청어를 잡아 어창에 싣고 돌아와야 해서 어부들이 먹고 마실 식량과 물은 최소한으로 싣고 다녔다. 출어^{出漁}한 지 한 달 이내에 어창을 가득 채워 항구로 돌아와야 했다. 그래서 청어가 떼지어 몰려 있는 바다까지 항해하는 며칠과 청어잡이를 끝내고 항구로 돌아오는 며칠을 제외하고 조업하는

보름여 동안에는 어부들과 마찬가지로 유다양도 밤낮으로 쉬지 않고 일해야 했다.

선장과 갑판장은 수시로 갑판 위를 돌며 어부들을 독려했고, 한가하게 쉬고 있는 어부들이 눈에 띄면 들고 있던 쇠갈고리로 사정없이 어깨를 내리찍었다. 그럴 때마다 어부들은 비명을 질러댔고 갈고리에 찍힌 어깨에서는 피가 선연하게 흘렀지만 그들은 선장과 갑판장에게 대들지 못했다. 그 정도로 당시의 선장들과 갑판장들은 난폭했고 무자비했다. 나이가 어리다고 예외를 인정하지 않았을 뿐 아니라 유다양은 돈을 주고 산 노예에 지나지 않았다.

유다양이 승선한 후 첫 조업을 마친 세바스찬 호가 스페인 북쪽의 산세바스찬 항에 입항할 때까지 다른 선원들은 휴식을 취했지만 유다양에게는 쉬는 시간이 허용되지 않았다. 갑판을 청소하고 선장과 갑판장의 옷가지와 침구를 빨거나 햇볕에 말려야 했다.

산세바스찬 항에 도착하자마자 선장은 청어를 부두에 모여든 상인들에게 비싼 값에 팔기 위해 협상하느라 분주했고, 어부들과 유다양은 청어를 부두로 하역하느라 또 다시 뼈가 빠지게 일을 했다.

그날 밤, 세바스찬 호의 선장은 청어를 팔아 챙긴 두툼한 주머니를 가지고 부두 근처의 여관에서 어부들과 함께 술을 진창으로 마셔댔다.

유다양만이 세바스찬 호에 홀로 남아 배를 지키고 있었다. 그 믐이었는지 달도 뜨지 않았고, 자욱한 겨울 안개에 묻혀 겨우 열

갤리온 무역

발자국 떨어진 물체를 분간하기 어려울 지경이었다. 소년 유다양은 한 달 동안 거의 잠도 못 자고 고된 노동을 하였기에 기진맥진한 상태였다. 선장과 갑판장의 눈을 피해 새우잠을 청하고 있었지만 그마저도 영하의 날씨와 더러운 담요에 득시글거리는 벼룩이 온몸을 물어뜯어 도저히 편히 잠에 빠져들 수가 없었다.

자정이 넘어 새벽 두 시쯤 되었을 무렵, 어디선가 생소한 말과 거친 억양으로 소곤거리는 목소리들이 바닷물 치는 소리에 섞여 들려왔다. 선잠이 깬 유다양은 긴장하여 귀를 바짝 세웠다. 잠시 후 무언가 묵직한 물체가 부두에 부딪히는 듯한 소리, 그리고 갑자기 우르르 부두로 뛰어 내리는 사람들의 발자국 소리가 쏟아졌다. 그러고는 사람들의 함성과 총소리, 칼 부딪치는 소리, 비명 소리들이 산세바스찬 항의 밤공기를 가득 메웠다. 해적들의 습격이었다. 유다양은 멀리서 바람에 실려 날아온 화약 냄새와 매캐한 연기 냄새를 맡았지만 겁에 질려 담요 밖으로 얼굴을 내밀 용기가 나지 않았다.

대략 세 시간 가까이 흐른 후 소란과 혼란이 점차 잠잠해지기 시작했다. 그때까지 소년 유다양은 세바스찬 호의 선실 안 담요 속에 숨어 있었는데, 갑자기 누군가 담요를 홱 걷어치우며 소리를 질렀다.

"빨리 일어나 돛을 올려!"

선장이었다. 술에 얼마나 절었는지 온몸에서 고약한 술 냄새가 진동했다. 말을 뱉을 때마다 술냄새 진동하는 침이 온 사방에 튀어댔고 몸도 제대로 가누지 못해 비틀거렸다.

갑판으로 나와 보니 어느 덧 안개가 걷혔고 산세바스찬 항의

이곳저곳에 불길이 치솟고 있었다. 불길 사이로 검은 그림자들이 이리 저리 황급히 뛰어 다니는 모습도 보였다. 세바스찬 호의 어부들은 한 사람도 보이지 않았다. 갑판장도 없었다.

유다양이 돛폭이 내려져 있는 곳으로 가는 동안 선장은 배와 부두를 연결해 놓은 줄을 붙들고 안간힘을 쓰고 있었다. 하지만 술기운에 몸조차 제대로 가누지 못해서 줄은 풀지도 못하고 있었다. 그때 어디선가 해적으로 보이는 사내들 네 사람이 저마다 칼을 쳐들고 세바스찬 호에 올라왔다.

"저 놈 잡아라! 이 쥐새끼 같은 놈!"

선장이 갑판 위에 털썩 주저앉았다.

"어이쿠, 나리님들! 제발 목숨만 살려줍쇼."

"네 놈이 이 어선의 선장인가본데, 고기 판돈은 어디 있나?"

선장이 얼른 허리춤에서 주머니를 끄집어내었다.

"네, 네, 여기 있습니다. 이게 전부입니다요! 제발 자비를 베풀어 주십시오!"

해적들 중에 한 명이 유다양을 발견하고는 소리를 질렀다.

"야! 너 이리와!"

유다양은 벌벌 떨고 있었고 다리마저 풀려서 한마디 대꾸도 못하고 선장 곁까지 기어서 갔다.

"너는 이 녀석과 어떤 관계냐? 아들이냐?"

유다양은 감히 눈을 들어 그들을 쳐다보지도 못한 채 머리를 가로저었다.

"아니라고? 그럼 노예냐?"

유다양이 고개를 끄덕였다.

22 갤리온 무역

"야, 꼬마! 너에게 이 녀석과 이 배를 맡기마! 네가 어떻게 처분하느냐에 따라 네 목숨을 살려줄지 결정하겠다. 자네들은 어떻게 생각하나?"

동료 해적들이 껄껄 웃으며 그 말에 동의했다. 순간 유다양에게는 해적들이 그토록 멋져 보일 수가 없었다. 그리고 해적들을 따라가고 싶다는 욕구도 퍼뜩 들었다. 게다가 지난 한 달 동안 자신을 학대했던 선장에게 보복하고 싶은 욕망도 끓어올랐다.

유다양은 갑자기 치솟는 힘과 용기로 발딱 일어나 갑판 위에 아무렇게나 내던져져 있던 쇠갈고리 하나를 집어들었다. 그러고는 갑판 위에 무릎을 꿇은 채 어리둥절해 있던 선장의 어깨를 힘껏 내리 찍었다.

"헉!"

선장이 비명을 지르며 갑판 위에 쓰러져 고통스럽게 부들거렸다. 유다양은 미처 갈고리를 선장의 어깨에서 빼지 못해 손잡이를 놓쳐버렸다. 그렇지만 갈고리에는 신경도 쓰지 않은 채 어깻죽지에서 피를 흘리며 쓰러져 있는 선장의 양손을 뒤로 해서 닻줄로 친친 동여맸다. 그러고 나서 해적들이 돛대에 걸쳐 놓은 횃불을 가져다 돛폭에 불을 붙였다. 불길은 삽시간에 돛과 돛대 그리고 갑판에 옮겨 붙었고, 갑판 위에서 버둥거리고 있던 선장의 옷과 몸을 덮쳤다.

해적들도 방금 벌어진 일이 믿기지 않는다는 듯 눈이 휘둥그래졌지만 입가에는 만족스러운 미소가 잔인하게 흐르고 있었다. 해적들은 소년 유다양의 어깨를 다독이며 그들이 몰고 왔던 해적선 수에그라 호로 옮겨 탔다.

이윽고 새벽녘이 다가와 먼동이 트려 할 무렵 수에그라 호에는 산세바스찬 항에서 약탈한 물건들이 가득 차 있었다. 금이나 은으로 만든 온갖 조각품들과 장식품들, 은제 촛대와 접시가 많이 눈에 띄었다. 돈을 주어 담았음직한 자루들도 여럿 있었다. 놀라운 것은 10대와 20대로 보이는 어여쁜 여자들도 다섯 명이나 납치해왔다는 것이다.

그후 얼마 동안 유다양은 해적들의 귀여움을 받으며 생애 처음으로 즐거운 생활을 만끽했다. 라틴어와 수학에 대한 기초지식이 있음을 알아챈 프랑스 해적선장은 유다양을 수습 항해사로 훈련시키기 시작했다.

해적들에게 납치된 여자들은 수에그라 호 안에서 모든 해적들의 노리개였다. 유다양에게는 그들에 대한 동정심은 하나도 일지 않았고, 오히려 해적들보다 더 잔혹하게 그들의 육체와 성기를 학대했다. 먼동이 틀 무렵의 새벽이면 갑판 위에 서서 큰 소리로 롱사르(1524-1585)의 시를 노래하며 우쭐해했다.

어젯밤 잠잘 땐 오늘 아침에,
나보다 먼저 깬다고 맹세했었지.
허나 예쁜 소녀에겐 곤한 새벽잠
거슴츠레한 눈엔 아직도 단잠.
자아, 자! 네가 어서 일어나도록
눈이랑 젖꼭지에 뽀뽀해주마.

그의 노랫소리에 해적들은 낄낄 거리면서 눈을 떴고 여자들은

고통과 모멸감에 치를 떨었다. 유다양에게는 이 모든 것이 한낱 장난에 불과했다. 재미있기도 했지만 그럼으로써 해적들의 눈에 잘 보이고 싶기도 했다. 해적들이 그들 패거리들의 문양이 새겨진 두건을 주자, 그것이 너무도 자랑스러웠던 유다양은 빨리 전투에 투입되어 약탈에 기여하고 싶은 마음이 용솟음쳐 올랐다.

그 무렵 대서양에서는 영국 해적 드레이크 선장(1540-1596)이 영국 왕실의 지원을 받으며 큰 활약(해적질)을 벌이고 있었다. 유다양은 드레이크 선장을 흠모하며 그와 같은 전설적인 해적 왕이 되고 싶었다. 그리고 그의 꿈은 너무도 쉽사리 이루어지는 듯했다. 얼마 후 드레이크 선장과 실제로 만나게 되었으니 말이다.

유다양보다 스물다섯 살 정도 많은 드레이크는 일찍이 거친 파도로 유명한 북해 연안을 항해하면서 항해지식을 터득했고, 남대서양과 태평양 그리고 인도양을 처음으로 항해한 영국인이었다. 그러나 그는 영국의 엘리자베스 여왕으로부터 전폭적인 지원을 받으면서 스페인에 엄청난 피해를 입힌 영국의 사략해적私掠海賊(국가로부터 면허를 받은 해적)으로서 더욱 유명했다.

1573년 드레이크는 여왕의 지시를 받아 스페인 소유인 파나마의 귀금속 저장소를 습격했고, 약탈한 보물들을 가지고 플리머스로 귀환하여 영웅 대접을 받았다.

1577년 드레이크는 생애 처음으로 대면한 엘리자베스 여왕으로부터 스페인 사람들에게 최대한의 손해를 입히는 것뿐만 아니라, 여왕의 이권과 함께 드레이크 자신의 이익을 추구해도 좋다는 공식 허가를 얻었다. 그리고 그해 12월 5척의 소형 선박에

200명 남짓 되는 사람을 이끌고 세계일주 항해를 시작했다. 원정 함대의 기함旗艦은 약 100톤짜리 크기인 '더골든하인드 호'였다. 처음 출발할 때 승선했던 100명의 선원들 중 56명만이 살아남은 가운데 2년 10개월 만에 세계를 일주하고 1580년 9월 26일 플리머스 항에 돌아왔다. 배에는 보물과 향료가 가득 실려 있었으며 (물론 그가 항해하는 동안 온갖 강도짓을 하여 모은 것들이었다) 드레이크의 몫은 평생을 써도 좋을 만큼의 재산이었다.

그는 자신의 배로 세계일주를 한 최초의 선장이었으며(포르투갈의 마젤란은 세계일주 항해를 마치기 전에 죽었음) 태평양과 인도양, 남대서양을 항해한 최초의 영국인이다.

스페인측은 드레이크가 스페인 제국 해역에서 해적질을 했다고 비난했으나, 엘리자베스 여왕은 오히려 템스 강 어귀에 정박한 '더골든하인드 호'에 몸소 올라 농부의 아들로 태어나 세계일주 항해에 성공한 드레이크에게 기사 작위를 내림으로써 스페인 황제를 조롱했다.

1581년 드레이크는 플리머스 시장이 되어 해적에서 정치가로 변신하였으나 4년 뒤 여왕의 요청에 따라 다시 해적질을 하게 되었다. 바로 그해에 유다양은 우연찮게 해적이 되었다.

유다양을 받아들인 해적선 수에그라 호는 지중해와 대서양 연안, 그리고 멀리 캐리비언 연안까지도 약탈하고 다니던 프랑스 해적들이었다. 그들은 300톤 급 갤리온 선에 200여 명이 타고 다녔다.

유다양이 합류한 후 수에그라 호의 해적들은 스페인의 식민지인 콜롬비아 해안 도시들을 약탈하기로 결정하고 캐리비언해로

향했다. 유다양으로서는 해적으로서 그리고 수습 항해사로서 첫 항해였다.

그러나 목적지인 카르타헤나 항에 접근하자마자 그곳을 약탈하려고 미리 와서 전열을 짜고 있던 드레이크 선장의 선단에 발각되어 싸움 한번 제대로 해보지 못하고 순식간에 나포되어 버렸다. 25척으로 구성된 드레이크 선장의 해적선단에 단기(單騎)인 수에그라 호는 애초부터 싸움이 되지 않았다.

드레이크 선장 앞에 포박된 채로 끌려간 수에그라 호의 해적들과 유다양은 적도의 따가운 태양이 멀리 서쪽 해안의 산봉우리에서 힐끔거리며 내려다보는 동안 엄중한 심문을 받았다.

"너희들은 누구의 허락을 받고 이 해역에서 노략질을 일삼고 있느냐? 소속이 어디냐?"

수에그라 호의 선장이 바짝 긴장하며 대답했다.

"존경하옵는 드레이크 선장님! 저희는 누구의 지시를 받거나 그 어떤 왕에게 소속되어 있지 않습니다. 원하신다면 선장님 휘하에 들어가고 싶은데 받아주시면 감사하겠습니다. 아니, 간절히 부탁드립니다! 목숨 걸고 최전방에서 싸울 것이며 전리품은 나눠 받지 않아도 좋습니다!"

프랑스 해적 선장의 읍소에 그의 곁에서 묶인 채로 무릎을 꿇고 있던 휘하 해적들이 일제히 드레이크에게 충성을 맹세했다. 유다양도 예외는 아니었다. 드레이크 선장은 비웃는 듯한 미소를 짓더니 해적들의 뒤쪽에 끌려나온 여자들을 둘러보았다. 그동안 얼마나 심하게 학대를 당했는지 그 몰골들이 차마 눈뜨고 보기 힘들 정도로 처참했다. 드레이크 선장은 비록 해적질을 하고

다녔지만 여자들에 대한 배려심와 동정심은 육지 사람들보다 더 강한 영국신사라고 자부하던 자였다.

드레이크가 둘러보니 한 여인의 눈빛이 유독 빛나고 있었다. 아니 이글거리고 있다고 해야 옳다. 드레이크 선장이 그 여인에게 물었다.

"너희들은 어인 일로 해적선에 합류하게 되었는가?"

여인이 카랑카랑한 목소리로 대답했다.

"우리는 산세바스찬 항에 살고 있는 이웃들입니다. 두 달 전에 이자들이 마을을 습격하여 가족들을 몰살하고 집을 불태우더니 우리들만 납치하여 저 배에 태웠습니다."

드레이크 선장이 고개를 끄덕였다.

"저자들은 나에게 항복하였고, 나는 간청을 받아들여 내일 새벽에 카르타헤나 항을 공격할 때 선봉에 세울 작정이다. 그 전에 그대들에게 보복할 기회를 줄 터이니 저자들 중에서 한 명을 골라라!"

그 말을 듣는 순간, 넋이 나간 듯했던 나머지 네 명 여인들의 눈빛도 하나 같이 이글거리기 시작했다. 다섯 명의 여인들은 천천히 걸음을 옮겨 겁먹은 눈을 이리 저리 굴리고 있는 수에그라 호의 선원들 사이로 들어갔다. 잠시 후 여인들은 한 명의 해적을 에워쌌다. 유다양이었다.

드레이크 선장의 명령으로 유다양은 수에그라 호의 중앙 돛대에 알몸으로 묶였다. 여인들은 분이 풀릴 때까지 유다양에게 채찍질을 해도 좋다는 허락을 받았다. 유다양은 그날 저녁부터 이튿날 동이 틀 무렵 드레이크의 명령으로 수에그라 호가 선봉에

서서 카르타헤나 항을 공격하기 전까지 여인들의 분노 어린 채찍질에 비명을 지르다 기절하기를 밤새 반복했다.

　프랑스 해적 선장은 항구로 공격해 들어가기 전에 유다양과 다섯 명의 여인들을 종선從船에 태워 바다로 띄워 보냈다. 전투에 임하여 그들의 존재가 재수 없다는 이유에서였다.

　카르타헤나 항은 움푹 들어간 만의 안쪽에 자리 잡고 있어서 널찍한 만 안에 배를 집어넣으면 허리케인을 피할 수 있고 만의 입구가 좁아 적의 공격으로부터 방어하기가 용이한 천혜의 항구이자 요새였다. 카르타헤나 항의 치안과 방위를 책임지고 있던 스페인 군인들은 드레이크 해적들의 공격을 미리 대비하고 있었기 때문에 쉽사리 함락되지 않았다.

　수에그라 호는 스페인 병사들과 콜롬비아 원주민들로 구성된 방어 군단의 강력한 저항에 부딪혔다. 수에그라 호는 새벽 먼동이 터 올 무렵 항구에 들어서자마자 요새에서 날아온 집중 포탄을 맞고 좌초했고, 프랑스 해적들은 항구에 상륙해보지도 못한 채 정오가 되기도 전에 전원 몰살당했다.

　그러나 드레이크의 해적들은 스페인 수비병들이 수에그라 호를 집중 공격하는 틈을 타서 카르타헤나 항의 북쪽과 남쪽으로 분산 상륙하는 데 성공했다. 만 입구에 포진한 25척의 해적선단에서 카르타헤나 항을 향해 비오듯 포탄을 날리는 동안 드레이크 일당들이 도시 안으로 진입하는 데에는 세 시간이 채 걸리지 않았고, 도시의 일부와 해안을 연결하여 구축된 스페인 요새를 함락시키는 데에도 그 후 여섯 시간이면 충분했다.

　오후의 길어진 태양이 서산으로 넘어가기를 머뭇거리는 찰나

스페인 요새의 탑 꼭대기에는 드레이크 해적의 깃발이 휘날렸다. 도시와 요새 안 곳곳에 쌓아 두었던 보물들을 25척의 해적선에 옮겨 싣는 데에는 꼬박 일주일이 걸렸다.

  드레이크 해적단의 성공적인 스페인 식민지 약탈로 인해 스페인 은행과 베네치아 은행은 파산하기에 이르렀다. 이에 격분한 스페인 황제 펠리페 2세가 보복을 천명하여 전쟁을 준비하자 오히려 드레이크는 스페인을 선제공격하여 스페인의 무적함대가 영국을 공격하기 위해 준비해 두었던 물자를 파괴해 버렸다. 이로써 스페인의 영국침공이 1년이나 미뤄지게 되었고, 1588년 드디어 스페인 황제의 무적함대가 영국을 침공하였으나 (교황의 적극적인 지원까지 받았으나) 부제독으로 임명된 드레이크의 활약으로 무적함대는 참패하고 말았다.

  한편, 수에그라 호에서 버림받은 유다양과 다섯 명의 여인들을 태운 종선從船은 조류에 떠밀려 카르타헤나 남쪽 기슭으로 흘러갔다. 여인들은 뭍에 오르자마자 뿔뿔이 흩어져 제 살길을 찾아 나섰고 그 후로 아무도 그들의 생사를 알 수 없었다. 숲속으로 기어 들어간 유다양은 찢어지고 터진 온몸의 상처를 아무 잎사귀나 무작정 뜯어 붙였는데, 운이 좋았던지 얼마 후에 잘 나았다. 그러나 등짝에 여러 갈래로 난 채찍 자국은 평생 지워지지 않았다. 그래서인지 유다양은 결코 남들 앞에서 자신의 알몸 - 특히 등짝-을 내보이지 않고 숨겼다. 그리고 그때, 드레이크를 흠모하던 마음은 깨끗이 지워버렸다.

  그 후 몇 년간 유다양은 캐리비안 해역에서 숨어 다니며 노략

질을 일삼던 조무래기 이슬람 해적들과 합류했다. 해적들과 함께 상선과 해안 도시들을 약탈하면서도 항해사로서의 경력을 쌓고 있던 유다양은 전투에는 앞장서지 않고 눈치껏 뒤에 숨어 있다가 전세가 확실히 유리해질 때에만 슬며시 나와 싸우는 척했다. 그러나 전리품을 수집하고 분배할 때에는 언제든 앞장서는 것을 주저하지 않았다. 습격에 성공할 때마다 수많은 끔찍한 만행(살인, 강도, 강간)을 저질렀지만, 몇 차례는 실패하여 모아둔 재물을 모조리 빼앗긴 채 죽기살기로 도망 다니기도 했다.

결국 몇 년이 지나도 해적질로는 한푼의 재물도 모을 수가 없었다. 그러다 보니 천성이 탐욕스러우나 겁이 많고 소심한 그의 가슴은 해적 생활을 하면 할수록 더욱 오그라들고 부자가 되고자 했던 욕구불만만 겹겹이 쌓여갈 뿐이었다. 순수하지 않았던 그의 영혼이 더욱 더러워지고 어두워지던 시기였다.

1588년 유다양은 다른 해적선과 전투에서 패한 뒤 생포되어 두 달 가까이 노예생활을 하고 있었다. 먹구름이 하늘을 뒤덮어 칠흑같이 어두운 어느 겨울 밤, 포르투갈의 조그마한 해안 도시를 약탈하는 데 열중하여 해적들이 방심하고 있는 사이, 유다양은 노잡이 의자와 발목을 연결해 묶어놓은 사슬을 풀고 육지로 도망치는 데 성공했다. 그 때 해적들의 자루 하나를 슬쩍하는 것도 잊지 않았다. 나중에 확인해보니 자루 안에는 은화 마흔 여섯 냥이 들어 있었다. 유다양은 다시는 해적생활을 하지 않겠다고 다짐하면서 멀리 멀리 줄행랑을 쳤다. 당시 그의 나이 열일곱 살이었다.

해적선에서 겪었던 잔혹한 경험은 유다양을 용맹하고 거친 뱃

사람으로 단련시킨 것이 아니라 오히려 겁 많고 비겁한, 강자에게 약하고 약자에게 강한 천박한 인간성만을 심어 주었다.

남자란 약점을 감추기 위해 물불을 가리지 않는 종족이라고 했던가? 유다양은 해적선 경험과 자신의 내면에 도사리고 있는 약점(비겁, 잔혹, 탐욕, 위선)을 철저히 감추며 살아 왔다. 그러나 그 후 근 30년이라는 오랜 세월이 흘렀어도 누군가 해적 이야기를 하기만 하면 흠칫하는 버릇은 감춰지지 않았다.

마지막 해적선의 노예생활에서 탈출한 후 유다양은 해적들의 눈에 띌까 두려워 항상 이탈리아, 그리스와 터키를 연결하는 지중해 북쪽 항로를 다니는 상선들만 골라 타면서 항해와 무역에 대한 경험을 쌓았다.

지중해 남쪽인 북아프리카 연안에는 바르바리라 부르던 무슬림 해적들이 자주 출몰했지만 1571년 스페인과 베니스의 연합함대가 레판토 해전에서 터키 해군을 격퇴한 이후로 지중해 북쪽 해상은 바르바리들이 얼씬도 하지 않았기 때문에 해적들에 대한 두려움이 덜했다.

그러다 1600년 무렵부터 멕시코와 마닐라를 오가는 갤리온 상선대가 인기를 얻자 주로 이곳 항로를 운항하는 선박의 항해사로 고용되어 일했다. 카리브 해 인근과 유럽 연안은 해적들이 들끓었지만 태평양 항로에는 해적이 거의 없다는 것도 이 항로의 선박을 선택하게 된 큰 이유였다.

유다양은 한때 드레이크처럼 한탕 노략질로 평생 호강할 수 있는 재물을 쌓고 싶은 욕망을 품고 해적이 된 적이 있었다. 그러나 전투 중 겁이 많았을 뿐만 아니라 (이것은 대단히 수치스러

운 약점이었다) 실제로 재산이 모이지도 않아 일찌감치 포기해 버렸다.

그래서 그는 자신 없는 전투를 통해 약탈을 꿈꾸며 어두운 포구에서 떠돌이 생활을 하는 대신 상인이 되는 꿈을 꾸었다. 화려한 도시에서 신사로 행세하면서 잔머리를 굴려 폭리를 취하거나 불법적인 상거래를 통해 거부가 된 상인들에 대한 관심이 무척이나 높았다.

3

리카르도와 애드문

1598년 11월 19일. 리카르도가 소유하고 운항하던 상선 엔젤 호는 커피와 후추를 가득 싣고 지중해 입구인 지브롤터 해협 인근에 이르렀다. 그 무렵 공교롭게도 에릭손 선장의 지휘를 받고 있는 브릭 호 역시 리스본 항을 출항하여 지중해로 향하던 중이었다.

이제 막 태양이 떠오른 그날의 날씨는 새하얀 뭉게구름이 군데군데 흩어져 있을 뿐 청명했고 바다 역시 잔물결만 일뿐 잔잔한 상태였다. 유람하기에 적당한 바다였다.

오전 6시경, 리카르도 선장의 육안에 해적 깃발을 펄럭이는 한 척의 배가 들어왔다. 그는 즉시 배의 침로를 바꿔 해적선을 뒤쫓았다. 해류^{海流}와 해풍^{海風}은 순방향이었다. 해적선과 거리가 좀 더 좁혀져 보니 해적선이 그보다 앞서 항해하고 있는 상선 한 척을 공격하려고 뒤쫓고 있다는 것을 알았다.

평소 리카르도는 영국 왕실의 지원을 받는 드레이크 선장과 같은 해적들에게 분노하고 있었다. 드레이크는 2년 전인 1596년 초에 서인도 제도를 원정하다 열병에 걸려 죽었지만 그의 졸개들과 그를 흉내 내는 해적들은 여러 해역에 흩어져서 활동하고 있었다. 특히 캐리비안 해역과 지브롤터 해역에서 노략질이 가장 심했다. 그래서 리카르도는 그들과 대적하기 위해 휘하 선원들을 수시로 훈련시켜 언제라도 전투원으로 활용할 수 있도록 대비하고 있었다.

해적선이 브릭 호의 우현 쪽으로 거리를 좁혀가며 좌현에서 포를 쏘려고 준비하고 있을 무렵 리카르도 선장의 엔젤 호가 앞쪽 돛대에는 스페인 국왕기를, 뒤쪽 돛대에는 붉은 깃발을 달았다. 돛대에 붉은 깃발을 올렸다는 것은 한 명의 해적도 살려두지 않겠다는 표시였다. 해적 따위에게 자비심을 두지 않겠다는 리카르도 선장과 엔젤 호 선원들의 결의를 나타내는 것이었다.

느닷없는 엔젤 호의 용감무쌍한 등장에 해적들의 피가 얼어붙었다. 그들은 당황해서 부랴부랴 포수들을 양쪽으로 나누었다. 해적들은 상선에 올라 보물과 화물을 약탈하는 것이 목적이기 때문에 배에 직접 포를 쏘아 상선에 불을 지르거나 침몰시키지는 않는다. 다만 상선에 비치되어 있는 포를 부수거나 선원들을 겁주기 위해 포를 쏘곤 했다.

400톤급 브릭 호에는 좌우에 각각 6문의 포가 배치되어 있었고, 1000톤급 엔젤 호에는 좌우에 각각 8문의 포가 배치되어 있었다. 그에 비해 400톤급의 해적선에는 좌우에 각각 12문의 포가 장착되어 있었다.

브릭 호는 해적선과 멀리 떨어져 달아나려 애를 쓰고 있었고, 엔젤 호는 오히려 해적선을 뒤쫓아 가고 있었기 때문에 해적선과 조우한지 세 시간 후인 오전 9시경에는 브릭 호 우측 뒤 약 400미터 거리에 해적선이 따르고, 해적선의 우측 뒤 약 400미터 거리에 엔젤 호가 따르는 형국이 되었다.

해적선 선장은 엔젤 호의 대담함에 놀라움을 금치 못하며 속도를 늦추어 엔젤 호를 먼저 공격하기로 계획을 바꿨다. 리카르도 선장은 해적선의 속도가 느려지자 그 의도를 간파하고 즉시 방향 조정용 삼각돛 두 개만을 남겨둔 채 모든 돛을 내리고 전 선원들을 전투 형으로 배치했다.

오전 10시경, 해적선과 엔젤 호의 거리가 300미터 정도로 가까워지자 해적선에서 펑하는 소리와 함께 연기가 피어올랐다. 그러나 엔젤 호에 도달하기에는 사거리가 짧아 포탄들은 바다에 떨어져 커다란 물기둥을 만들며 엔젤 호를 바닷물로 흠뻑 적시었다.

해적들이 포의 거리를 재조정하는 사이에 리카르도 선장은 노잡이들에게 전 속력으로 해적선에 접근하라고 명령했다. 그리고 포수들에게는 명령이 떨어지기 전까지 포신에 불을 붙이지 말라고 명령했다.

엔젤 호의 노잡이들이 우렁차게 구호를 외치며 노를 저었다. 엔젤 호가 해적선과 200여 미터까지 접근하자 또 다시 해적선의 포에서 불길과 함께 연기가 솟았다. 그러나 이번에는 사거리가 너무 길어 포탄들이 엔젤 호의 갑판을 아슬아슬하게 넘어 반대쪽 바다에 떨어졌다. 그 사이에도 노잡이들은 전력을 다해 엔젤

호를 해적선 가까이 몰아갔다. 순식간에 해적선과 거리가 150여 미터에 다다르자 리카르도 선장의 명령이 떨어졌다.

"발포!"

"해적선의 포신만 집중 포격하라!"

엔젤 호의 좌현에 있는 8개 포신으로부터 붉은 불꽃이 뿜어져 나왔고 대포알들은 일제히 해적선을 향해 날아갔다. 연이어 발사된 대포알들도 해적선의 포신에 정확히 명중되어 단숨에 우현 쪽 12개의 포신 모두가 박살났다. 그리고 포신 주위에 있던 해적들 24명이 즉사하거나 중상을 입었다.

해적선의 우현이 엔젤 호의 공격을 받아 중심을 잃고 좌측으로 기울기 시작하자 좌현 쪽 포신은 더 이상 에릭손 선장의 브릭 호를 조준하여 공격할 수 없게 되었다. 그제야 브릭 호도 방향을 선회하여 해적선에 접근을 시도했다.

엔젤 호는 해적선과 50여 미터로 접근하면서 해적선의 중앙 갑판에 6발의 포탄을 추가로 날림으로써 해적선의 중앙 돛대를 파괴하였고 갑판에서 우왕좌왕하고 있던 해적들 12명까지 덤으로 살상했다.

오전 11시경, 서서히 거칠어지고 있는 파도 밭에서 해적선과 엔젤 호가 서로 맞부딪쳤다. 해적선을 나꿔채 연결하기 위한 쇠갈고리들이 하늘을 날았고 엔젤 호의 선원들이 일제히 총과 칼을 빼들고 함성을 지르며 해적선의 갑판으로 뛰어 올랐다.

해적들과 난투극을 벌이는 중에 무장한 브릭 호의 선원들도 해적선에 올라탔다. 이제 해적들과 상선 선원들의 숫자가 엇비슷해졌으나 공격을 하는 것에만 익숙해 있던 해적들은 자신들의

배에 뛰어 올라온 상선 선원들에게 공격을 당하자 기가 질렸고 혼란에 빠져 버렸다. 이들이 내지르는 비명 소리와 칼들이 부딪치는 소리, 총소리가 요란하게 뒤엉켰다.

한 시간 가량 지나자 전세는 급속하게 해적들에게 불리하게 전개되었다. 특히 리카르도 선장이 지나가는 곳마다 해적들은 피를 흘리며 갑판 위에 쓰러졌고, 부상당하거나 절망한 해적들은 상어가 우글거리는 바다로 뛰어 들었다.

오후 1시경, 갑판에서의 치열한 전투 끝에 해적들이 항복함으로써 7시간에 걸친 추격과 전투가 막을 내렸다.

이날은 공교롭게도 지구 반대편에 있는 조선이라는 나라의 노량 해역에서 이순신 장군이 일본 함선 500여 척을 상대로 8시간에 걸친 전투와 추격에서 승리하고 장렬하게 전사한 날이기도 했다.

생포한 해적선 선장과 선원들을 조사해보니 그들은 모두 해적왕으로 이름을 날렸던 드레이크 선장의 졸개들로 밝혀졌다. 해적선 안에서 생포된 사람들 중에는 교황청 소속 신부 한 명과 여자 두 명도 있었다. 신부는 숨어서 전투를 지켜보다가 전세가 불리해지자 급히 신부복을 차려입고 있다가 엔젤 호의 선원들에게 붙잡혀 끌려나왔다.

리카르도 선장의 심문에 신부의 죄상이 낱낱이 드러났다. 해적질이 성공할 때마다 해적들의 전리품 중 십분의 일을 십일조라는 명목으로 받아 해적선 안에 별도로 마련된 조그마한 예배소 안에 쌓아두고 있었다. 그리고 납치한 여인들을 그 안에 감금해 두고 해적들과 함께 성노리개로 삼으며 공유하고 있었다.

그는 해적들의 장난기 섞인 회개를 받아들이고 그들의 흉악한 죄를 신의 이름으로 용서해주곤 하여 해적들의 죄책감을 없애주었다. 예배시간 말미에는 항상 해적들과 해적선에 축복까지 내려주어 앞으로 있을 해적질의 성공과 해적선의 무사항해를 기원했다. 그것도 신의 이름으로 축복하고 기원했다! 그래서 해적들은 나중에 회개하고 용서를 받을 수 있다는 믿음과 신의 축복을 받았다는 믿음 때문에 선량한 사람들을 마음껏 공격하고 약탈하는 등 온갖 잔학한 행위들을 일삼으면서도 죄의식을 느끼지 않았다.

리카르도 선장이 명령하자 엔젤 호의 선원들은 생포된 해적선 두목의 사지^{四肢}를 찢어 몸통과 함께 바다에 던져 수장했다. 해적선 선장에게는 아무런 발언권도 주지 않았고 회개의 기회도 주지 않았다.

그런 다음, 리카르도 선장이 신부 복장을 하고 있는 사내에게 갑판에 꿇어앉으라고 명령했다. 그러자 목줄에 매달려 있는 십자가를 쳐들어 보이며 신부가 대들었다.

"일개 선장이 감히 신부인 나에게 명령한단 말인가? 나는 우리의 주님이신 그리스도의 부름을 받아 그분의 말씀을 전하는 신부다! 그리고 그리스도의 대리인이신 교황님의 사제다! 당신은 내가 입고 있는 이 옷과 십자가 증표가 보이지 않는단 말인가?"

리카르도 선장의 입가에는 비웃음이 걸렸고, 그의 입에서 쏟아져 나온 추상같은 꾸짖음이 바다와 하늘에 쩌렁쩌렁 울렸다.

"너 같은 추악한 자가 있기에 신의 이름이 더럽혀지는 것이다! 바다에서 강도짓을 하는 죄인들과 작당하여 재물을 쌓고, 가련

한 여인들을 학대한 죄 용서할 수 없으니, 너는 내가 신의 이름으로 처단해야겠다!"

리카르도의 분노에 찬 눈빛과 발언이 심상치 않음을 알아챈 신부가 얼른 말꼬리를 낮추었다.

"리카르도 선장님, 저 여인들은 정신적으로 헌신하고자 나에게 자발적으로 몸을 바쳤습니다. 내가 성폭행한 것이 아니고……."

리카르도가 여인들 쪽으로 고개를 돌렸다. 여인들은 눈을 크게 뜨고 고개를 수차례 가로저었다. 당시나 지금이나 신에게 선택받은 성스러운 몸이라고 거짓믿음을 전하는 성직자들에게 자발적으로 육체를 바침으로써 그들의 축복을 받고자 하는 어리석은 여인들이 있다. 하지만 지금 이 여인들에게서는 그런 어리석음이 전혀 보이지 않았다. 리카르도의 눈에서 불꽃이 튀었다.

"이런 개자식! 감히 이 자리에서까지 사람을 속이려 드느냐!"

그제야 신부가 갑판 바닥에 바짝 엎드려 머리를 조아렸다.

"선장님! 제가 본의 아니게 죄를 지었다는 것을 인정합니다. 그리고 하느님께 회개의 기도를 드려 용서를 구했으니 선장님께서도 부디 참작해 주십시오."

"이자식 봐라! 저 여인들에게 용서를 구했는가? 저 여인들이 네놈들을 용서해 주었나?"

"신부인 제가 저지른 죄는 신과 교황님만 심판할 수 있고 그분들만이 처벌하거나 용서할 수 있습니다."

신부가 교활한 눈빛을 사방으로 흘리며 또 다시 신과 교황의 이름을 들먹이자 리카르도는 화가 나서 버럭 고함을 질렀다.

"그것은 모두 너희 일당들이 지껄이는 헛소리일 뿐이다! 네가 저지른 죄는 신이나 교황과는 아무런 상관이 없다! 피해를 입은 저 여인들이 처벌할 수 있고 그 피해를 목격한 내가 심판할 수 있다!"

신부는 어떻게든 위기를 벗어나려고 급히 잔머리를 굴렸다. 아직도 그의 목소리에는 신부로서의 위엄을 유지하고자 노력하는 흔적이 묻어 나왔다.

"선장님! 요한복음서에 이런 구절이 있습니다. 너희 중에 죄 없는 자가 먼저 돌로 치라. 선장님이나 저 여인들에게 진정 죄가 하나도 없지는 않겠지요?"

리카르도는 그 말을 듣고는 한층 더 비웃으며 말했다.

"거 무슨 망발이냐! 내가 지은 죄나 저 여인들이 지은 죄는 네가 지은 죄와는 성격이 다른 것이다. 네가 지은 죗값은 신보다 저 여인들이 먼저 받아야 옳다. 그리고 해적들을 소탕해야 하는 내 책임에 비추어서도 나는 너와 해적들에게 죗값을 물을 자격이 있다! 내가 하고자 하는 심판에 신이나 교황의 허락은 필요하지 않다!"

리카르도가 더 이상의 말이 필요 없다는 듯이 고개를 돌려 선원 무리들 속에서 가장 노련해 보이는 선원을 바라보며 추상같은 명령을 내렸다.

"갑판장! 이 자의 옷을 벗겨라!"

리카르도 선장의 지시에 엔젤호 갑판장이 이미 지저분해진 신부의 성의^{聖衣}를 벗기려 하자 신부가 발악하며 애원했다.

"이놈아! 내 옷에 손대지 마라! 선장님, 제발 선처해 주십시오!

다시는 죄 짓지 않고 선장님의 종으로 평생 헌신하겠습니다! 제발……."

그러나 리카르도 선장은 입을 꼭 다문 채 생포된 해적들보다 더 비천해지고 있는 신부를 노려볼 뿐이었다. 이제 신부는 신의 심판보다 사람의 심판을 더 두려워하고 있었다. 그가 선선히 벗으려 들지 않은 까닭에 신부복은 갈가리 찢겨졌다. 발가벗겨진 신부가 두 손으로 성기를 감추며 갑판 위에 섰다. 조금 전까지의 당당하고 위엄 있던 모습은 온데간데 없고 비온 뒤 맨땅에 기어 나와 햇볕에 노출된 지렁이마냥 벌벌 떨며 꼼지락거렸다. 교활했던 눈빛도 어느덧 풀어지고 이제 막 건져 올린 물에 빠진 쥐새끼의 눈마냥 겁에 질려 있었다.

리카르도가 명령했다.

"저 자를 돛대에 묶고 성기부터 잘라라!"

갑판장과 선원들이 달려들어 신부를 돛대에 묶자 신부가 혼비백산하며 애원했다.

"아이고 선장님! 신이시여! 교황님! 제발 저를 불쌍히 여겨주소서! 용서해주소서! 제발 살려주십시오!"

그때 에릭손 선장이 다급하게 리카르도 곁으로 뛰어왔다.

"리카르도 선장님! 신부를 교황청의 조사와 판결 없이 처벌하는 것은 위험합니다. 비록 저 자의 죄가 무겁긴 하지만 선장님의 안위가 걱정되어 말씀드리는 것이니, 저 자를 이 정도로 창피만 주고 처벌은 교회에 맡겨주시기 바랍니다."

에릭손 선장의 간청에 리카르도 선장의 노기가 조금 풀렸는지 헛기침을 하면서 호흡을 가다듬었다. 그러고선 고개를 돌려 두

여인을 바라보았다. 그녀들은 갑판 위에 떨면서 앉아 이 광경을 지켜보고 있었다. 여인들은 아무 말 하지 않았으나 신부를 처벌해 달라는 호소의 눈빛을 보내왔다. 그러나 신부를 처벌한 후에 닥칠지 모를 장래에 대한 두려움의 눈빛도 발하고 있었다.

리카르도는 다시 눈을 돌려 아무것도 떠 있지 않고 아무것도 보이지 않는 먼 수평선을 한참 동안 응시했다. 그러는 동안 신부는 얼마나 겁을 집어 먹었던지 벌거숭이 몸으로 돛대에 묶인 채 똥오줌을 싸지르고 있었다.

이윽고 리카르도 선장이 비장한 어조로 명령했다.

"갑판장! 저자의 성기를 자르고 양팔을 잘라라! 그러고 나서 생포된 해적들과 함께 바다에 버려라!"

명령은 즉각 시행되었다. 부상당하거나 항복한 해적들도 모조리 양팔을 절단한 후 해적선의 갑판을 떼어내어 급조한 뗏목에 이미 불구가 된 신부와 함께 태워 식량이나 식수도 주지 않고 바다에 버렸다. 노획한 보물들을 모두 옮겨 실은 다음 해적선은 불태워 버렸다. 불길 속에서 잘려진 신부의 성기와 팔, 해적들의 팔들도 함께 타올랐다.

선량한 사람들을 약탈할 뿐만 아니라 수천 명의 과학자들과 죄 없는 여자들에게 마녀라는 낙인을 찍어 화형을 시키곤 하던 당시의 일부 성직자들은 해적들처럼 뿌리 깊이 야만적이고 잔혹했다. 그들에게 리카르도 선장은 그들만큼 야만적이고 잔혹하게 보복했다. 왜냐하면 그들은 구제 불가능한 인간쓰레기들이었기 때문이다.

한편, 납치되어 강제로 노잡이를 하고 있던 노예 스무 명을 해

방시켜 주었는데 그 가운데 전투 중에 해적들을 적극적으로 공격하며 공을 세운 다섯 명의 젊은이들은 리카르도 선장의 선원이 되기를 원하여 엔젤 호에 남았다. 가련한 두 여인들과 나머지 노예들은 충분한 금전을 주어 가까운 육지에 내려주었다.

노획한 보물의 배분은 당시 관례대로 1/3을 스페인 황제에게 바치기로 하여 남겨두고, 나머지는 엔젤 호와 브릭 호의 선원들과 나누었다. 선장이 많은 몫을 차지하는 것이 또한 관례였으나 리카르도 선장은 이 관례는 제멋대로 어기고 두 상선의 모든 선원들과 공평하게 나눠 가졌다. 이러하니 엔젤 호의 선원들이 리카르도 선장을 존경하고 따르지 않을 수 없었고 해적들과 전투에서도 목숨을 아까워하지 않고 용감하게 싸우지 않을 수 없었으리라.

에릭손 선장은 자신의 생명과 배 그리고 화물의 위험을 무릅쓰고 기꺼이 달려와 해적을 물리친 리카르도 선장에게 큰 빚을 졌다고 생각했다. 그래서 자기 몫으로 분배된 보물들을 모두 리카르도에게 양보했다. 그러나 리카르도는 끝내 에릭손 선장이 받기를 청했다. 해상에서 위험에 처한 선원들을 구하는 것은 엔리케 항해학교의 교칙이었고 항해사로서의 가치관이라고 강조했다. 이때 해적선에서 노획한 보물이 얼마나 많았던지 리카르도 선장과 선원들은 그때까지 벌었던 전 재산보다도 많은 이득을 얻었다.

이러한 리카르도 선장의 행동은 삽시간에 드레이크 선장의 졸개이었던 해적들에게 널리 퍼졌고, 교황청에도 알려지게 되었다. 해적들은 리카르도에게 반드시 보복하겠다고 공언했고 교황청에

서도 리카르도 선장을 체포하여 조사하기로 비밀리에 결정했다. 그러자 엔젤 호는 스스로를 보호하기 위해 여러 개의 선명(船名)을 바꿔가며 무역활동을 하였다.

　드레이크의 졸개 해적들을 소탕하고 그들과 함께 있었던 신부를 처벌한 지 10여 개월이 지난 1599년 9월 20일, 선명을 다이애나 호로 위장한 엔젤 호가 런던 항에 입항했다.
　리카르도 선장은 평소 그와 동시대에 살면서 많은 걸작을 남긴 셰익스피어를 존경하고 있었다. 그래서 그의 작품이 출판될 때마다 돈을 아끼지 않고 사서 읽었다. 이번에는 셰익스피어의 작품이 공연되는 것을 보기 위해 런던으로 향하는 화물들을 저렴한 운임으로 실었던 것이다. 그리고 마침 입항한 다음날 셰익스피어의 작품《줄리어스 시저》의 첫 공연이 시작되었다. 리카르도는 화물의 하역작업을 일등항해사에게 맡겨놓고 공연장인 글로브 극장으로 달려갔다.
　공연이 끝나자마자 그는 극장 주인을 찾아가 셰익스피어와 만남을 요청했는데, 마침 관람석 맨 앞자리에 앉아 있던 그를 소개받았다. 겸손한 셰익스피어는 그의 초대를 선뜻 받아들여 공연이 끝나 어수선하고 시끄러운 극장을 벗어나 근처에 있는 찻집으로 자리를 옮겼다. 당시의 유럽에서는 상선 선장이라는 직함이 상류층 귀족과 동등한 존경과 대접을 받던 시대였다. 리카르도는 영국식 이름인 리처드 선장이라고 자신을 소개했다.
　"선생님의 작품들을 흥미롭게 읽고 있습니다. 공연은 오늘 처음 보았는데, 책에서 느낄 수 없던 큰 감동이 있더군요."

리카르도의 칭찬에 셰익스피어의 얼굴이 살짝 붉어졌다. 수줍음을 타는 성격인 듯했다.

"과찬이십니다, 리처드 선장님! 저의 졸작을 좋아해 주시니 영광입니다."

두 사람이 미처 서로에 대한 간단한 소개도 다 마치기 전에 주위의 신사숙녀들도 셰익스피어를 알아보고는 너나 할 것 없이 다가와 인사를 하고 그날의 공연에 대해 찬사를 늘어놓았다. 셰익스피어도 오랫동안 준비했던 공연이 호평을 받자 술을 마시지 않았음에도 기분이 불콰해졌다.

손님들이 제각기 자리를 잡고 나서야 실내의 분위기가 차분해지기 시작했다. 두 사람은 커피 향을 음미하며 서로의 사소한 일상에 대한 얘기를 나누었다.

이윽고 리카르도가 마음속에 품고 있던 의문에 대해 질문을 던졌다.

"시저를 살해하기로 했던 블루투스와 공화파들의 행동에 대해 선생님께서는 어떤 평가를 내리고 계시나요?"

셰익스피어가 미소를 띠며 오히려 되물었다.

"제 작품에서는 어떻게 비춰졌습니까? 선장님께서는 그들을 어떻게 평가하시나요?"

"선생님의 작품에서는 블루투스를 옹호하는 듯하기도 하고, 시저의 죽음을 안타까워하는 듯도 하여 선생님의 진정한 평가가 무엇인지 애매했습니다. 저는 공화파입니다."

"정확하게 보셨습니다. 저도 마음 속 깊숙이 블루투스의 공화파를 지지합니다. 그러나 지금의 시대상황에서는 절대권력이 다

수파이고 엘리자베스 여왕이 저를 끔찍이도 아껴주시니 황제를 꿈꾸고 절대권력을 꿈꾸었던 시저에게 동조하는 듯한 표현도 넣을 수밖에 없었습니다. 제 작품을 어느 관점으로 보느냐에 따라 독자들과 관객들은 블루투스 쪽 또는 시저 쪽으로 평가할 것입니다."

"솔직하게 말씀해주셔서 감사합니다."

"공화파이신 선장님을 만나 뵙게 되어 저로서도 반갑고 영광입니다. 그리고 절대권력의 눈치를 보느라 저의 가치관을 자신 있게 드러내 놓지 못한 비겁함을 부디 용서해주시기 바랍니다."

셰익스피어가 공손히 사과하자 리카르도 선장이 그의 두 손을 꼭 쥐었다.

"무슨 말씀을요! 선생님의 작품들은 인류 최고의 문학작품으로서 후세에 길이 남을 것입니다. 더구나 내용 중에 간간이 드러나 있는 불의에 대한 복수와 응징, 자유와 인권, 평등 그리고 공화주의 사상은 깨어 있는 사람들의 가슴을 불태울 것입니다. 그들이 머지않아 선생님이 진실로 꿈꾸는 세상을 만들어 낼 것입니다."

마주보는 두 사람의 눈빛이 동지^{同志} 의식으로 한층 빛났다. 리카르도가 《햄릿》에 나오는 구절을 조용히 읊조렸다.

"미혹^{迷惑}은 늘 우리를 겁쟁이로 만들고
그래서 선명한 우리 본래의 결단은
사색의 창백한 우울증으로 해서 병들어 버리고"
그러자 셰익스피어가 환한 미소를 머금고 화답했다.

"하늘이라도 찌를 듯 웅대했던 대망大望도
잡념에 사로잡혀 가던 길이 어긋나고
행동이란 이름을 잃고 말게 되는 것이다."

두 사람은 서로의 손을 꼭 잡았다. 그들은 생전 처음 만났지만 금세 친교의 문을 텄고 그들의 깊은 생각은 서로의 문턱을 자유롭게 넘나들었다.

셰익스피어와 리카르도가 담소하고 있던 그 시각, 교황청의 밀령을 받은 백여 명의 비밀기사단 병사들이 리카르도 선장을 체포하려고 엔젤 호를 습격했다. 그들이 어떻게 다이애나 호로 위장한 엔젤 호를 찾아냈는지는 아무도 몰랐다. 엔젤 호 선원들은 병사들의 강제 승선에 저마다 무기를 들고 강력히 반발했다.

결국 한 시간여 동안의 전투가 벌어지는 동안 기사단 측에서 7명이 사망했고 선원들은 3명만이 가벼운 부상을 입었다. 예상을 훨씬 뛰어넘는 엔젤 호 선원들의 무술실력에 깜짝 놀란 비밀기사단 병사들은 엔젤 호 안에 리카르도 선장이 없음을 알고 서둘러 철수해버렸다.

엔젤 호의 일등 항해사는 급히 글로브 극장으로 달려갔다. 공연은 이미 끝나 있었고 극장 앞 찻집에서 리카르도 선장을 발견했다. 습격 받은 사실과 교황청의 비밀 결정에 대해 보고를 받은 리카르도는 셰익스피어에게 정중히 작별인사를 하고 나섰다.

리카르도 선장은 일등항해사에게 엔젤 호의 항해권한을 위임

한다는 서류를 작성해주고 수습항해사만을 대동한 채 북쪽으로 이동했다. 사흘 만에 리버풀 항에 도착한 뒤 수습 항해사를 시켜 엔젤 호에 실을 새로운 돛포를 여러 장 구입했다.

그 동안에 엔젤 호는 런던에서 작업을 마치고 리버풀 항으로 항해했다. 리카르도 선장이 런던을 떠난 지 정확히 10일 후 새벽, 엔젤 호가 리버풀 항 근처의 해역에 도착했다. 그러자 미리 대기하고 있던 돛포를 잔뜩 실은 작은 어선이 엔젤 호에 바짝 접근했다.

그로부터 한 달 하고도 보름 후, 리카르도와 엔젤 호는 교황청과 드레이크 졸개 해적들의 추적을 피하기 위해 대서양에서 멀리 달아나기는커녕, 과감하게도 해적들이 득실거리는 캐리비안 해역으로 들어갔다.

항해 중에 선원들은 두 개의 널찍한 판재에 엔젤 호의 선명船名을 새겼고, 여러 개의 비어 있는 식품 저장 통에도 엔젤 호 표식을 새겼다. 그러고 나서 '셀로나'라는 선명을 새긴 판재를 제작했다. 리처드 선장이 리버풀 항에서 구매했던 새로운 돛포에도 선원들은 셀로나 호를 상징하는 커다란 문양을 노련하게 새겨 넣었다.

1599년 11월 15일 정오 무렵, 캐리비안 해에서 해적들의 본거지로 가장 악명 높았던 자메이카의 포트로얄 항 인근까지 접근한 엔젤 호는 해적선들의 눈길과 호기심을 자극했다. 잠시 후 리카르도 선장이 기대했던 대로 다섯 척의 해적선들이 엔젤 호를 뒤쫓기 시작했다. 엔젤 호는 자메이카 섬의 남서쪽으로 빠르게 이동했다. 하늘을 살피고 있던 리카르도 선장이 먼 수평선에서

피어오르는 먹구름을 관찰한 후 명령했다.

"우현 변침!"

조타수가 "우현 변침!"이라고 큰 소리로 복창하며 조타 휠을 오른쪽으로 돌렸다.

"침로 고정!"

우현 쪽으로 선수를 돌리더니 북쪽 방향으로 침로를 고정시키라는 명령이었다. 엔젤 호는 육지 쪽으로 더욱 가까워지면서 뒤쫓아 오는 해적선들을 그레이트고트 섬 근처까지 유인했다. 사방이 어둑해지는 것이 해가 저물어가기 때문인지 먹구름이 하늘을 뒤덮고 있어서인지 분간하기 어려웠지만 리카르도 선장만은 상황을 정확하게 판단하고 있었다. 미풍微風이 서서히 약풍弱風으로 바뀌어가고 있는 동안 해적선 5척이 거리를 좁혀오고 있었다. 섬 가까이에 도달하자 엔젤 호가 다시 방향을 돌려 이번에는 남쪽을 향했다. 해적선들과 엔젤 호는 서로 마주보게 되었다. 사방은 어두워오기 시작했지만 엔젤 호는 바닥이 다 보일 정도로 맑은 바다 위를 서서히 미끄러져 들어갔다.

"5미터!"

수심을 재고 있던 선원이 보고했다. 엔젤 호의 흘수吃水(수면에서 배 밑바닥까지의 깊이)가 3미터이니 배의 밑바닥과 바다 속 산호초까지는 아직 2미터의 여유가 있었다. 전 선원들을 나누어 삼분의 일은 대포 앞에 정렬시키고 삼분의 일은 돛대 앞에, 나머지 삼분의 일은 노잡이로 대기시켰다. 배는 리처드 선장의 명령대로 방향을 정반대로 바꾸어 다가오고 있는 해적선들과 마주보고 있는 상태에서 조금씩 육지 쪽으로 후진하고 있었다.

30분쯤 흘렀을까, 모든 선원들이 300여 미터 앞까지 다가오는 해적선들을 노려보며 선장의 명령을 기다리고 있는데 갑자기 강풍이 불며 폭우가 쏟아지기 시작했다. 열대성 폭우와 돌풍이었다. 바람의 방향은 육지에서 바다 쪽이었다. 그때, 리카르도 선장의 명령이 떨어졌다.

"돛을 올려라! 노를 힘껏 저어라! 전속력으로 전진!"

스무 개의 크고 작은 돛이 일제히 돛대를 쳐 오르며 강풍을 받아 활짝 펼쳐졌다. 동시에 좌우 스무 명의 노잡이들이 힘차게 노를 저었다. 조금 전까지만 해도 섬 모래톱에 얹힐 듯 말듯 망설이고 있던 엔젤 호가 갑자기 그들 쪽으로 쏜살같이 다가오자 해적들이 깜짝 놀라며 당황하기 시작했다.

"발포! 발포! 발포!"

다섯 척의 해적선들이 쏘아대는 포탄은 엔젤 호가 떠나버린 지점에 집중적으로 떨어져 엄청난 크기의 물기둥과 산호 조각들 그리고 모래를 하늘로 치솟게 했다. 순식간에 해적선들 사이로 빠져나가면서 엔젤 호의 좌우 포신에서 굉음과 함께 불길이 뿜어져 나왔다. 해적 몇 명이 불화살을 쏘아대었지만 폭우로 젖어버린 엔젤 호의 돛폭과 선체에 불을 붙이지 못하고 금세 사그라졌다.

엔젤 호가 해적선들의 포위를 빠져 나오면서 두 척은 거의 파괴되어 침몰하기 시작했고, 세 척은 방향을 돌리느라 허둥대고 있었다. 리카르도 선장의 명령이 울려 퍼졌다.

"돛을 내려라! 우현 변침!"

엔젤 호가 해적선들의 뒤쪽에서 다시 방향을 바꾸더니 오른

쪽에 있는 8문의 포신들이 일제히 불을 뿜기 시작했다. 해적들도 엔젤 호가 있음직한 방향과 지점의 어둠 속으로 끊임없이 포탄을 날렸지만 단 한 발도 엔젤 호를 명중시키지 못했다. 10여 분 만에 나머지 세 척의 해적선들도 엔젤 호가 쏘아대는 대포알에 부서져 기울어지면서 항해능력을 상실하고 말았다.

이미 어둠이 짙게 깔렸고 폭우가 쏟아지고 있어서 사방은 지척을 분간하기 어려웠지만 해적들의 고함소리와 비명소리로 미루어 그네들이 처한 상황을 짐작하는 것은 어렵지 않았다. 포성이 멈춘 후 해적선들은 그레이트코트 섬 쪽으로 밀려 돌처럼 단단하고 면도날처럼 날카로운 산호초에 강하게 부딪치면서 결국 모두 산산조각이 났다. 그때 엔젤 호 선원들은 부지런히 무엇인가를 바다에 내던지고 있었다.

이튿날 동이 트면서 날씨가 어느 정도 안정되자 몇몇 겨우 살아남은 해적들이 상황을 수습하기 시작했다. 뼈대와 긴 돛대 몇 개만 앙상하게 남아 있는 해적선 다섯 척이 바닷가로 올라와 옆으로 쓰러져 거대한 생선의 사체死體처럼 보였다. 섬의 기슭과 인근 바다에는 난파된 배의 조각들이 여기저기 어지럽게 흩어져 있거나 떠다니고 있었다. 그중에는 엔젤 호 선명이 새겨진 부서진 판자도 있었고, 엔젤 호의 문양이 새겨져 있는 찢겨진 돛포도 몇 장 떠다녔을 뿐만 아니라 엔젤 호의 비품으로 여겨지는 식품 저장통도 여럿 눈에 띄었다. 특히 리카르도의 것으로 짐작되는 엔젤 호 선장 모자가 수습되어 교회에 인도되었고 이것은 얼마 후에 교황청으로 이송되었다.

그후 해적들과 교황청의 고위 간부들 사이에서는 엔젤 호가

52 갤리온 무역

해적들과 전투 중에 폭풍우를 만나 자메이카 연안에서 난파되었고 리카르도 선장도 선원들과 함께 실종되었다는 소문이 떠돌았다. 엔젤 호가 셀로나 호로 바뀌었고 리카르도가 애드문으로 이름을 바꾼 것은 그 배에 타고 있던 선원들 이외에는 어느 누구도 알 수 없었다.

새로운 이름의 애드문 선장 지휘를 받게 된 셀로나 호는 자메이카 섬을 떠나 동쪽으로 항해하여 푸에르토리코의 산후안 인근 해역에서 또 다른 해적선을 공격했다. 해적선에서 노획한 보물들을 셀로나 호에 잔뜩 옮겨 실은 후 생포된 해적들 모두를 수장해버렸다. 그때부터 애드문은 해적선에서 발견된 해적들 가운데 신부가 있는지 여부를 굳이 조사하거나 가려내려 하지 않았다.

산후안에서 한 달 가량의 휴식을 취하고 포탄과 식료품 및 식수를 실은 후 스페인으로 귀환하던 중 아조레스 섬 인근에서 또 한 척의 해적선을 발견하여 공격했다.

이 해적선에는 1595년에 항해 중 열병으로 사망한 영국의 노예상인이자 악명 높은 -영국 여왕의 전폭적인 지원을 받았던- 해적 존 호킨스의 졸개들이 300여 명의 노예들을 태우고 영국으로 향하고 있었다. 애드문은 해적선에 보관되어 있던 보물들과 노예들을 모두 셀로나 호에 옮기고 노예무역을 하던 해적들 모두를 갑판에 꽁꽁 묶어둔 채 해적선과 함께 불태워 버렸다.

1600년 7월 2일, 셀로나 호는 스페인의 세비야 항에 도착했다. 당시에는 공업과 무역이 발달하여 자치권의 확대를 요구했던 네덜란드가 스페인으로부터 독립하기 위해 1568년부터 80년 동안

이나 전쟁을 벌이던 때였다. 그날도 현재의 벨기에 영토인 뉴포트 지방에서 스페인이 네덜란드-영국 연합군과 격전을 벌였으나 스페인이 패하여 후퇴한 날이기도 했다.

며칠 뒤 애드문은 즉위한 지 2년째인 스페인 황제 펠리페 3세와 은밀하게 만나 해적들에게서 노획했던 엄청난 보물들 중에서 황제의 몫인 1/3을 직접 황제에게 선사했다. 2년 전 황제의 시종들을 통해 선사했던 것에 비해 거의 두 배에 달하는 거액이었다.

이에 대한 보답으로 황제는 애드문에게 기사 작위를 주고자 했다. 물론 단순한 보답 이외에 또 따른 중요한 이유도 있었다. 영국의 엘리자베스 여왕이 스페인의 상선들과 황제의 보물들을 약탈한 공로로 드레이크 선장에게 기사 작위를 내렸으니, 드레이크의 졸개 해적들에게 보복하고 보물을 되찾아온 애드문 선장에게 스페인 황제가 기사 작위를 내린다는 것은 커다란 상징성도 있었다.

그러나 애드문은 한사코 사양했다. 그는 명성을 추구하는 자들을 허영 덩어리라며 천박하게 여겼다. 펠리페 황제와 같은 인간들은 인생에서 부와 권력과 명성보다 훨씬 소중한 것들이 있음을 결코 이해하지 못한다. 그래서 기사 작위를 사양하는 애드문을 끝내 이해하지 못한 채, 하는 수 없이 우정의 징표로서 반지를 선물했다. 그리고 애드문과 선원들이 생활하는 데 아무런 불편함이 없도록 새로운 이름에 대한 증빙서류를 발급해주었고, 교황청이 위해를 가하려고 하는 경우 애드문을 보호해주기로 약속했다.

애드문은 2년 전에 사망한 전 황제 펠리페 2세를 싫어했다. 과

도하게 가톨릭을 신봉하면서 '가톨릭 유럽'을 지키기 위해 종교의 자유를 탄압했기 때문이다. 이웃 나라들과 수없이 많은 종교전쟁을 일으켰고, 종교의 자유를 갈구하던 이슬람교도들이나 신교도들의 반란을 불러일으켰다. 상인들의 자유로운 거래도 과도하게 간섭하면서 자신의 부와 절대 권력에 집착했다. 세계 각지에 식민지를 건설하면서 '스페인은 해가 지지 않는 나라'라는 명성과 '일곱 바다의 지배자'라는 칭호에 우쭐하는 허영심 많은 인간이었다. 1571년에 레판토 해전에서 막강한 터키 해군을 무너뜨리며 승리하긴 했으나, 1588년에는 영국 해군에게 참패하기도 했다.

그러나 그의 아들 펠리페 3세는 전혀 딴판이었고 정치를 싫어하여 신하들에게 정무를 맡기고 자신은 사치스러운 궁정생활만 즐겼다. 스페인은 펠리페 3세 이후 쇠퇴의 길로 접어들었다.

애드문은 절대왕조를 신봉하거나 자유(종교와 무역을 가릴 것 없이)를 억압하는 기득권층들과 거리를 두었다. 그에게 배분된 노획물들의 일부를 가족에게 익명으로 보냈고 (애드문은 가족들의 안위가 염려되어 자신이 살아있음을 가족에게 알리지 않았다) 나머지는 네덜란드와 영국의 공화주의자들과 자유주의자들을 지원하는 데 사용했다.

애드문은 1562년 네덜란드의 북부지역인 암스테르담에서 태어났다. 당시 이 지역은 스페인의 지배 아래 있었는데, 중세 이후 공업과 무역이 번창하여 도시들은 광범위한 자치권을 가지고 자유의 바람이 넘쳐 있었다.

애드문이 태어나기 50여 년 전에 발생한 종교개혁 이후부터 이 지역에 신교도가 크게 증가했다. 애드문이 태어난 해에 프랑스에서는 신교와 구교간의 갈등으로 위그노 전쟁이 시작되었다. 그 전쟁은 그후 36년 간 지속되었다. 스페인에서도 1556년 왕위에 오른 펠리페 2세가 신교파를 탄압하고, 과중한 세금을 부과하였을 뿐 아니라 상업을 제한하며 자치권을 박탈했다. 그러자 네덜란드의 가톨릭교를 신봉하는 시민계급까지 참여한 항거운동이 1566년부터 전개되었다. 이때의 지도자들은 봉건적 대귀족 출신인 에그몬트 백작과 호른 백작 등이었고, 애드문의 아버지는 에그몬트 백작의 시종이었다.

항쟁의 기운이 움틀 즈음인 1567년, 펠리페 2세의 위임을 받은 네덜란드 총독이 에그몬트와 호른, 애드문의 부친 등을 비롯한 8,000명 이상을 종교재판으로 사형시켰다. 그때 애드문의 나이 겨우 다섯 살이었는데 천만다행으로 당시 그의 모친은 애드문을 데리고 리스본에 있는 친척집을 방문 중이어서 화를 면했다. 훗날 베토벤과 괴테는 이 시대 영웅의 일대기를 작품에 실어 서곡 〈에그몬트〉라는 명작을 만들어냈다.

펠리페 2세의 공포정치 하에서도 네덜란드 상인들과 시민들은 굴하지 않고 항전을 계속했다. 그러던 중 1588년 스페인의 무적함대가 영국에 격파되어 국제적 지위가 하락되고 재정적으로도 궁핍하게 되자 네덜란드의 독립전쟁은 점차 유리하게 되었다. 당시 스페인과 영국이 해전을 벌이고 있을 때 애드문은 엔리케 항해학교를 졸업한 후 지중해의 상선에서 항해사로서의 경험을 쌓고 있었다.

1598년, 애드문은 그동안 모은 재산으로 갤리온 선을 구입하여 선장으로서 그리고 선주로서 본격적으로 무역에 참여했다. 그러는 한편 적극적으로 해적선들을 공격하기 시작했다. 그리고 무역을 통한 이익금과 해적선 노획물의 일부를 네덜란드의 독립운동가들과 영국의 의회파들에게 보내기 시작했다. 그가 영국인들과 접촉할 때에는 항상 리처드라는 이름을 사용했다.

마침 그해(1598년)에 독재자 펠리페 2세가 사망하기도 하여 네덜란드의 독립전쟁은 결정적으로 유리하게 되었다. 그러다가 1609년 펠리페 3세의 스페인과 네덜란드는 12년 간의 휴전조약을 체결했다. 그해부터 애드문은 그의 상선을 마닐라와 멕시코 항로에 투입하여 갤리온 무역에 전념하기 시작했다.

영국에서는 엘리자베스 여왕의 뒤를 이어 1603년에 즉위한 제임스 1세가 '국왕은 신에게만 책임이 있고 신하에게는 책임지지 않으며, 법의 지배를 받지 않는다. 국왕은 곧 법이다'라고 주장하며 절대권력을 옹호했다. 이에 대항하는 의회파들을 은밀하게 지원하고 있던 애드문의 노력은 훗날 (1628년) 차기 왕이었던 찰스 1세로 하여금 권리청원에 서명하도록 함으로써 쾌거를 이뤘다. 권리청원에는 그가 의회파들을 지원하며 염원했던 두 가지 핵심 사항이 들어 있었다.

첫째, 국왕은 의회의 동의 없이 세금을 징수할 수 없다.

둘째, 합법적인 판결을 거치지 않고는 어느 누구도 체포, 구금, 재산권 박탈 및 기타 손해를 입지 아니한다.

한편, 정치인들과 종교지도자들을 신뢰하지 않던 애드문과 선

원들은 펠리페 3세의 호의와 약속을 받은 후에도 철저하게 신분을 감추며 살아가기로 결심했다. 그들은 죽을 때까지 평생 가족들의 얼굴을 보지 못한 채, 은밀히 가족의 생계를 도왔다. 그래서 그들의 가족은 가장이 실종되어 재산을 이미 상속받았음에도 불구하고 어찌된 영문인지 해마다 몇 차례씩 이름을 밝히기를 거부하는 어떤 독지가로부터 거액의 돈을 기부받곤 했다.

4

마닐라 인트라무로스 요새

마젤란이 필리핀을 발견하고 정복한 지도 벌써 100년 가까이 흐른 1615년 12월의 마닐라 항. 사계절이 있는 스페인이라면 겨울이라 불러야 하는 계절이지만 일 년 열두 달 내내 무덥기만 한 필리핀은 언제나 여름이다. 그리고 항해사들이나 상인들에게는 해마다 11월부터 이듬해 3월까지 편서풍이 불어주니 항해와 무역을 하기에 가장 적당한 계절이다.

마닐라에 있는 인트라무로스^{Intramuros}('벽 안에서'라는 뜻) 요새는 사방 800미터의 면적으로 1571년에 레가스피 총독이 건설했다. 그곳은 식민통치의 지휘소 역할 뿐만 아니라 유럽이나 멕시코에 왕래하는 화물들 중 귀중품들(특히 금과 은)을 보관하는 창고 역할도 하고 있었다.

그래서 요새 안에서 뿐만 아니라 요새 밖에서도 각 나라에서

온 상인들과 선원들이 눈에 많이 띄었다. 그들 중에는 가끔 총독 위세를 등에 진 스페인 상인들과 인원수와 단결로 버티는 중국 상인들이 크고 작은 마찰을 빚기도 했다.

12년 전인 1603년에는 스페인 상인들과 중국 상인들이 영역문제로 패싸움을 벌였는데, 요새에 주둔하고 있던 스페인 군인들이 출동하여 무려 2만 4천 명이나 되는 중국인들을 학살한 적도 있었다. 일본 상인들과 인도 상인들도 눈에 뜨였지만 극히 소수여서 마닐라 상권에 큰 영향력을 발휘하지는 못했다.

유럽이나 아시아 각국에서 배를 타고 온 선원들은 밤낮으로 독한 술에 취해 어기여차 노래를 불러제꼈다. 뱃사람들의 노래란 파도의 리듬과 파도를 타며 노 젓는 리듬이 세상 어느 바다에서나 비슷한 때문인지 노랫말만 다르지 흥은 엇비슷하여 서로 국적이 다르더라도 쉽사리 섞여 목이 터져라 뱃노래를 불렀다. 여기에 술집작부들까지 어울려 마닐라의 여관이나 선술집에서는 언제나 왁자지껄한 활기와 열기가 그득했다.

인트라무로스 요새의 북쪽에는 파식 강이 흐르는데, 그 강 건너에는 백여 년 전부터 중국 상인들이 집단적으로 거주하는 디비소리아^{Divisoria}라고 부르는 마을이 강을 따라 길게 자리하고 있었다. 디비소리아 강변에는 중국에서 들여온 각종 비단, 도자기, 상아, 후추 등을 하역하는 10톤에서 30톤 사이의 작은 범선들이 빼곡히 접안해 있었고, 배와 부두 인근에 있는 창고 사이를 부지런히 오가며 화물을 나르고 쌓아 놓는 광경을 날마다 볼 수 있었다. 그 화물들은 멕시코에서 들여온 은과 교환될 것이었고

60 갤리온 무역

500톤 이상 크기의 갤리온 선에 실려 멕시코로 갈 것들이었다.
 요새 안에는 1천 여 명의 스페인 군인들이 밤낮으로 철통같은 경비를 서고 있고, 요새를 열 두 방향으로 나누어 각 방향으로 요새에 접근하는 수상한 선박이나 무장 세력들을 상대할 요량으로 대포를 여러 문 설치했다. 요새의 벽과 연결되는 곳에는 군인들 막사와 무기고, 죄인들을 가두어 놓는 감옥이 있었다. 요새의 가장 중앙에는 광장이 있었고 그곳에 총독 관저와 성당이 자리 잡았다. 총독관저에는 스페인에서 파견된 총독과 법관, 세무관 등 관리들 약 200여 명이 사무를 보고 있었고, 성당에는 로마 교황청에서 파견한 400여 명의 성직자들 중 50여 명만 머물고 나머지 350여 명의 성직자들은 필리핀 각지에 건설 중인 성당을 관리하고 인근 주민들에게 선교하기 위해 파견되어 있었다.
 광장 주변에는 스페인 관리들의 저택과 유럽에서 몰려온 상인들을 위한 식당을 겸한 여관들, 고기나 곡류, 과일을 파는 상점들이 광장을 중심으로 원형으로 질서 있게 들어서 있었다. 광장의 노점들에는 유리 제품, 거울, 과일과 야채, 먼지 쌓인 책들과 별의별 헌옷까지 없는 게 없었다.
 요새를 드나들 수 있는 두 군데의 입구와 광장까지는 직선으로 연결되어 네 대의 마차가 나란히 다닐 수 있을 만큼 넓은 대로가 있었고, 그외 주택과 여관 및 상점들이 늘어서 있는 거리들은 두 대의 마차가 동시에 다닐 수 있는 넓이였다.
 도로는 로마식으로 반듯하게 닦여 하늘에서 볼 수 있다면 바둑판을 연상시킬만 하였고 돌을 네모나게 깎아 바둑판처럼 깔았기에 마차가 수없이 지나다녀도 길이 파이거나 흙먼지가 주체할

수 없을 정도로 날리는 경우는 없었다. 비가 많이 내리는 우기 철에도 요새 내부의 길들은 질퍽거리지 않았다.

인트라무로스 광장의 총독 관저 입구에서 나오면 세 시 방향 길 건너 목 좋은 위치에 칼라우 여관이 있다. 광장 주위에 늘어서 있는, 머리를 교회의 첨탑처럼 뾰족하게 다듬은 우쭐한 종려나무들은 잎사귀들을 바람에 날리며 그늘을 흩트리고 있지만, 칼라우 여관 정문 양쪽에 심어놓은 커다란 망고나무 두 그루만은 여관 전체에 쾌적한 그늘을 만들어 주고 있었다.

요새의 안과 밖에 있는 망고나무들은 3월의 수확기를 앞두고 부지런한 망고들이 벌써 세상구경을 나와 포도송이마냥 주렁주렁 앙증맞게 매달려 있었다. 한낮의 인트라무로스 광장은 작열하는 태양으로 뜨겁게 달아올랐음에도 지나다니는 사람들과 마차가 많아 혼잡했다.

5
동업자들의 만남

오후의 따가운 햇살 아래 커다란 망고나무들이 흐늘흐늘 움직이고 있었다. 광장에 있는 커다란 분수는 물을 뿜으며 반짝이고 있었다. 나무 그늘 아래 벤치에서 매일 오후 두 시경부터 해가 저물려 하는 여섯 시까지 무엇인가 심각하게, 때로는 호쾌하게 웃으며 의논하는 네 사람이 한 달 가까이 눈에 띄었다. 그들은 오래 전부터 알고 있던 사이처럼 정다워 보였다.

그날도 저녁노을이 부산을 떨며 스러지고 어스름이 안개처럼 몰려드는 무렵이었다. 여관 앞에 있는 커다란 망고나무 아래 여느 때처럼 네 명의 사내들이 벤치에 앉아 잡담을 나누고 있었다.

그들 중 가장 젊어 보이는 유다양이 제일 혈기가 넘쳤고 발랄하여 말이 많았다. 그럴 수밖에 없는 것이 벌써 15년 동안이나 마닐라와 멕시코를 오가는 갤리온 무역선을 타는 항해사였기 때문에 마닐라에 대해서는 일행 중 가장 경험이 많았다. 그는 언

제나 신사처럼 말쑥하게 차려입고 다녔는데, 부츠와 잘 어울리는 항해사 제복의 코트자락 밑으로 단검이 흔들거렸다. 그는 가죽으로 만든 모자 아래로 눈썹을 항상 찌푸리고 있었다.

유다양이 자못 명랑하게 계속 무어라 주장했다. 누가 보기에도 그는 약간 들떠 있었다. 유다양이 유쾌한 표정을 지어보이며 화제를 하나 떠올렸다.

"혹시 '애드머럴 리'라고 들어본 적이 있으십니까?"

나이가 꽤 많아 보이는 두 명의 노인은 얼굴이나 목 주위에 흐르는 땀을 닦다가 동작을 멈추고 그를 빤히 쳐다보았다. 갤리온 무역에 5년 가까이 종사하며 한창 재미를 보는 참이던 중년의 애드문이 흥미로운 표정으로 물었다.

"유다양 씨. 조선이라는 나라의 이순신 장군을 말하는 겁니까?"

당시 조선의 왕과 지도층 양반들은 중국에 속국(번국 또는 식민지국)으로서 예를 지키고 중국을 섬기는 것을 도리라고 믿고 있었다. 그래서 유럽에서는 조선이라는 나라에 대해 잘 알지 못했고 다만 중국의 동쪽 지방 이름이라고 여길 뿐이었다. 그러나 중국과 일본의 항구들을 자주 오가면서 무역을 하는 유럽 상인들과 선원들은, 조선이 중국과는 전혀 다른 민족의 나라이지만 중국에 정치와 외교가 종속되어 있어서 독립국이라고 하기에는 부족하다고 알고 있었다.

그렇게 초라하고 힘없는 나라의 장수에 대해 유다양이 알고 있다는 사실을 전혀 예상치 못한 듯 애드문은 깜짝 놀라는 표정을 지었다.

"오 대단하시네요. 애드문 씨. 아하하하!"
유다양이 손뼉을 치며 웃었다.
"맞습니다. 지금부터 25년 전에 동쪽 끝에 있는 조선이라는 나라와 일본 간에 전쟁이 있었잖아요. 그때 조선의 해군제독이 애드머럴 리죠."
유다양은 안면에 환한 미소를 지었는데 그건 맞장구를 쳐주면서 호감을 얻기 위해서였다. 애드문은 물론 그 전쟁을 비교적 자세히 알고 있었다.
"그렇습니다. 애드머럴 리는 패망 직전에 있던 조선을 구해냈지요. 겨우 열 두 척의 배로 열배가 넘는 일본의 전선戰船들을 거의 모두 수장시켰으니 실로 대단한 거죠. 물론, 조선의 판옥선과 거북선이 일본의 군선軍船들보다 훨씬 컸다는 이점이 있기는 했지만, 유럽의 그 어느 해군 제독들보다 훌륭한 지휘관이라고 생각해요."
유다양은 애드문이 이순신 장군의 전과戰果 뿐만 아니라 전세의 상황에 대해서까지도 잘 알고 있는 것에 또 다시 놀랐다. 어쩌면 그 전쟁과 이순신 장군에 대해 자기보다 더 자세히 알고 있는지도 모른다는 생각에 가슴 한 구석이 무거워지기 시작했다.
"뭐 대단하다면 대단한 거겠죠. 하지만……"
유다양은 입맛을 다시며 말을 이었다.
"하지만, 스페인의 무적함대를 수장시킨 영국의 드레이크 선장보다 더 낫다고 말할 수는 없죠! 비록 드레이크 선장이 해적이라는 부정적인 평가를 하는 사람들도 있기는 하지만, 비루한 동양인 주제에 감히 우리 유럽인들과 견줄 수는 없지 않나요? 애드

문 씨는 그렇게 생각하지 않으세요?"

유다양은 말 끝에 힘을 주었지만 어딘가 모르게 어색함이 느껴졌다. 근거 없이 떠드는 사람들에게서 흔히 느끼는 공허함이었다.

애드문은 급히 뭔가 말하려다 그만 두고 어깨만 으쓱해 보였다. 개인적으로 드레이크를 좋아하지 않았다는 것을 차치하고서라도 과연 전쟁의 성과로만 지휘관을 판단할 수 있을까 하는 의구심이 일었기 때문이다. 그리고 사람에 대한 평가는 보이는 것보다는 보이지 않는 것에 더 비중을 두어야 한다는 것이 자신의 소신이고, 이순신 장군의 보이지 않는 모습은 어땠는지 아는 바가 그다지 많지 않았기 때문이다. 게다가 중국과 인도를 포함한 동양 세계의 무기체계가 유럽에 비해 훨씬 뒤떨어져 있어서 전쟁에 임하는 지휘관들의 전술도 다를 것이었다. 비록 유다양이 빈약한 근거로 이순신 장군을 얕잡아 본다 하더라도 그의 견해를 반박할 만한 자료 역시 애드문에게 궁했기 때문이다.

애드문의 머릿속에는 이순신에게 패한 어느 일본 장수가 그의 가족과 친구들에게 전했다는 말이 맴돌았다.

"내가 제일로 두려워하는 사람은 이순신이며, 가장 미운 사람도 이순신이고, 가장 좋아하는 사람도 이순신이며, 가장 흠모하고 숭상하는 사람도 이순신이다. 가장 죽이고 싶은 사람도 이순신이고, 가장 차를 함께 마시고 싶은 사람도 이순신이다."

그가 대체 어떤 인물이기에 적장敵將마저도 '가장 흠모하고 숭상하는 사람, 가장 차를 함께 마시고 싶은 사람'일 수 있을까? 그토록 우수하고 훌륭한 인물이었더란 말인가? 애드문은 그가 살아있다면 반드시 찾아가 만나보고 싶었다.

66 갤리온 무역

애드문이 학교에서 배우기를, '우수함'이란 겉으로 나타나는 힘이라 했다. 공부를 잘한다든가 싸움을 잘한다든가 멋진 몸매를 가진 것 따위가 우수한 것이다. 그러나 '훌륭함'은 내면의 힘이다. 약자에 대한 사랑과 배려, 많은 경험을 토대로 쌓은 지혜와 통찰력이 깊다면 훌륭한 것이다.

애드문의 침묵에 잠시 어색함이 흘렀고 자신이 주도하고 있는 대화에서 발생하고 있는 공허함을 빨리 채우지 않으면 안 되겠다고 생각했는지 유다양이 얼른 자신의 말을 이었다.

"어찌 되었건 간에, 우리들은 훌륭한 장군이 있으면 이웃 나라를 정복하거나 식민지를 건설하는데, 이순신 같은 탁월한 장군이 있었음에도 불구하고 일본이나 명나라를 정복하지 못한 조선은 정말로 한심하고 멍청한 나라임에 틀림없어요. 그렇지 않아요, 애드문 씨? 하하하!"

유다양은 자기가 굉장히 재치 있는 말을 했다고 생각하며 호탕하게 웃었다. 애드문은 유다양의 말에 어느 정도 일리가 있다고 생각했다. 그는 가만히 고개를 끄덕이며 생각에 잠겼다.

'탁월한 장군이 있음에도 명나라와 일본을 정복하지 못한 나라, 조선...... 명나라를 대국大國이라 부르며 엎드려 섬기는 것을 부끄러워하지 않는 나라, 조선....... 오히려 스스로 굴종屈從하는 것을 예의라고 믿는, 어처구니없도록 한심한 나라, 조선.'

헬리와 크리스전은 조선에 대해 아는 것이 별로 없는지 미소만 지을 뿐 아무런 대꾸가 없었다. 그러자 유다양은 더 이상 애

기를 풀어내다가는 자신의 알량한 정보와 지식이 자칫 애드문에게 간파당할지도 모른다는 우려가 일어 화제를 바꿀 때가 되었다고 생각했다. 애드문에게서 얼른 시선을 돌려 멍하니 자신을 바라보고 있는 두 남자에게 말을 걸었다.

"헬리 씨! 크리스전 씨! 요즘 유럽에서는 고위험 고수익 거래를 전담하는 동인도 회사와 서인도 회사들이 크게 뜨고 있는 거 아시죠?"

평소에도 말이 별로 없는 헬리가 고개를 주억거리며 말했다.

"나도 들은 바가 있소. 얼마 전에는 독일의 푸거 같은 부자들이 은행을 설립하여 왕족들과 상인조합들에게 목돈을 대출해 주고 있다는 소문도 들었소."

일행 중에 가장 연장자인 크리스전도 자신의 관심분야가 등장하자 적극 끼어들었다.

"나도 작년 말 피렌체에 있는 은행에 가서 대출을 받아 배를 하나 살까 했는데, 그들이 담보를 요구하더군요. 그래서 마땅한 투자처를 찾기 전까지 여태까지 모은 전 재산을 포르투갈 동인도 회사 주식에 투자해 놓았어요. 수익률이 꽤 좋더군요. 그리고 보니 유다양 씨는 젊은 사람치고는 꽤 많은 것을 알고 있군요."

헬리의 맞장구와 크리스전의 칭찬에 고무된 유다양은 무역선을 타고 항해하고 다니면서 얻은 다양한 경험과 지식이 있다는 것을 과시하듯 연거푸 새로운 화제를 떠올렸다.

"명나라의 황제와 관리들은 돈을 아주 좋아해요. 작년 초 복건 항에 갔을 때 은화 100냥만 쥐어주면 그 옆 지방의 군수 자리를 하나 준다는 황제의 친척을 만났지요. 그런데 황제가 술과

여자는 싫어하나 봐요. 주색에 빠진 관리들은 지위고하를 막론하고 치도곤을 맞고 전 재산을 몰수당한다니, 그런 무식한 나라에 누가 투자하겠어요? 북쪽 오랑캐가 명나라를 곧 쳐들어올지 모른다고 걱정이 대단하던데, 땅 넓고 돈 많은 명나라를 어느 바보가 감히 건드리겠어요? 최근에는 만리장성도 완성되었으니, 명나라는 앞으로도 최소 백 년은 끄떡없어요."

애드문은 명나라 황제가 주색에 빠져 있어서 부패한 관리들이 정사政事를 좌지우지 하고 있다는 소식을 익히 들었던 터라, 문득 유다양의 말이 사실과 허위가 뒤섞인 것 같다는 느낌을 받았다. 이래저래 유다양의 정보가 썩 미덥지는 않았지만 혈기 발랄하고 유쾌하게 떠들어 대는 그의 말에 귀를 기울이고 있는 크리스전과 헬리를 고려해서 입을 다물기로 했다

애드문까지도 자신의 이야기를 경청하는 것을 느끼자 기회를 잡았다 싶은 유다양은 세 사람의 마음을 더욱 깊숙이 공략해 가기로 했다. 그의 얼굴은 한층 신이 나는 듯 생기를 띠며 자신의 무용담으로 빠르게 이어나갔다.

그것은 유다양이 며칠 전 디비소리아에 있는 싸구려 선술집에 놀러 갔을 때의 소동이었다. 술 취한 어느 포르투갈 선원의 가벼운 난동사건을 우연찮게 목격했던 유다양이 자신의 이야기로, 그것도 굉장한 일이 있었던 것처럼 잔뜩 부풀려 보기로 했다. 그 선원이 붙잡히지 않은 채 도망쳤고 워낙 사소한 일이어서 소문도 디비소리아 밖에까지 퍼지지 않았을 것이었다. 거의 대부분의 시간을 인트라무로스 요새 안에서만 소일하고 있던 세 사람이 그 소동을 알 턱이 없다는 계산도 이미 해둔 상태였다.

당시의 선원들은 항구에 내리면 흥겨운 기분에 들뜬 채 배불리 먹고 취하도록 마시며, 노래 부르고 춤추면서 때로는 거친 싸움도 마다하지 않았기 때문에 유다양이 약간 각색한다 하여 그다지 틀릴 것도 없고 이상할 것도 없이 어디서나 들을 수 있는 뻔한 이야기였다. 아무튼 유다양의 경험담이라는 이야기는 이러했다.

이틀 전 유다양이 술집에서 혼자서 술을 마시고 있을 때였다. 혼자서 마셨지만 주위에 앉아 있는 사람들에게 술 실력을 뽐내려고 단숨에 잔을 비워댔다. 그러고는 머리 위로 술잔을 흔들면서 종업원을 불렀다.

"이봐! 잔이 비었잖아. 한 잔 더!"

다 마신 술잔을 탁자 위에 거칠게 내려놓으면서 마음껏 소리치는 것도 신이 났다.

어느 덧 술에 취한 유다양이 흐리멍텅한 눈으로 천장을 올려다보다가 갑자기 고향생각이 나서 고향에서 부르던 노래를 흥얼거리기 시작했다. 그러다가 나중에는 소리 내어 불렀다. 술에 엉망으로 취해 있었기에 음정과 박자가 개판이었을 것이 분명했지만 유다양은 개의치 않았다.

그때 바로 옆 테이블에서는 중국 상인 세 명이 유다양도 잘 알고 있는 창녀 마리아와 잡담을 나누고 있었다. 그 중에서 몸집이 제법 큰 중국인은 다른 창녀들을 노골적으로 집적거렸다. 그들은 노래가 귀에 거슬렸는지 얼굴을 찡그리며 유다양을 노려보다가 그만두고 다시 창녀들과 잡담을 계속했다. 그들뿐만 아니라 가게 안에 있는 손님들도 술에 취한 시답잖은 선원에 대해 곱지

않은 말들이 오고갔다. 사람들은 대체로 상당히 불만스러운 표정들을 하고 있었다. 그것 역시 유다양이 눈치 채고 있었지만 무시했다.

유다양은 감정에 복받쳐 노래를 부르다가 갑자기 주먹으로 탁자를 쾅 내리쳤다. 순간 술집 안에 적막이 감돌았다. 하지만 곧 중국 상인들은 담배에 불을 붙이고 큰 소리로 이야기를 이어나갔다. 다들 아시다시피 중국인들은 매우 시끄럽지 않은가! 유다양은 그들에게 조용히 하라고 고함을 질렀다.

"이봐, 누런 인종들! 아가리 닥치지 못해?"

그때, 중국 상인들 중 한 명이 그를 돌아다보며 물었다.

"지금 우리한테 말한 거요?"

"그래! 그걸 몰라서 물어? 댁들 목소리가 너무 커서 노래하는 데에 집중할 수가 없잖아!"

"허! 이 친구 웃기네! 당신, 선원이야?"

몸집이 큰 중국남자가 유다양에게 말했다.

"그렇다! 왜?"

유다양이 우렁차게 대답했다.

"그럼 배에 가서 노래하면 될 거 아냐!"

"나는 여기서 노래하는 게 좋단 말이야!"

"이거 계속 재미난 소리를 지껄이네. 하하하!"

몸집이 우람한 중국인이 큰 소리로 웃으며 자리에서 벌떡 일어나자 그의 일행 두 명도 덩달아 일어났다. 그 두 명은 왜소했지만 흉측하게 생겼고 싸움에는 이골이 난 듯 자신만만한 태도였다. 불온한 분위기가 감돌았는지 다른 손님들은 슬슬 선술집

을 빠져나갔다. 그러나 멀리 가지는 않고 밖에서 안을 들여다보며 뭔가 재미난 일이 벌어질 것을 기대하는 눈초리가 빛을 발하고 있었다.

유다양은 그의 테이블로 다가오는 중국 상인들에게 욕설을 퍼부었다. 그러나 기품이 있는 유럽인인지라 하찮은 동양인들에게 차마 상스러운 욕은 할 수 없어서 점잖은 욕을 골랐다.

"모자란 새끼들! 네까짓 노란 인종들 세 놈이 감히 유럽인을 상대해 보겠다고? 하하하!"

유다양도 큰소리로 웃어 대자 중국 상인들은 그의 대범함에 놀라서 얼굴이 하얗게 변해 서로를 쳐다보며 눈치를 살폈다. 그러나 질렸던 그들의 얼굴이 곧 본래의 모습을 되찾는가 싶더니, 갑자기 유다양의 술잔이 놓여 있는 테이블을 벌컥 뒤집어 버리고선 한꺼번에 유다양을 향해 달려들었다.

유다양은 비록 술에 취했지만 날아온 중국인들의 주먹과 발길질을 가볍게 피해버렸다. 그리고 어쩔 수 없이 공격을 감행해서 중국인들의 얼굴을 뭉개 버렸다.

신고를 받고 출동한 스페인 병사들이 몰려오는 소리를 듣고 유다양은 소리도 없이 그 자리를 빠져 나왔다.

유다양의 이야기는 선원들이 몰려다니는 각 나라 항구의 선술집에서 흔하게 벌어지곤 하던 허풍에 불과했고, 항구에서 벌어지는 그와 비슷한 에피소드들은 스티븐슨을 비롯한 많은 소설가들의 단골메뉴였다. 애드문은 싸움에 그다지 능해 보이지 않는 유다양의 이야기를 듣고 어느 정도까지 믿어 주어야 할지 가늠이 서지 않았다. 그러나 그가 흥미진지하게 이야기를 풀어나

가는 실력만은 인정하지 않을 수 없어서 크리스전과 함께 조용히 미소를 지으며 들었다.
 가장 흥겹게 이야기를 듣는 사람은 헬리였다. 평소에 과묵하게 앉아 있던 그답지 않게 소리 내어 웃으면서 맞장구를 쳤다.
 유다양은 자신이 지어낸 대담하고 거친 활약상에 스스로 도취하고 만족해서 이야기를 하는 도중에 엉덩이를 연신 들썩들썩 했다. 그러면서 나중에 다른 사람에게 그 이야기를 또 써먹어야 겠다고 생각했다.
 유다양의 수다를 들으며 망고를 먹고 있는 사이에 어느덧 날이 저물었다. 마닐라 만을 물들이는 석양 노을이 꿀물 빛인지 망고 빛인지 분간하기 어려울 정도로 달콤하고 먹음직스러워 보였다. 네 명의 남자는 이틀 후에 다시 만나기로 하고 모두들 뿔뿔이 헤어졌다.

 유다양의 행동에는 속셈이 있었다. 그는 사업을 벌여 하루라도 빨리 선주船主가 되고 거부巨富가 되고 싶어 안달이 나 있었다. 그러나 그에게는 혼자서 사업을 시작할 만한 자금과 자신감이 부족했다. 기회를 엿보던 중에 우연찮게 마닐라에서 세 사람을 사귀게 되었다.
 선주이면서 말수가 적어 소심해 보이는 헬리, 역시 선주이면서 사업수완과 신용이 좋다고 알려져 있는 애드문 그리고 부자이면서 기술자인 크리스전이 그들이었다. 애드문과 크리스전은 사업상 약간의 거래관계가 있는 것 같았다. 그러나 헬리는 그들 주위에 맴돌 뿐 서로 잘 알고 지내는 사이 같지는 않아 보였다.

유다양은 우선 이들 세 사람과 동업하는 형식을 취하는 것이 최선이라고 판단했다. 그리고 그들 세 사람 중에서 가장 젊고 듬직해 보이는 애드문을 공략하기 위해 지난 한달 동안 거의 매일 애드문을 찾아가 자신이 애드문을 존경하고 있음을 직간접적으로 내비쳤다. 그리고 자신이 무역과 항해에 관해 충분한 경험을 쌓아 왔음을 피력했다. 이제는 독립하여 자신의 실력을 활용하고 싶으니 도와달라고 부탁했다.

유다양은 상상력과 편집력, 그리고 말재간이 뛰어난 자신의 장점을 잘 알고 있었다. 사귄지 얼마 되지 않은 사람이면 누구라도 그가 짜깁기하여 풀어 놓는 다방면에 걸친 탁월한 경험과 지식에 놀라움을 금치 못하고 그의 매력에 푹 빠져들어 버린다.

그러나 자신의 단점도 너무나 잘 꿰뚫고 있었다. 그와 3개월 이상 알고 지내는 사람들은 그가 실제로 아는 것보다 과대 포장하여 얘기하는 버릇이 있다고 알아채 버린다. 그의 말 속에 들어 있는 많은 거짓들이 발각되어 버린다. 그리고 돈에 지나치게 집착하여 주위 사람들에게 관대하지 않은 것도 단점이었다. 그래서 허풍쟁이에다가 구두쇠인 유다양에게는 어느 항구에서건 어느 배에서건 오래 사귄 친구가 없었다.

사람들이 자신을 평가하는 시각이 확연히 엇갈리는 시기가 사귄 지 3개월이라는 점을 잘 아는 그는 무슨 일이든지 3개월 이내에 끝장을 내야만 했다.

세 사람을 사귄 지 벌써 한달 반이 흘렀다. 헬리는 이미 그에게 호감을 가졌다는 것을 느낄 수 있었다. 어딘지 모르게 헬리와 유다양은 서로 끌리는 게 있었다. 크리스전은 늙은 여우와 같

아서 유다양의 말을 신뢰하는 듯하면서도 가끔 의심하는 눈초리를 내비쳤다. 그러나 늙은 여우가 애드문을 깊이 신뢰하는 듯하니 애드문의 마음만 사로잡으면 된다고 유다양은 생각했다.

애드문은 경험이 많은 남자였다. 그러나 자신의 실력과 직감을 과신하는 교만한 남자였다. 그리고 자신의 교만함이 얼마나 심각한 약점인지 알지 못했고, 그 약점으로 인해 언젠가는 그와 그의 지인들마저도 생명의 위협에 빠뜨리는 일을 겪게 될 수 있으리라는 것도 알지 못했다. 유다양의 언변에 다소 거북함을 느꼈지만 사소한 문제라고 치부했고, 사업을 하고 싶어 하는 그의 열정만큼은 진실이라고 애드문은 믿었다.

유다양의 감추어진 탐욕을 알아채지 못한 채 애드문은 서서히 유다양에게 호감을 갖게 되었다. 유다양의 잦은 방문과 수다는 점점 애드문을 기분 좋게 만들었다. 유다양의 달콤한 말은 애드문이 좋아하는 망고보다 훨씬 더 맛있게 들리기 시작했다. 바야흐로 마닐라에는 망고와 수박이 무르익어가는 계절이 도래하고 있었다. 유다양이 바라마지 않던 동업同業의 기운도 차츰 무르익어 가고 있었다. 그리고 운명은 그들에게 쓰디쓴 놀라움을 예정해두고 있었다.

얘기를 재미있게 듣고 있는 세 사람과 이 소설의 주인공 유다양에 대해 주위 사람들에게 알려진 그들의 과거란 것을 대강 추려 독자들에게 소개할 때가 되었다. 그들에 대한 개략적인 정보를 알고 있으면 이야기의 전개를 좀 더 수월하게 이해할 수 있을 것이다.

크리스젠 일행 중에서 가장 연장자이다. 72세. 코페르니쿠스가 지동설地動說을 제창했던 1543년에 태어났다. 한때 선원이었으나 일찌감치 그 직업을 청산하고 제조업에 뛰어들었다. 스페인에서 선박 수리와 부품을 제조하는 공장을 운영하고 있다. 그의 나이 40대와 50대 때인 16세기 말에 아프리카, 아메리카, 아시아 여러 곳에 식민지를 건설하여 부를 약탈하려는 왕들과 귀족, 상인들이 과도한 경쟁을 하다 보니 선박의 크기와 수가 크게 증가하여 그의 사업도 날로 번창했고 상당한 재산을 모았다. 멕시코와 필리핀을 정기적으로 오가는 갤리온 무역이 호황이라는 소문을 듣고 6개월 전부터 마닐라에 체류하며 조사를 하고 있었다. 마닐라에도 공장을 세우려고 하는 중이다. 선박용 기계와 공구의 발명에 관심이 많다. 애드문을 사귄 후 무역에 대해서도 관심을 갖기 시작했다.

헬리 60세. 1555년에 태어났다. 그해에 유럽에서는 종교선택의 자유를 부분적으로 인정한 아우크스부르크 화의和議가 성립되어 신교 또는 구교의 선택권을 그 지역의 지배자에게 주게 되었다. 그리고 조선에서는 남해안에 왜구들이 60여 척의 배를 타고 쳐들어와서 두 달 보름 동안이나 약탈을 한 뒤 조선군의 공격을 받아 물러갔다. 1,000톤짜리 갤리온 선 오리엔트 호의 선주이자 선장이다. 지중해와 대서양 무역에서 실패한 후 마닐라와 멕시코를 왕래하는 갤리온 무역에 참여했지만 계속 현상유지만을 하고 있는 중이다. 장사 수완이 미숙하고 고용한 선원들을 효과적으

로 통솔하지 못하기 때문이지만 주위 사람 누구도 그가 처한 상황에 대해 제대로 알지 못하고 있다. 적당한 값을 쳐주겠다는 사람이 나타나면 배를 팔아 버리려고 반 년 가까이 마닐라에 배를 묶어 두고 있다. 그는 과묵한 성격이어서 그의 전력^{前歷}에 대해 아는 이가 거의 없으며 그는 자신의 생각을 좀처럼 노출시키지 않는다.

애드문 53세. 조선의 의적^{義賊} 임꺽정이 황해도 구월산에서 체포되어 사형 당한 1562년에 태어났다. 엔리케 항해학교 출신 선장. 한 척의 갤리온 선 셀로나 호를 소유한 선주이자 무역상. 해적들에게서 노획한 전리품^{戰利品}과 무역업으로 많은 재산을 축적했지만, 자랑하는 걸 좋아하지 않는 그는 재산축적 과정을 남들에게 말하지 않는다. 대부분의 사람들은 그가 평범한 선장이자 선주, 사업가인 줄로만 알고 있다. 무역거래와 항해 중에 겪었던 일들이 후세 사람들에게 참고가 될 수 있도록 틈틈이 글을 쓰고 있다. 셀로나 호에 후추 1,000톤이 가득 실리면 멕시코로 출항할 예정이다.

유다양 44세. 1571년생. 항해사. 아직 선장으로서 직접 배를 운항해 본 경험은 없다. 재물과 권력에 대한 욕심이 강하다. 조금이라도 유리한 급여를 제시하면 곧바로 배를 옮겨 탄다. 1년 전부터는 무역상인 톰슨 씨가 소유한 포르티 호에 고용되었다. 배에 실어야 하는 일부 화물이 아직 도착하지 않아 출항이 지연되고 있는 중이다. 톰슨 씨의 무능에 대한 비판을 에둘러 하고 다니

동업자들의 만남 77

며, 자신의 능력을 발휘할 기회가 없음에 한탄하고 있다. 픽션과 논픽션을 적당히 섞어 얘기하는 재주가 탁월하여 그의 이야기는 소설보다도 더 재미있을 때가 많다. 그래서 그와 직접 경험해 보지 않은 사람들은 그에게 쉽게 빠져든다. 창녀촌에 갈 때만 제외하고는 항상 우아하고 멋쟁이 차림으로 다니지만 세심한 사람들은 그에게 품위가 없다고 느낀다.

네 사람의 가족 이야기는 생략하겠다. 멀고 먼 타지^{他地}에 있는 마도로스들에게 가족을 상기시키는 것은 그들의 가녀린 가슴과 영혼에 못할 짓이기 때문이다.

마음은 쓰라려도 이제 헤어져야 하나니
그러나 잠시 동안의 헤어짐이니
나는 반드시 돌아오리라
비록 천 리 만 리나 된다 하여도
―로버트 번즈(1759-1796)

6
동업 그리고 조선의 여인

 네 사람은 동업하여 무역을 하자는 계획을 세우고 있는 중이다. 가장 젊은 유다양의 얘기를 들으며, 키가 헌칠하지만 몇 올 남아 있지 않은 머리칼을 볼품없이 뒤로 빗어 올린 헬리는 커피를 홀짝거리고 있었고, 애드문과 크리스전은 연신 망고스틴을 까먹고 있었다. 커피는 이미 필리핀에서도 재배되고 있어서 마닐라의 어느 여관이나 선술집에서도 값싸고 흔하게 즐길 수 있었다. 망고스틴은 붉고 두꺼운 껍질을 까면 흰 속살이 마늘처럼 다닥다닥 붙어 있는 열대 과일이다. 달콤한 망고도 좋아했지만 그와 달리 새콤한 듯 달콤한 망고스틴의 맛을 두 사람은 무척 즐겼다.
 크리스전은 조용하고 꼿꼿한 귀족타입의 노인이라는 인상을 주었다. 애드문은 옷차림도 그렇고 말과 태도가 지극히 평범했지만 어딘지 모르게 온갖 경험을 해본 사람 같은 차분함이 배어

있었고, 낮은 구름사이로 언뜻 보이는 밝은 별처럼 가끔씩 번쩍거리는 눈만이 타고난 야성을 드러내고 있었다. 그가 왼손 중지에 끼고 있는 청동으로 만들어진 두툼한 싸구려 반지가 평범해 보이는 애드문에게는 어울리지 않는 유일한 장신구여서 사람들의 이목을 끌었다.

유다양이 적극적으로 다른 세 사람을 설득하고 있는 이유는 두 가지다.

첫째, 계약되어 있는 포르티 호에 실을 화물이 조만간 모두 도착하게 되면 마닐라를 떠나 다른 나라의 항구로 항해해야 한다. 그렇게 되면 자기 사업을 하기 위해 지난 한달 보름동안 세 사람의 마음에 들게끔 작업해 놓은 모처럼의 기회를 놓치게 되기 때문이다.

둘째, 톰슨이 그를 의심하는 눈치를 보이기 시작하니 이제 오래지 않아 톰슨과의 계약을 해지하고 그의 배를 떠나야 하기 때문이다.

세 사람과 달리 유다양은 그 동안 사업을 해 본적이 없지만 사업자금을 착실히 모아 왔었다. 절도와 밀수를 통해서였다. 선주나 선장이 눈치 채지 못할 정도의 소량 화물을 슬쩍 상인들에게 팔아넘기기도 했고, 부피가 작아 숨겨 다니기가 좋고 거래 마진이 큰 금괴나 은괴를 밀거래했다.

거의 25년 동안이나 아주 소량씩 취급했고, 선장이나 다른 선원들에게 꼬리가 밟히기 전에 다른 배로 갈아타곤 했다. 돈을 펑펑 쓰는 보통의 뱃사람들하고는 다르게 급여와 절도와 밀수로 번 돈을 낭비하지 않고 알뜰살뜰 모았다.

어쩌다 선술집에서 부하 선원들을 조우하게 되면 흔히 사관들이 한턱내어 부하들을 격려하고 그들로부터 복종심과 존경심을 얻는 것이 관례였지만 유다양은 모르는 척 하거나 슬그머니 다른 선술집으로 피해 버리곤 했다. 그래서 그를 경험했던 선원들로부터 쩨쩨하고 옹졸한 사람이라는 평판을 들어왔지만 그는 전혀 개의치 않았다. 그렇게 해서 모은 재산이 은화 200냥 가까이 되었고, 거의 대부분 절도와 밀수로 모았음을 감추고 물타기 하기 위해 유능한 주식 투자가로 행세하고 있었다.

지난 보름 동안의 협상이 거의 마무리 되어, 네 사람은 1616년 1월까지 투자계약서에 서명하기로 약속했다. 네 사람은 동업관계이지만 오리엔트 호와 그 배에 실릴 화물에 투자하는 형식이어서 투자계약서라는 명칭을 사용했다.

화물은 도자기, 목적지는 멕시코의 아카풀코^{Acapulco de Juarez} 항. 오리엔트 호의 소유지분은 헬리 20%, 헬리의 오랜 부하이자 주방장인 페냐 10%, 애드문 20%, 크리스전 20%, 유다양 30% 로 합의되었다. 애드문과 크리스전은 유다양이 그들보다 지분을 많이 갖도록 배려해 주었다. 그 이유는 그들에게 투자금이 부족했기 때문이 아니라, 이제 갓 사업을 시작하는 유다양의 의지가 대단하여 그를 격려해주기 위해서였다. 젊은이에게 성취감을 이끌어주고 그가 성공하는 과정을 목격하는 것도 즐거운 낙이라고 생각했다.

오리엔트 호는 주방장 페냐를 제외한 네 사람의 동업자가 공동 관리하고 공동 운항하기로 했으며, 당시 고용되어 승선하고

있던 선원들도 그대로 고용하여 승계하기로 했다.

페냐는 늙고 뚱뚱한 데다 항상 낡아 빠진 뱃사람용 외투를 입고 다녀서 가슴이 섬뜩할 정도로 보기 흉한 사람이었다. 크리스전이 페냐의 지분을 매입하고 승선자 명단에서 제외시키자고 애드문에게 제안했지만 애드문은 걱정하지 않았기 때문에 귀담아 듣지 않았다. 왜냐하면 주방장은 항해사가 아닌 하급선원인데다가 항해를 할 줄 모르는 사람은 선박 안에서 권위를 가질 수 없기 때문이었다.

마닐라에서 아카풀코 항까지의 거리는 약 8,700마일[海里]이어서 평균속도 6노트로 계산하면 60여 일이 걸린다. 하지만 항해하는 도중에 괌에 들러 보름이나 한 달 정도 체류하면서 좋은 이윤이 예상되는 화물을 더 싣고 식수와 식량을 추가로 구입하기로 했다. 그렇게 하면 폭풍우나 항해를 방해하는 요소들까지 감안하여 총 항해기간을 4개월로 예상할 수 있었다. 네 명의 동업자들은 도자기 구입비용뿐만 아니라 오리엔트 호 관리비와 항해경비까지 계산했다. 모든 경비는 동업자 네 사람이 각자의 지분비율로 부담하기로 합의했다.

애드문은 시장의 한 청과상점에서 망고스틴과 바나나를 한 자루 사서 들고는 바삐 걸음을 재촉했다. 다른 손에도 보자기가 들려 있었다. 여관에 투숙 중인 크리스전의 병문안을 가는 길이다. 키가 크고 머리칼이 짙은 갈색인 크리스전은 외모가 주는 풍채는 당당했지만 나이가 들어 쇠약해진 장기腸器는 어찌할 수 없었던지 가끔 앓아누웠다. 그럴 때마다 여관 주인이 수녀원에 있

는 의녀醫女를 모셔왔는데, 놀랍게도 미라라고 부르는 중년의 조선 여인이었다. 여관 주인과 수녀들에게서 얻어들은 그녀에 대한 얘기를 짜 맞추어보면 이러했다.

23년 전(1592년) 조선 땅에서 전쟁이 한창일 때 불타고 있는 조선 궁궐 안에서 의서醫書 한 묶음을 품에 안고 울고 있는 어린 처녀가 있었다. 그녀를 일본 장수가 납치하여 일본으로 데려갔는데 그때 그녀의 나이 고작 18세였다. 어찌 어찌하여 어린 나이임에도 일본 내에서조차 찾아보기 힘들 정도로 뛰어난 의술을 지녔음이 알려지게 되자 오사카 성안에 머물면서 성주城主와 성주의 가족 그리고 사무라이들을 치료하게 되었다. 그러던 중 로마 교황청에서 일본에 파견한 선교사 프란체스코를 운명처럼 만났다. 프란체스코는 처음에는 미라의 피폐한 삶을 동정하였지만 어느 순간 그녀의 재주와 미모 그리고 정숙한 몸가짐에 마음을 빼앗겨 버렸다. 가톨릭을 전도한다는 핑계로 그는 거의 매일 미라를 찾아가 그녀에게 스페인 언어와 서양의술 그리고 서양식 장부작성법을 가르쳐 주었다.

영국이 미국에 최초의 식민지 제임스타운을 세운 지 1년 후인 1608년, 프란체스코는 십여 년의 일본 선교활동을 마치고 로마로 떠났다. 그때 아무도 몰래 미라를 배에 태웠다. 그 무렵 미라는 고국에 대한 사정을 일본인들에게서 주워들었다. 적국 일본인들마저 존경하던 류성룡은 한 해 전에 세상을 떠났다 하고, 일본인들이 '쥐새끼 같은 놈'이라고 흉을 보던 선조 왕이 죽고 그의 아들 광해군이 즉위했다는 소문도 미라가 일본을 탈출하기

직전에 들었다. 하찮은 나라 조선에 대한 미련이 남아 있지 않으리라는 주위 사람들의 기대와는 달리, 미라의 바람은 항상 언젠가는 조선으로 돌아가는 것이었다.

프란체스코는 미라를 로마까지 데려가고 싶었지만 선교사로서의 양심과 책무를 저버릴 수 없었다. 그가 사모하는 미라가 좋은 기회를 만나 조선에 귀환할 수 있기를 바랐다. 그래서 중간 기항지인 마닐라에서 성당의 신부들과 수녀들에게 미라를 부탁했다. 이미 스페인어가 유창한 미라는 그들의 배려로 성당에서 간호업무와 식량창고 관리를 하며 생활하게 되었다.

그 후로 세월이 흘러 미라가 마닐라에서 생활한 지도 어느덧 7년이 되었다.

그 당시 스페인의 식민지였던 마닐라에는 의사로서 숙련된 기술을 갖춘 사람들이 거의 없었기 때문에 동양과 서양의 의학 지식과 경험이 풍부했던 미라는 인트라무로스 요새 안에 살고 있는 스페인 사람들 사이에서 모르는 이가 없을 정도로 유명한 의녀가 되었다. 그러나 선교 목적으로 응급치료 정도의 간단한 의술을 배워 왔던 스페인 신부들과 수녀들 중에는 그녀의 재주를 질투하는 사람도 더러 있었기 때문에 그녀에 대한 대우는 그녀의 유명세에 비하면 극히 소홀했다.

중국인들의 정착촌인 디비소리아에도 의사라고 떠벌리고 다니는 나이 많은 중국인 약재상들이 서너 명 있었지만 실력에 비해 돈을 너무 밝혀서 사람들은 그들을 돌팔이라고 비웃었다. 미라가 가끔씩 필요한 약재를 구입하기 위해 약재상에 들를 때마다 그들은 비록 그녀보다 연장자였지만 머리를 조아리며 존경을 표

시했고 공손했다. 프로를 인정하고 대접하는 자세만큼은 중국인 아마추어들이 스페인 아마추어들보다 한 수 위였다.

애드문이 방 안에 들어서자 크리스전과 미라가 반갑게 그를 맞이했다. 그날의 치료가 이제 막 끝났다고 했다. 미라는 자루를 건네받아 과일을 정성껏 씻어 탁자위에 올려놓으며 두 사람을 향해 포근한 미소를 지어 보였다. 그들이 얘기를 나누는 동안 그녀는 애드문 쪽을 자주 바라보았다. 크리스전을 대하는, 겸손하면서도 자신에 넘치는 애드문의 의젓한 태도가 그녀에게 호감을 불러일으켰다. 총명하고, 밝고, 그러면서도 어딘가 야생의 느낌이 나는 그의 얼굴과 인상에서 독특한 매력을 느꼈다. 한 마디로 그의 얼굴과 태도에는 부드러움과 강인함이 함께 담겨 있었다.

애드문의 눈에 비친 미라는 유럽의 여인들에 비하면 키가 작았지만 가느다란 팔다리에 날씬하고 자태가 아름다웠다. 나이는 어찌할 수 없었는지 주름이 눈가에 많이 띄었으나 그다지 늙어 보이지 않았다. 소문에 듣던 바대로 어딘지 모르게 지식이 풍부하고 고생도 많이 해 본 사람 같은 차분함이 배어 있었다. 반듯한 용모와 투명한 피부에 짙은 눈썹과 총명해 보이는 검은 눈동자가 도드라져 그녀의 얼굴은 그날따라 더없이 우아하고 기품 있는 귀부인처럼 보였다. 게다가 깔끔하게 다림질한 하얀 수녀복 차림과 고귀한 의술을 지녔다는 점이 그녀를 더욱 순결하고 지적으로 보이게 만들었다. 그리고 꾸밈 따위는 전혀 없는 그녀의 영혼은 맑고 자연스러워 보였다.

애드문은 그녀의 미소에 가슴 밑바닥부터 기쁨이 움터오는 것

을 느꼈다. 들고 왔던 보자기를 풀어 책을 한 권 꺼내 그녀에게 보여주었다. 얼마 전에 우연히 구했던 《동의보감》이라는 조선 책이었다.

"미라 씨, 이것은 조선의 의학 서적이라고 하던데, 본 적이 있나요?"

책을 받아들고 물끄러미 내려다보던 그녀는 이내 고개를 떨어뜨리고 눈물을 머금었다.

"혹시 그 책의 저자를 아시는지……?"

애드문의 물음에 미라는 가만히 고개를 끄덕였다. 미라의 눈물과 보물인 양 소중하게 책을 받아든 그녀의 태도로 미루어 미라와 그 책의 저자와는 특별한 인연이 있을 것이라고 애드문은 짐작했다. 그 책의 저자인 허준 선생이 몇 달 전에 세상을 떠났다는 소식을 그 책을 팔았던 상인에게 들었으나 차마 그녀에게 얘기해 주지 못했다.

미라가 10살의 어린 나이로 처음 조선 궁궐에 들어가 종으로 일하게 된 1584년에 허준은 왕의 어의御醫로 일하고 있었다. 당시 허준의 나이는 39세. 허준은 미라의 성실함과 영특함을 높이 사서 자신의 곁에 두고 가르치면서 돕게끔 했다. 미라는 수년 동안 허준의 지도를 받고 그를 도우면서 의술에 대한 많은 지식과 경험을 쌓았을 뿐만 아니라 허준의 의서 집필도 도왔다. 그런 까닭에 스승의 저작인 《동의보감》을 어찌 몰라볼 수 있었을 것이며, 스승과 고향이 그리워 어찌 눈물을 참을 수 있었겠는가.

애드문이 미라에게 정중한 자세로 말했다.

"이 책에 관심이 많습니다. 혹시 미라 씨가 괜찮다면 짬을 내어

스페인어로 번역해 줄 수 있을까요? 사례는 후하게 해 드리겠소."
미라는 가벼운 목례와 따뜻한 미소로 승낙을 표시했다.

12월 중순 유다양이 느닷없이 자신에게 단독관리권과 단독운항권을 준다면, 멕시코까지의 오리엔트 호의 관리비와 항해경비를 유다양 혼자 마련하고, 멕시코에서 도자기를 판매한 후 유다양의 경비를 우선 정산하고 나서 동업자 지분대로 이윤을 배분하는 조건을 제시했다.

유다양의 자금력과 경험부족에 의구심이 없지는 않았지만 일행 중에서 맨 먼저 헬리가 적극적으로 유다양의 제안에 동조했고, 며칠 후 애드문도 젊은 동업자의 열의에 매료되어 별생각 없이 동의해 주었다. 크리스전만이 못마땅하다는 표정을 지었으나 결국 마지못해 동의했다. 대신 몇 가지 중요한 사항을 계약서에 첨가하기를 요구했다.

첫째, 중요한 사항은 반드시 동업자 네 사람의 만장일치 동의에 의해서 결정해야 한다.

둘째, 유다양은 매월 20일 오리엔트 호의 정확한 위치를 보고해야 하고, 보급품과 화물 상태를 보고해야 한다.

셋째, 오리엔트 호에 선적되고 하역되는 화물과 보급품의 수량을 체크하는 사무장은 유다양을 제외한 세 사람이 합의하여 선정한다.

넷째, 지분을 양도하고자 할 때에는 다른 동업자들이 우선 매입권을 갖는다.

유다양이 위 네 가지 조건을 수락함에 따라 마지막으로 수정

된 투자계약서가 준비되었고, 1616년 1월초에 동업자 네 사람이 서명했다. 애드문과 크리스전의 신임과 위임을 받은 유다양이 헬리와 함께 오리엔트 호의 실제 가치를 조사한 후 은화 800냥으로 최종 합의했다. 당시 시세로 은화 한 냥은 명나라와 스페인 지방 관리의 한 달 치 급여 또는 쌀 열석의 가치에 해당했다.

애드문, 크리스전, 유다양이 오리엔트 호 지분 매입 금액으로써 각각 160냥과 240냥, 총 560냥을 헬리의 마드리드 구좌로 입금하기로 했다. 유다양으로서는 그 동안 모았던 전 재산을 올인$^{All-in}$하는, 그의 생애에서 가장 큰 도박을 한 셈이었다.

오리엔트 호는 1,000톤 규모의 갤리온 선으로, 세 개의 돛대와 대형 삼각돛$^{lateen\ Sail}$을 구비하고 있었다. 선저용골은 참나무로 건조되었고 외판과 갑판은 소나무로 만들어 졌다. 양현에 각각 8문의 데미컬버린 포가 장착되었는데, 이 대포는 구경이 작고 가늘면서 포신이 길어 갤리온 선에서 흔히 볼 수 있었다. 배의 길이는 85미터, 폭은 13미터, 만재흘수^{滿載吃水}(화물을 가득 실었을 때 바다수면 아래에 잠기는 깊이)는 5미터였다.

거의 같은 시기에 조선에서 만들어졌던 거북선(판옥선에 덮개를 씌운 전함)의 크기는 150톤 규모에, 길이 35미터, 폭 10미터, 만재흘수 1.4미터였으니 거북선보다 여섯 배 정도 더 큰 규모의 배였다.

수다쟁이 유다양과 과묵한 헬리 두 사람은 12월 중순부터 웬일인지 부쩍 가까워져서 빈번히 함께 어울려 다녔다. 유다양은

평소의 그답지 않게 헬리와 얘기할 때에만 목소리를 낮추어 소곤거리곤 했다. 그러다가 사람들이 가까이 다가서면 말을 돌려 딴청을 피우기도 하는 게 여간 비밀스러워 보이지 않았다. 그러한 사례들은 대수롭지 않듯이 얘기하는 사람들로부터 애드문 귀에 들려왔다.

한번은 총독부 건물 안에 세 들어 있는 로이드 보험회사 사무실에서 두 사람이 함께 나오다 마침 그 사무실 앞을 지나가던 미라와 마주쳤다. 미라가 그들의 의심스러운 행동에 대해 애드문에게 얘기했으나 애드문은 그들이 오리엔트 호의 인수인계에 대해 상의하고 있는 것이리라 지레 짐작하고는 두 사람의 어울림에 큰 관심을 두지 않았다.

갤리온 선의 선장업무는 그다지 복잡하지 않다. 더구나 경력을 많이 쌓은 항해사들에게는 업무의 인수인계를 위해서 그토록 빈번한 만남과 회의가 필요하지 않다. 그렇지만 무슨 일에서든 자신만만했던 애드문은 이상하게 생각하지 않았다. 어떤 상황에서든, 어떤 사람이든 자신의 의지로 통제할 수 있을 것이라고 믿고 있는 사람은 자만심에 차있는 사람이다. 교만한 사람이라고도 한다. 자만심이 넘치고 교만한 사람은 그러한 성격 탓에 언젠가는 혹독한 대가를 치르게 되는 법이다.

1월 중순에 헬리, 애드문, 크리스전은 오리엔트 호의 승선 허가증을 필리핀 총독으로부터 즉시 발급 받았다. 그런데 유다양은 톰슨과의 고용계약 해지를 일방적으로 통보하여 톰슨의 분노를 사는 바람에 오리엔트 호 승선 허가증 발급이 그 후 한 달이

나 지연되어 버렸다.

유다양의 승선 허가증 발급을 기다리는 동안 애드문이 지인들의 도움을 받아 도자기 900톤을 무사히 오리엔트 호에 실었다. 도자기 전체의 구입 대금은 은화 400냥이었는데 그 중 가장 고가인 고려청자 100톤을 구입하는 데 200냥이 쓰였고, 중국 도자기 800톤에 200냥을 지불했다.

애드문은 미라를 사무장 겸 선내의사로 고용하고 싶어서 수녀원을 찾아갔다. 애드문의 인품에 어느 덧 푹 빠져 있었던 미라는 포근한 미소와 목례로 동의를 표했다. 원장 수녀는 처음엔 의심이 가득 찬 눈짓을 던졌지만, 애드문이 유럽에서 가져 온 장신구와 예쁜 손거울 등을 주면서 살살 달래자 이내 그에게 상당히 호의적인 태도를 보여주었다. 그렇잖아도 수녀들 중에 미라의 용모와 재주를 시기하는 여자들이 많아 골치가 아팠었는데 오히려 잘 되었다고 내심 반겼다.

미라가 처음 마닐라에 오면서부터 수녀원에 있는 여자들은 모두 자주 거울을 들여다보게 되었다. 미라가 비록 조선이라는 가난하고 천한 나라 태생이라고는 하지만 적어도 외모에서 만큼은 자기보다 신의 축복을 더 많이 받고 태어났다고 느끼는 사람들 중에 원장 수녀도 예외는 아니었다.

미라가 항해에 동행하게 되었다는 소식을 크리스전이 누구보다도 더 반기며 기뻐했다. 유다양과 헬리의 동의도 얻게 되자 미라는 공식적으로 오리엔트 호의 사무장과 선내의사로서의 직함을 얻게 되었다. 급여는 5개월의 항해를 기준으로 하여 은화 다

90 갤리온 무역

섯 냥을 지불하기로 계약했다.

유다양은 마닐라에 왔을 때에는 일개 항해사였지만 이제 어엿한 선주이자 선장으로 곧 떠날 것이다. 하지만 선술집 접대부 제니에게 그 사실을 알려주면 화대로 뭔가 더 바랄 것 같아 끝까지 숨기기로 했다.

'어차피 나 혼자만의 여자도 아니지 않는가!'

제니를 먼저 데리고 들어간 중국 선원이 일을 마치고 쪽방에서 나올 때까지 목로에 앉아 차례를 기다렸다. 선술집 안에는 제니 외에도 세 명의 창녀들이 더 있었다. 창녀들은 다른 손님들에게는 야릇한 애교를 부리며 살갑게 대했지만 유독 유다양에게만은 모른 체 하거나 냉랭하게 대했다. 그 이유는 이상한 성행위를 요구하는 변태자라는 것이 창녀들 사이에 소문나 있었기 때문이다. 그러나 유다양은 전혀 개의치 않았다. 그는 싸구려 창녀나 헤픈 여자들과 노는 것 외에, 술집 안팎에서 차나 술을 마시고 있는 선원들과 상인들의 시시콜콜한 대화를 엿듣는 것을 즐겼다.

유다양의 승선허가증 발급의 마지막 난관이었던 톰슨의 동의서도 애드문이 톰슨의 친척들까지 동원하여 설득하고서야 받을 수 있었다. 도자기 구입 대금도 오리엔트 호가 출항하기 이틀 전까지 동업자 네 사람이 각자의 지분대로 마련해 왔다.

애드문은 미라와 함께 마닐라에 있는 거의 모든 서점들과 시장에 있는 노점들을 들러 책을 사 모았다. 지금 쓰고 있는 글의 참고용으로 그리고 긴 항해의 무료한 시간들도 달랠 겸해서였다.

애드문이 구입한 책들 중에는 출판된 지 얼마 되지 않은 셰익스피어와 세르반테스의 작품들도 여럿 있었고, 1588년에 출간된 몽테뉴의《수상록》, 1584년에 출간된 마테오 리치의《천주실의》도 있었다.

《홍길동전》을 발견하고 탄성을 지르는 미라에게 그 책을 사서 선물했다. 이 책의 저자인 허균은 1618년에 역모죄로 처형당했는데, 그는 상류층의 착취와 불합리한 유교사회제도를 참고만 있지 말고 분노하고 항거할 것을 백성들에게 권했다. 그러나 조선에는 이미 허균보다 38년 이전에 태어났던 율곡 이이 역시 놀라운 평등사상을 품고 있었다. 율곡이 썼던 시와 왕에게 건의했던 말들은 이러했다.

"솔개 날고 물고기 뛰는 이치는 위나 아래나 매 한가지로다."

"전하에게 충성을 다짐하는 사람은 되도록 피하고 자기 일에 충성을 다짐하는 사람을 가까이 하십시오. 전하에게 충성을 다짐하는 사람은 전하를 배신할 가능성이 있지만, 자기 일에 충성을 다짐하는 사람은 전하를 결코 배신하는 일이 없을 것입니다. 그러하니, 서얼 제도도 폐지하고 문벌이나 출신보다는 평민, 천민과 노비를 포함하여 폭넓게 인재를 양성하여 평등하게 관직에 기용하십시오. 그리고 왕실 사유재산을 억제하고 왕실의 경비를 줄여야 합니다."

율곡의 제자 정여립은 왕조독재시대를 무너뜨리고자 1589년에 신분과 계급을 뛰어넘는 혁명단체인 대동계를 조직했으나 뜻을 이루지 못했다.

오리엔트 호가 마닐라를 출항하기 열흘 전, 애드문이 셀로나 호에 승선했다. 그동안 그는 칼라우 여관에 묵고 있었고 가끔씩 배에 들르기는 했지만 이번에는 보름 만에 돌아왔다. 부두에서 바라다 본 마닐라 만에는 멀리 항해하는 배들의 하얀 돛이 마치 갈매기들의 날개처럼 보였다.

뱃전에 콜타르를 칠하고 있던 갑판장과 선원들이 애드문을 보자 모자를 벗고 차렷 자세를 취했다. 갑판장이 일동을 대신하여 거수경례를 하며 힘차게 인사했다.

"애드문 선장님, 그동안 잘 지내셨습니까?"

애드문이 배를 한번 쓱 둘러보고는 만면에 흐뭇한 미소를 지으며 고개를 끄덕였다.

"그려. 좋아! 갑판장 수고했네!"

깔끔하게 정돈되고 닦여진 갑판에 윤이 흘러 햇빛에 반짝였다.

잠시 후 애드문은 간부회의를 주재하기 위해 사관들인 일등 항해사, 이등 항해사, 삼등 항해사 그리고 사관은 아니지만 수습 항해사, 포술장과 갑판장도 불러 회의에 참여시켰다. 모두들 애드문이 선발하여 교육시키고 훈련시켰고, 해적들과의 전투 등 애드문과 함께 수많은 역경을 헤쳐 왔던 역전의 간부들이었다.

"여러분들도 들어서 알고 있듯이, 나는 오리엔트 호를 몇 사람들과 함께 구매했고 내 인생에서 동업同業이라는 새로운 시도를 해보기로 했다. 그래서 여태까지 미뤄왔던 일을 결정하였기에 통보하고자 한다."

회의에 참석한 간부들 일동이 한 목소리로 대답했다.

"네, 말씀하십시오. 선장님!"

"나는 오리엔트 호에 선주의 신분으로 승선하여 멕시코까지 갈 예정이다. 그리고 앞으로도 선장이 아닌 상인으로써 최선을 다해 생활하려 한다. 이제 셀로나 호에서 선장으로서의 내 역할이 끝났으니, 마누엘 일등 항해사를 선장으로 진급시킨다. 그에 따라 이등 항해사를 일등 항해사로, 삼등 항해사를 이등 항해사로, 수습 항해사를 삼등 항해사로 진급시킨다. 그동안 일등 항해사는 나의 후계자 수업을 성실하게 받아 왔으니 선장으로서의 자격이 충분하다고 믿는다. 여러분들은 앞으로 마누엘 선장을 모시고 화물의 안전한 수송과 마도로스의 정의감을 잘 유지하고 계승해 나가기를 부탁한다."

이제 막 진급한 마누엘 선장이 벌떡 일어서서 우려 섞인 표정으로 말했다.

"선장님의 호의에 진심으로 감사드립니다. 셀로나 호와 화물의 안전, 그리고 선장님께서 항상 강조하셨던 마도로스로서의 긍지와 정의감을 계승 발전시키는 데에 최선을 다하겠습니다. 그러나 선장님이 동업하기로 한 사람들에 대해 저희가 자세히 파악하지 못하고 있고, 오리엔트 호의 선원들에 대해서도 아는 게 부족하니, 선장님의 신변안전을 위해 저희 선원들 중에서 무예가 가장 뛰어난 이등 항해사하고 1등 갑판수를 데려가 주십시오."

마누엘은 선원들이 믿고 따르는 선배로서 애드문 선장에게도 충성을 다하고 있었으며, 바다에 대해서도 올곧은 신념을 가지고 있었다. 마누엘의 말이 끝나자마자 이제 갓 진급한 이등 항해사 길버트가 벌떡 일어나 힘차게 말했다.

"선장님! 제가 곁에서 보필할 수 있도록 해주십시오!"

사관식당에 모인 간부들 모두가 마누엘 선장의 의견에 동조하는 눈빛을 보내왔다. 애드문은 안면에 환한 미소를 띠며 아직도 자리에서 서 있는 마누엘과 길버트 쪽으로 걸어가더니 그들의 어깨에 손을 얹고 다정한 음성으로 말했다.

"두 사람의 걱정과 제안 고맙네. 그리고 여러분들의 마음도 고맙게 받아들이겠네. 그러나 내 인생의 앞날은 내가 결정하는 것이고 앞으로 어떤 일이 생기든 내 방식으로 즐길 준비가 되어 있네. 그러니 나에 대한 걱정은 접어두고 마누엘 선장과 함께 여러분 모두가 힘을 합하여 셀로나 호를 내가 선장이었을 때보다 더 훌륭하게 운항해주길 바라네."

애드문은 자신의 결정을 번복할 뜻이 없음을 분명히 하며 회의를 마쳤다. 그는 생각했다. 새로운 시도에 지금은 알 수 없는 어떤 위험이 도사리고 있을 수 있다. 하지만 그동안의 인생과 수많은 전투를 통해 배운 것이 있다면 그것은 어떠한 고난에 처하더라도 포기하지 않는다는 것이었다. 역경에 무릎 꿇지 않는다는 것이었다. 그는 회의에 참석한 사람들과 일일이 악수를 하고 사관식당을 나왔다.

식당 안에 남은 간부들은 일일이 마누엘 선장에게 다가가 축하인사와 함께 충성맹세를 했다. 그리고 나서 갑판장의 지시에 따라 전 선원들이 평갑판 위에 도열하자 일등 항해사가 새로운 선장인 마누엘을 소개했다.

"마누엘 선장님, 최선을 다해 모시겠습니다!"

애드문은 마누엘 선장보다 한발짝 뒤에 서서 선원들이 이구동성으로 축하하는 외침을 들으며 가슴 뿌듯한 행복을 만끽했다.

편서풍도 시원하게 불면서 돛포가 내려진 돛줄들에 공명을 일으켜 아름다운 현악을 연주해 주고 있었다.
셀로나 호는 후추를 가득 실은 후 마누엘 신임 선장의 지휘 하에 오리엔트 호보다 일주일 먼저 멕시코로 떠났다.

1616년 2월 15일, 오리엔트 호는 편서풍 계절이 거의 끝나가는 계절의 새벽에 드디어 마닐라를 출항했다.
유다양이 조타실 문 앞에 서서 갑판에 대기하고 있는 선원들에게 명령했다.
"밧줄을 감아 들여라! 닻을 끌어들여라! 돛을 올려라!"
조타실 안에서는 동업자 세 사람이 이제 막 선장이 된 유다양을 바라보며 미소를 짓고 있었다. 그의 얼굴은 상기되어 있었고 자못 우쭐거리는 걸음걸이로 좌현과 우현 쪽에 각각 나 있는 조타실 문을 들락거리며 이것저것 선원들에게 지시했다. 잠시 후 유다양의 우렁찬 목소리가 들려왔다. 한껏 들뜬 감정이 배어 있었다.
"출항!"
갈매기들이 날아들어 갑판에서 이슬방울들을 쪼아대는 사이에 선원들은 분주하게 돛을 펼쳐 올렸다. 만일 유다양의 승선허가 발급이 보름만 더 늦어졌다면 거의 무풍의 계절을 맞아 항해가 힘들 뻔했거나, 무풍계절이 끝나 태풍의 계절이 시작되는 6월까지 두세 달을 더 마닐라에서 허송세월할 뻔했다.
선원들이 갑판에서 일하면서 노래했다.

나는 떠나리라!
뱃전을 흔드는 커다란 파도여!
광란을 타고난 크나큰 바다여!
이국의 자연을 향하여
닻을 거둬 올려라!

어떤가? 바다 사내들의 호기심어린 열정과 모험이 느껴지지 않는가? 이 노래는 훗날 말라르메(1842-1898)라는 프랑스 사람이 시로 옮겨 놓았다. 타고르(1861-1941)라는 인도 시인이 부른 이런 노래는 또 어떠한가?

바다는 깔깔대며 부서지고 파도는 흰 이를 드러내어 웃습니다.
죽음을 지닌 파도도 자장가 부르는 엄마처럼
예쁜 노래를 불러 줍니다.

유다양은 조타실 안팎에서 선원들을 지휘하면서 가슴속 깊숙한 곳으로부터 무엇인가 북받쳐 오르는 것을 느꼈다. 설레는 기분이랄까? 벅찬 감정이랄까? 드디어 갤리온 선의 선주가 되어 그리고 선장이 되어 항해를 하게 된 것이다. 얼마나 이 순간이 오기를 꿈꿔 왔던가!

하늘에 높이 떠 있는 달빛이 쏟아져 내려와 바다를 온통 은 조각으로 반짝이게 했다. 마치 유다양의 앞날을 비춰 주는 것만 같았다. 이제는 단숨에 거부가 되어 출세하는 일만 남은 것이다. 소금기가 느껴지는 시원한 편서풍을 가득 품어 불룩한 돛은 금

은보화를 가득 품은 그의 미래를 연상시키게 하였다. 부유함이 수평선 너머에서 그에게 어서 오라는 듯 손짓하며 번쩍거리고 있었다. 어느덧 유다양의 머릿속에는 지나온 세월들이 파노라마처럼 펼쳐지고 있었다.

7
하갓냐 항

 유다양이 잠시 회상에 잠겨 있다 문득 정신을 차려보니 마침 갑판에서 별들 가득한 새벽하늘을 쳐다보고 있는 애드문이 눈에 띄었다. 날씨는 무더웠지만, 배가 움직이자 살랑살랑 시원한 바람이 불어왔다. 그는 아래로 내려가 정중하게 인사를 하고 쪽지를 건넸다.

 '이 업계의 마당발이신 귀하로부터 큰 도움을 받았기에 감사드립니다. 저를 믿고 이 배의 관리권과 운항권을 위임해 주신 은혜도 잊지 않고 꼭 갚도록 하겠습니다. 마침내 긴 항해가 시작되었으니 앞으로도 많은 지도편달 부탁드립니다. 유다양 드림.'

 1616년 2월 19일, 며칠 동안 섬들 사이를 항해하더니 필리핀 레가스피 해역에 이르자 느닷없이 하늘에는 잿더미처럼 연기를

피워 올렸고, 회색빛 모래 먼지가 폭풍우처럼 쏟아져 내리기 시작했다. 배 밑창 아래에서는 바다 속에 잠들어 있는 거대한 포세이돈이 코를 고는 듯 드르렁거렸다. 레가스피 지역에 있는 마욘화산이 폭발했던 것이다. 그 후 며칠 동안 계속 뿜어져 나온 화산재는 마욘화산을 100미터 이상 높이로 덮었고, 마욘화산에서 30킬로미터나 떨어진 마을 전체도 3미터 높이로 화산재가 덮이어 그 일대는 사람과 동식물이 최소한 5년 동안은 살 수 없는 불모지가 되어 버렸다.

화산이 폭발하면서 지진도 발생하였는지 바다가 거칠어 졌고 파도와 너울이 불규칙하게 뱃전을 몰아 쳤다. 하지만 천만다행 하게도 항해가 불가능할 정도의 거대한 해일은 일어나지 않았다. 신속하게 레가스피 해역을 통과한 이후에도 하루 종일 서쪽에서 불어오는 바람을 타고 화산재가 날려와 갑판에 눈처럼 쌓였다.

필리핀 해역을 벗어나니 파도가 높게 일어나는 회색빛 망망대해가 끝없이 펼쳐졌다. 이제는 갈매기조차도 눈에 띄지 않아 육지나 섬으로부터 꽤 멀리까지 항해하고 있는 게 분명했다. 편서풍을 받으며 파도를 타는 오리엔트 호는 끝없이 머리를 끄덕이며 동쪽을 향하여 -매일 아침 떠오르는 태양을 향하여- 질주해갔다. 강렬한 햇빛은 바닷물을 눈부시게 반짝이게 했고 견시^{見}^{視}를 서는 선원들의 눈에 어지럼증을 선사했다.

소년시절부터,
　나는 네 파도들과 같이 날뛰었다
　　파도는 내게 기쁨이었고,

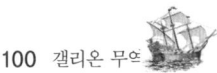

활기 넘치는 바다가 무섭게 일렁이면
그것은 즐거운 공포였다
—바이런(1788-1824)

1616년 3월 초, 마닐라를 출항한 지 보름이 넘었다
유다양은 거의 조타실 안에서만 눈에 띄었지만 쾌청한 날에는 갑판에 내려와 돛포나 밧줄을 수선하고 있는 선원들 사이를 곰처럼 어슬렁거리기도 하였다. 선주로서 그리고 선장으로서 위엄을 내세우고 싶어 하는 모습이 너무 노골적으로 드러나서 오히려 기품을 떨어뜨렸지만 그 자신만 모르고 있었다.
그에게는 은밀한 취미가 한가지 있었는데, 일주일에 한번 정도 거나하게 취했고, 한밤중에 제인의 침실에 몰래 들어갔다 새벽에 나오곤 했다. 제인은 주방일을 거드는 멕시코 혈통의 여자였다. 그러한 은밀함도 곧 눈치 채는 사람이 있었으니 그들은 다름 아닌 헬리와 페냐였다.
나머지 동업자들도 각자의 선실에서 각자의 일에 몰두하고 있었다. 동업자 네 명이 다 함께 어울려 지내는 것을 거의 볼 수 없었지만 아무도 이상하게 여기는 사람이 없었다.
헬리는 말이 거의 없고 다 같이 모이는 식사시간에도 묵묵히 식사만 한 후 자리를 떠서 그가 무슨 일을 하고 있는지 도무지 알 수가 없었다.
크리스전은 여전히 선박에서 쓰는 용구나 도구들의 기능을 개선하는 연구에 몰두하고 있었다. 간혹 미라의 간호를 받곤 했다. 선원들은 미라가 멀미로 고생할 것이라고 생각했는데, 기대와는

달리 아무런 변화가 없어 실망하는 눈치였다. 제인이 처음 배에 승선했을 때에는 지독한 멀미로 고생하며 오랫동안 선원들의 여러 가지 충고들 -배 멀미를 극복하는 방법들-을 귀가 닳도록 들어야 했었다. 바닷물의 습기로 가득한 선실의 눅눅함과 특이한 냄새마저도 금세 적응했는지 미라의 얼굴에서는 어떠한 불평이나 불만의 그림자도 찾을 수 없었다.

애드문은 책을 많이 싸들고 승선했기에 매일 독서에 바빴다. 선장실과 선주들의 침실을 청소하는 사환이 셰익스피어의 〈햄릿〉과 세르반테스의 《돈키호테》가 애드문의 책상 위에 펼쳐져 있는 것을 보았다. 미라의 도움을 받으며 《동의보감》을 공부하는 모습도 보았다고 선원들에게 전했다.

애드문의 시각에서 햄릿과 돈키호테는 뚜렷하게 대비되는 성격을 지녔다. 사색하고 우유부단한 햄릿, 무모하고 저돌적인 돈키호테. 두 주인공의 성격을 반반씩 취하고 싶었던 모양인지 그는 그 두 책을 특별히 애독했다. 그리고 애드문은 자신이 좋아하고 존경하는 사람은 찾아가 인사를 나누는 것을 영광으로 생각했다. 그래서 셰익스피어를 찾아가 인사했듯이 세르반테스도 찾아가려 했으나 그의 배가 인도네시아, 인도, 남아프리카를 돌아 파나마나 멕시코를 잇는 항로를 주로 다녔기 때문에 마드리드에서 살고 있는 그를 만날 기회가 없었다. 더구나 1609년부터는 태평양 항로인 갤리온 무역에 전념하느라 그의 책만 사서 탐독하고 있을 뿐이었다.

그러나 그에 대한 소문을 익히 들어서 알고 있었다. 레판토 해전에 참전하여 전투 중 중상을 입었다는 것, 그때의 후유증으로

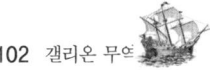

평생 왼손을 쓰지 못해 '레판토의 외팔이'라는 별명을 얻었다는 것, 해적에게 붙들려 5년 동안이나 노예생활을 했다는 것, 횡령 사건으로 감옥생활도 했다는 것, 최근에는 수도원에 들어가 생활한다는 것 등이다.

애드문은 책을 너무 읽어 충혈된 눈의 피로를 달래느라 갑판에 나가 끝없는 수평선을 물끄러미 지켜보기도 하고, 조타실에 올라가 유다양이나 선원들과 시시한 농담을 주고받기도 했다. 그러나 언젠가부터 조타실 선원들이 애드문의 이야기에 즐거워하자 유다양이 싫어하는 내색을 했다. 그 후로는 조타실에서 애드문의 모습을 좀체 볼 수 없었다. 하지만 별이 총총한 밤이나 수평선이 비교적 또렷하게 보이는 새벽에는 갑판에 나와서 항성들의 위치를 눈여겨보며 뭔가 메모하곤 하는 애드문이 눈에 띄었다. 그는 또 선원들이 갑판에서 청소를 하거나 돛 포를 수리하거나 할 때 그들 주위에서 바닷물을 직접 길어 갑판위에 뿌리기도 하고 활대에 직접 올라가 돛 줄을 올리고 줄이기도 하면서 일부러 적당히 몸을 피곤하게 만들어 유쾌한 표정을 지으며 선실로 들어가곤 했다.

여느 배와 달리 오리엔트 호에서는 술 취한 모습으로 갑판에 나돌아 다니는 선원들이 보이지 않았다. 놀랍게도 모든 선원들은 항해사가 아닌 주방장 페냐를 정신적인 지도자인 것처럼 따랐다. 항해사를 포함한 선원들은 모두가 그를 존중했고, 그는 날카로운 인상과는 달리 모든 선원들에게 친절하고 자상했다. 요리를 하는 데 있어서도 재주는 부족했지만 성실함을 보였다.

선장 유다양과 헬리는 선원들과 어느 정도 거리를 두고자 하

는 것이 눈에 띄었다. 하지만 항해사와 모든 선원들은 서로 허심탄회하게 지냈다. 상쾌하고 신선한 바닷바람을 맞으며 일을 하기도 하고 대화를 즐기기도 하며 현실에 흠뻑 취해 있었다. 그래서 오리엔트 호는 겉보기에 지극히 평화롭고 순조로운 항해를 계속했다. 낮에는 강렬한 햇빛 때문에 바닷물이 너무나 눈부시게 반짝거려 수평선을 견시(망보기)하고 있는 선원들의 눈을 괴롭혔을 뿐이고, 밤에는 무수히 쏟아져 내려오는 달빛과 별빛을 바라보는 선원들로 하여금 고향과 처자식들을 그리워하게 만들었을 뿐이었다.

훗날 영국의 선원이었던 존 메이스 필드(1878-1967)가 노래했던 선상 생활을 들어보기로 하자.

내 다시 바다로 가리, 정처 없는 집시처럼
바람 새파란 칼날 같은 갈매기와 고래의 길로
쾌활하게 웃어대는 친구의 즐거운 끝없는 이야기
지루함이 다한 뒤의 조용한 잠과
아름다운 꿈만 있으면 그 뿐이니

육지 사람들은 선원들이나 항해하는 사람들이 바다에 가면 육지에서 그들이 보이는 모습보다 더더욱 호탕하고 활기에 넘치는 줄로 알고 있다. 육지에서의 호탕함이 저 정도인데 그들의 세상인 바다로 나가면 모두가 돌고래나 날치처럼 지들 멋대로 바다를 휘젓고 다니고 위험이 닥쳤을 경우에는 헤라클라스와 같은 해상 전사戰士로 변하는 것으로 믿는다.

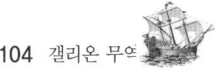

그래서 그들을 바다사나이 혹은 마도로스라고 부른다. 그 호칭에는 단호함, 강인함, 유쾌함, 자유 발랄함과 경외심마저도 묻어 있다.

하지만 실상은 조금 다르다. 항해하는 사람들에게 있어서 바다는 그저 최대한 빨리 건너서 목적지인 다음 항구에 도착해야 하는 장애물일 뿐이다. 항상 어떤 목적지를 향해 떠나는 나그네처럼 느끼곤 한다. 사랑하는 가족이 없는 목적지…….

물론 바다 자체가 삶의 터전이 되는 어부들 같은 경우에는, 다음 목적지 육지까지 바다를 가로 질러 가버리는 것이 목적이 아니라, 바다 위와 바다 속에 그들이 목적하는 것이 있다. 그래서 어부들은 바다를 그들에게 크나큰 애정을 보여 주기도 하고 감추기도 하는 어떤 것으로 여긴다. 바다를 여성처럼 생각하여 설사 난폭하고 악한 짓을 하더라도 어쩔 수 없어서 그럴 뿐이라고 생각한다. 여성이 달의 영향을 받듯이 바다도 달의 영향을 받아 온갖 변덕을 부리는 것이라고 생각한다.

하지만 상선의 선원이든 어선의 선원이든 육지에 두고 온 가족이나 연인 생각이 너무 간절하다. 육지에서 일거리를 찾지 못한 대부분의 선원들은 사랑하는 가족과 거친 파도가 손을 잡고 만류하지만 어쩔 수 없이 바다로 떠나야만 한다.

네 명 동업자들과 거의 동시대에 스페인에는 공고라(1561-1627)라는 시인이 살고 있었다. 그의 노래가 선원들 사이에서 유행하고 있었다.

그이가 가버렸어요

모든 것을 가지고 가버렸어요
제게 침묵을 남겨 놓은 채
목소리를 가지고 가버렸어요.

그로부터 300여 년 후, 영국 시인 테니슨(1809-1892)도 멀리 떠나고 돌아오는 선원들과 비슷한 심정을 노래했다.

내 멀리 바다로 떠날 적에
모랫벌아, 구슬피 울지 말아라.
끝없는 바다로부터 왔던 이 몸이
다시금 고향 향해 돌아갈 때에
움직여도 잔잔해서 거품이 없는
잠든 듯한 밀물이 되어 다오.
황혼에 울리는 저녁 종소리
그 뒤에 찾아드는 어두움이여!
내가 배에 올라탈 때
이별의 슬픔도 없게 해다오.

영국의 시인 스티븐슨(1850-1894)은 그의 묘비에 '바다에 갔던 뱃사람 집으로 돌아오다.'라는 문구를 새겨달라고 부탁했었다고 한다.

그렇듯, 선원들의 소박한 꿈은 언제나 집으로 돌아가는 것이다. 그리고 육지에서의 정착이다. 그래서 선원들의 마음은 항해

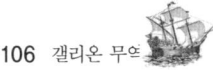

가 길수록 여려져 가고, 너무 소수의 사람들과 비좁고 제한된 공간에서 엄격한 규율아래에 생활하다 보니 이기적이고 편협한 성격으로 변해 간다. 그래서 항해 중인 배 안에서는 거의 하루도 빠짐없이 너무나 사소한 일로 서로 다투기도 하고 한 달 이상 서로 말도 안하는 사람들도 생기곤 한다.

1616년 4월 1일 오전, 그다지 거칠지 않은 바다위에서 평범하고 무료한 항해를 한 달 이상 한 뒤에, 괌의 수도인 하갓냐^{Hagatna} 항에 도착했다. 예정보다 일주일이나 늦었지만 아무도 불평하지 않았다.

이 항구도 1521년에 마젤란이 발견한 뒤 1565년에 필리핀 총독이었던 레가스피가 괌을 정복하여 스페인 식민지로 선언했다. 그후 마닐라처럼 스페인 해군과 상선들의 전초기지로 활용되고 있었다.

섬 전체 길이가 50킬로미터, 폭은 10킬로미터 정도의 작은 면적에 섬 주민 또한 천여 명밖에 되지 않았지만 이 항구에서도 상아, 도자기, 비단, 후추 등의 거래가 활발했다. 이 항구에서는 식수와 식량 등을 보급 받고 이윤이 남을만한 화물들이 있는지 알아보기 위해 열흘 정도 머물기로 했다. 마닐라를 출항하기 전에 세웠던 계획은 이 항구에서 보름 이상 체류하는 것이었지만, 일주일의 항해 손실을 만회하기 위해서는 항구에서의 체류 일정을 그만큼 단축할 수밖에 없었다.

애드문과 크리스전은 부두에서 멀지 않아 걸어서도 30분이면 오리엔트 호에 갈 수 있는 곳에 위치한 조그마하지만 깔끔한 2층

짜리 여관에 투숙했다. 유다양과 헬리는 오리엔트 호에 남았다.

여관은 산호초를 으깬 반죽으로 벽을 쌓아서 벽 표면이 거칠고 단단했다. 그 벽에서는 짠 바다냄새와 쫄깃한 해초 냄새가 스멀스멀 기어 나왔다.

여관의 1층 식당에는 오리엔트 호보다 먼저 들어와 정박 중이던 타릿파 호 선원들과 여러 나라의 상인들로 시끌벅적 하였다. 작은 항구에 여관이 몇 채 되지 않아서인지 여관 이곳저곳을 돌아다니며 흥정하고 다니는 상인들의 얼굴이 이틀 만에 모조리 낯이 익어 버렸다.

하갓나 항에 머문 지 사흘째 되던 날 아침, 배에 남았던 유다양과 헬리가 여관을 찾아왔다. 전날 빵과 돼지고기를 공급하는 중국 상인으로부터 들었다는 정보에 따르면 오리엔트 호보다 하루 먼저 입항한 타릿파 호에 문제가 생겼다는 것이다. 말라카 항에서 비단과 후추 600톤을 싣고 멕시코로 가는 중인데 건조한 지 벌써 15년이 넘은 노후선이어서인지 선창 일부에 금이 가 바닷물이 새어들어 온다는 것이었다.

그래서 타릿파 호가 항해를 계속하기 위해서는 손상된 선창 안에 적재되어 있는 비단과 후추 100톤을 육지에 내리고 선창 바닥을 수리해야만 했다. 문제는 타리파 호의 선장에게 수리비로 지불할 현금이 없어서 비단과 후추 일부를 시장에 급히 내놓았으니 헐값에 살 수 있는 절호의 기회라는 것이다.

동업자 네 명은 오리엔트 호에 100톤을 더 실을 수 있는 여유 공간이 있으니 비단과 후추 100톤을 싼 값에 전량 구매하자는

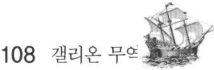

데 만장일치로 합의했다. 그러나 다른 세 사람은 당장 소지하고 있는 현금이 없다 하여 애드문이 우선 조달하기로 했다.

그날 오후 동업자 네 사람은 선장을 만나 흥정하기 위해 타릿파 호에 올라갔다.

당시의 선장들은 자신들의 선박에 상상할 수 있는 모든 종류의 상품을 싣고나 내릴 수 있는 권한이 있었다. 선주에게는 사후에 보고하면 되었다. 특히 선박과 선원들의 안전에 관련된 것이라면 선장의 결정은 가히 절대적이었다.

그러나 오랜 시일이 흘러 21세기에 들어와서는 통신의 발달로 육상이 해상을 지배하는 시대가 되었다. 배와 바다를 거의 모르는 육상 직원들이라도 선장에게 사소한 것까지 지시할 수 있는 시대로 바뀌었다. 그래서 오늘날의 선장들은 예전의 선장들에 비하면 권한이나 권위가 거의 없이 육상에서 지시하는 대로 따르는 수동적인 일개 선원으로 전락해 버렸다. 선박과 선원의 안전에 관한 사항까지도 육상의 지시대로 움직여야 하는 시대로 변했다. 오늘날 거의 모든 대형 선박회사들의 의사결정기관인 이사회 멤버들 중에는 해기사^{海技士} 출신들이 거의 없거나 고작 30% 미만이어서 돈 버는 일이 선박과 선원의 안전보다 항상 우선적으로 고려되어 회사의 정책이 결정되고 있다. 한 나라의 해양수산부 고위직책을 전문적인 해기사 출신보다는 비전문가들이 다수 차지하고 있는 실정이다. 국방부에 전문적인 교육과 훈련을 받은 군^{軍}사관학교 출신보다 일반 관료출신들이 상관으로 더 많이 자리하고 있는 이상한 조직이 있다고 상상하면 되겠다.

선장실에 안내되어 들어가자마자 애드문과 타릿파 호의 선장

에릭손은 깜짝 놀라며 서로를 금세 알아보았다. 두 사람은 해적들과의 전투로 맺어진 깊은 인연이 있었던 것이다.
에릭손 선장이 의아해 하며 애드문에게 물어 보았다.
"왜 선장님을 애드문 씨라고 부르지요?"
애드문이 짓궂은 미소를 날리며 급히 말을 가로 막았다.
"제 이름을 벌써 잊으셨나요? 하하하! 여러분들, 제가 에릭손 선장님과는 구면이고 우리 두 사람 간에 할 얘기가 있으니 잠시 실례해도 될까요?"
애드문은 어리둥절해 있는 세 사람을 선장실에 남겨 두고, 에릭손 선장을 억지로 이끌어 조타실로 들어갔다.
"13년 전에 애드문이라는 이름으로 바꿨습니다. 드레이크의 졸개들이 나에게 보복하겠다고 공언하는 것은 개의치 않았지만, 교황청과 불편한 관계가 되어서…… 당분간 저의 정체를 숨길 수밖에 없었습니다."
에릭손 선장이 금세 그 말뜻을 알아채었고, 더 이상 옛 이름은 부르지 않기로 했다.

8

엔리케 왕자와 항해학교

독자들의 이해를 돕기 위해 잠시 엔리케 항해학교에 대해 설명하겠다. 이 학교는 포르투갈의 엔리케 왕자(1394-1460)가 1418년경에 설립한 4년제 항해사 양성학교였지만 그 어느 역사책에도 기록되어 있지 않는, 오늘날까지도 비밀에 싸여 있는 해양관련 최초의 교육기관이었다. 해마다 포르투갈이나 스페인 태생인 열두 명의 모험심이 강한 청년들을 엄선하여 항해술뿐만 아니라 지도 제작법, 천문학, 검술, 포격술, 기사도정신, 철학 등을 가르쳤다.

이 학교에서는 특히 별과 수평선사이의 높이에 따르는 고도각을 재는 아스트롤라베의 활용기법을 저명한 수학자들이 가르쳤기 때문에 그 학교 출신들이 계산하는 선박의 위치는 그 누구도 따를 수 없을 만큼 정확한 것으로 인정받았다.

그리고 약자를 돕고 악한 자를 제거하는 데 생명마저도 아끼

지 않는 기사도 정신의 함양도 중요한 교육과정 중 하나였다. 애드문이 생면부지의 에릭손을 돕고 해적을 물리치기 위해 주저하지 않고 전투에 뛰어든 행위가 엔리케 항해학교 출신들에게는 당연시 되었다. 그래서인지 수많은 이 학교 졸업생들이 해적들과의 전투 중에 또는 악천후로 좌초한 다른 선박의 선원들을 구조하는 와중에 사망했다.

평생 미혼인 채로 살면서 항해와 탐험에 온 정열을 쏟고 지원을 아끼지 않았던 엔리케 왕자가 1460년에 세상을 뜬 이후로 학교를 유지하는데 재정적인 어려움을 겪기 시작했다. 그러자 졸업한 동문들이 후원금을 보내기 시작하면서 간신히 명맥을 유지했다. 그러나 동문들의 숫자가 워낙 적었고 그들 대부분이 세계 여러 곳의 바다에 흩어져 있었을 뿐만 아니라, 숱한 해상전투와 사고로 많은 동문들이 일찍 세상을 떠났기 때문에 후원금은 턱없이 모자랐고 학교의 재정은 해를 거듭할수록 악화되었다.

특히 포르투갈의 왕위가 스페인 국왕에게 넘어가 두 나라가 연합국이 된 1580년부터는 포르투갈 정부의 보조금이 완전히 끊겨버렸다.

학교에서는 어쩔 수 없이 교수들 수와 학생들 수를 줄이더니 결국 1587년 마지막 졸업생을 배출한 후 폐교되었다. 애드문은 엔리케 항해학교의 마지막 졸업생 일곱 명 중의 한 명이었다. 졸업 당시 애드문의 나이는 25살이었다.

1418년부터 1587년까지 160년간 엔리케 항해학교가 존속하는 동안 이 학교에 초빙되어 학생들에게 강의했던 당시의 저명했던 인사들의 면면은 이러하다.

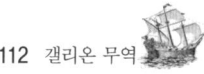

은행업의 원조이자 대부였던 로렌조 메디치. 그는 상업과 무역을 가르쳤다.

유럽인으로서는 최초로 아메리카를 탐험했던 콜럼버스, 유럽인으로서는 최초로 인도까지 항해한 바스쿠 다가마, 최초로 브라질을 발견한 아메리고, 최초로 세계일주를 하며 필리핀과 괌을 발견한 마젤란. 이들 선장들은 항해술뿐만 아니라 항해 중에 겪은 역경들과 그것을 헤쳐나간 그들의 경험들을 가르쳤다.

1513년에는 마키아벨리가 《군주론》을 펴낸 후 이 학교에 왔었으나 학생들의 야유만 받고 강의도 못한 채 돌아간 적도 있었다. 그의 책에는 지배층의 비인간성과 냉혹함을 옹호하고 지지하는 정치이론으로 도배되어 있어서 학생들에게 공감을 얻어내지 못했기 때문이었다.

그에 반해 1516년에 토마스 모어는 그 해에 출판되었던 자신의 책 《유토피아》를 학생들의 호평 속에 강의했다. 그의 책과 강의는 기득권층인 왕과 귀족들에게 착취당하던 비 기득권층 국민들이 대항해 시대의 시대적 조류를 타고 자유와 평등의 신세계이자 이상향(유토피아)을 꿈꾸도록 하고 실제로 찾아서 떠나도록 용기를 불어넣는 데 큰 기여를 했다.

그 외에도, 레오나르도 다 빈치와 미켈란젤로가 건축학을 강의하여 학생들로 하여금 선박의 제조와 수리에 대한 지식을 습득하도록 했다. 마르틴 루터는 종교학을, 조르다노 브루노는 천문학을 가르쳤다.

항해학교 학생들에게 특히 인기가 있었던 교수들은 마젤란의 세계일주 항해에 동행하여 끝까지 생존한 항해사인 프란시스코

알보와 피가페타였는데, 그들이 쓴 항해일지와 《마가야네스 최초의 세계일주 항해》는 학생들의 교재가 되었고, 여러 나라의 언어로 번역되어 유럽 전체에 퍼졌다.

9
조선에서 온 여인

애드문과 에릭손이 선장실로 돌아오자, 중국에서 구했다는 홍차를 마시면서 다섯 사람은 서로를 소개한 후 이런 저런 얘기들을 나누기 시작했다. 그러다 네 사람의 동업관계와 항해에 대해 얘기가 이어졌고 그 와 중에 유다양이 최근 마닐라에서 톰슨과 마찰을 빚게 된 사실을 거론하며 톰슨을 비난하기 시작했다. 그는 톰슨의 억지와 비신사적인 행위 때문에 자칫 오리엔트 호에 승선하지 못할 뻔 했다며 흥분했다.

그러자 에릭손 선장의 표정에 어두운 그늘이 드리워지면서 타리파 호에 실려 있는 화물은 모두 톰슨의 소유라고 설명했다. 그러면서 자신도 톰슨과 유다양의 마찰에 대해 들었으며 유다양이 관련된 어떠한 거래에도 참여하거나 호의를 베풀지 말라는 톰슨의 전보를 하갓나 항에 도착하자마자 받았다고 얘기했다.

그러자 유다양이 불쾌하다는 표정을 지으면서 입술을 씰룩거

렸으나 무슨 말을 하는지 아무도 알아듣지 못했다. 에릭손 선장은 유다양의 눈동자를 흘깃 본 것만으로도 그가 얼마나 위험한 인간인지 알아챌 수 있었다. 그의 눈 속에서 활활 타오르는 탐욕과 살의^{殺意}의 불꽃을 본 것이다. 에릭손은 유다양에게 불신에 찬 기색을 싸늘하고도 노골적으로 내비쳤다.

그 때, 당직 선원이 들어와 전 날 입항한 또 다른 갤리온 선의 선장이 비단과 후추에 관심이 있어 에릭손 선장을 만나고 싶어 한다는 보고를 하고 나갔다.

분위기가 싸늘해져 협상을 더 이상 지속할 수 없게 되자 동업자 네 사람은 에릭손 선장과 작별하고 여관으로 돌아왔다. 헬리와 유다양은 이렇게 좋은 기회를 놓칠 수 없다며 애드문에게 에릭손 선장을 다시 찾아가 설득해 보라고 부탁했다. 내부적으로는 동업자 네 명 모두가 참여하는 것이지만 대외적으로는 애드문 혼자 구입하는 것으로 톰슨과 에릭손을 속이자고 제안했다. 서두르지 않으면 다른 갤리온 선에 빼앗길지 모른다며 유다양은 조바심을 냈다. 네 사람은 비밀 합의문을 작성한 후 서명했다.

그날 저녁 애드문 혼자서 에릭손 선장을 찾아가 만났다. 에릭손은 유다양이 불성실하고 무책임할 뿐만 아니라 항해능력도 형편없다는 소문들을 전해주었다. 그가 유다양에게서 느낀 교활함을 솔직하게 얘기하며 우려했다. 그리고 헬리의 과묵한 태도와 음울한 눈빛이 심상치 않다며 그들과의 관계를 단절하라고 충고했다.

"애드문 씨, 큰 도둑은 항상 신사로 변장하고 다닌다는 격언을 잊지 마시기 바랍니다."

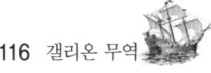

애드문은 타인들의 평가나 소문보다는 자신의 경험과 직관에 의한 평가에 더욱 의지하는 교만한 엘리트 성격을 가지고 있던 터라 에릭손의 우정 어린 충고를 충분히 귀담아 듣지 않았다.

"감사합니다. 이제 갓 사업을 시작한 애송이가 설마 저를 상대로 엉뚱한 짓을 할까요? 너무 걱정하지 마시기 바랍니다. 하! 하! 하!"

에릭손은 나쁜 상황이 발생하더라도 스스로 충분히 감당할 수 있다고 자신하고 있는 애드문을 지긋이 바라보면서 그의 믿음을 깨뜨리는 게 좀 주제넘기도 하다고 생각했다.

에릭손의 우려를 가슴으로 받아들이지 않은 애드문은 오히려 에릭손 선장이 현재 처해 있는 문제의 해결에 도움을 주고 싶었다. 특히 톰슨의 화물이어서 욕심도 났다.

그의 경험상 톰슨은 항상 최고 품질의 화물만 사들이는 유능한 상인이었다. 여태껏 직접 대면한 적은 없지만 애드문과 톰슨은 화물의 품질뿐만 아니라 거래에 있어서도 신용을 최우선으로 생각했다. 두 상인들은 서로의 가치관이 비슷하여 서로 호감을 가지고 있었다.

타릿파 호의 선장실에서는 두 사람의 소곤거리는 소리와 간간이 호쾌한 웃음소리가 밤새도록 흘러 나왔다. 다음날 아침, 에릭손 선장은 애드문이 유다양의 참여 없이 혼자 직접 거래하는 조건으로 100톤의 분량인 비단 300필과 후추 500포대를 은화 39냥에 매입하기로 합의했다는 전보를 톰슨에게 보냈다. 그것은 시세의 70% 가격이었다.

전날 밤 에릭손 선장은 다른 정보들도 애드문에게 전해 주었

다. 도요토미 가문의 오사카 성이 도쿠가와 가문에 포위당했다고 하는데 곧 함락될 것 같다는 소문이었다. 그리고 중국의 북쪽에서는 후금이라는 나라가 일어나 세력이 급속히 커지고 있는데, 머지않아 명나라를 침공할 것이라는 우려 때문에 북쪽 국경 마을 사람들이 대거 남쪽으로 피난 중이라고 했다. 프랑스 왕의 아내가 된 스페인 공주 마리 드 메디치 엘리자베트는 파리에 어마어마한 궁전을 지으려고 물자와 기술자들을 모으고 있다고 했다. 영국 정부의 은밀한 후원을 받던 영국 해적들이 엘리자베스 여왕이 죽은 지 10년이 지났는데도 대서양에서의 노략질이 훨씬 더 심해지고 있다고 했다.

에릭손 선장의 말을 듣고 있는 동안 애드문은 유다양이 허풍이 심하고 판단력도 현저하게 떨어지는 사람이라는 것을 깨닫기 시작했다. 그에게서 나온 정보들은 걸러지고 달리 해석될 필요가 있었다. 그리고 뭔지 모를 막연한 걱정과 의심이 꿈틀거렸다.

낯선 사람을 발견했을까
달빛에 겁을 먹었을까
하갓냐 항구의 밤거리에서
개들이 짖어댄다.

1616년 4월 11일 오전, 오리엔트 호는 하갓냐 항을 출항했다. 타릿파 호에서 새로 구입한 화물을 옮겨 싣고 나서도 닷새를 더 머물고 난 후였다. 마닐라에서 보급 받은 식량 일부에서 상한 것들이 발견되어 교체하느라 지연되었다고 유다양이 동업자들에게

보고했다.

  매달 한 번씩 식수와 부식 및 화물상태를 정확히 문서로 보고하게끔 계약서에 명시되어 있었지만, 유다양이 생전 처음으로 선장직을 수행하느라 바쁜 것 같아보여 날짜를 넘겨도 그냥 넘어갔다. 마닐라에서 처음 만났을 때의 자신만만함과 호언장담이 거품이었고 실제로는 평범한 ―어쩌면 실력이 형편없는― 항해사에 불과하다는 실망감도 들기 시작했으나 애드문은 크게 괘념치 않았다. 좀 더 해보다가 혼자 관리하고 항해하기 버거워지면 선장 경력이 많은 자신이나 헬리에게 도움을 청하겠지 하고 마음을 애써 다독였다.

  하잣냐 항을 출항 한 지 반나절이 지난 오후 늦게, 애드문과 크리스젼은 한창 유럽에서 호평을 받고 있는 커피를 끓여 상갑판 선미(船尾)로 나갔다. 두 사람은 최근 네덜란드 상인들이 인도네시아의 말라카를 점령한 이후 공격적으로 후추와 커피를 유럽시장에 운송하여 큰 이윤을 남기고 있는 상황들에 대해 얘기를 나눴다.

  두 사람이 잠시 대화를 중단하고 커피 향에 취해 먼 바다를 관조하고 있는데, 아래층 평갑판 선미에 미라의 모습이 나타났다. 언제나 몸가짐이 바르고 행동에서 우아함이 자연스럽게 배어나오는 신비스러운 여인이었다. 당대 명나라의 시인 오위엄(1609-1671)이 '월나라 아가씨는 꽃처럼 봐도봐도 싫증이 안 난다'고 노래했다지만, 이 조선 여인이야말로 심성과 자태가 꽃보다 아름다워서 보고 또 보아도 싫증이 안 나고, 보면 볼수록 더욱 더 마음이 끌리었다.

힘없이 난간 쪽으로 걷는 그녀 주위에 바닷바람이 에워싸더니 하얀 치마와 저고리 매듭 단을 가볍게 날렸다. 그녀는 멀리 조선 땅 방향의 하늘과 수평선을 하염없이 바라만 보고 있었다. 해거름 무렵의 노을빛을 받으며 서 있는 그녀는 망망대해의 수평선과 어우러져 더욱 아름답고 기품 있게 보였다.

조선에서 선조라는 무능한 왕이 즉위한 지 7년째인 1574년에 태어난 미라는 그녀 나이 열 살 때 우연히 길을 가던 환관의 눈에 띄었다. 며칠 후 어떻게 알았는지 그 환관이 미라가 혼자 살고 있던 가난한 초가집을 찾아왔다. 미라는 형제가 없었고 부모는 한 해 전에 마을에 돌았던 전염병으로 일찍 세상을 떠났었다. 환관은 미라를 거의 끌고 가듯이 대궐로 데려가 나이 많은 궁녀들의 잡일을 돕게 하였다. 그래서 풋풋하고 아름다운 소녀 시절을 또래 아이들이나 이성異性과 어울려 놀아 보지도 못한 채 궁에 갇히어 허비하고 말았다.

그 당시 궁 안에는 선조 왕이 나라의 주인 행세를 하고 있었는데, 정통성 콤플렉스를 가지고 있던 그는 자리를 빼앗길까봐 두려움에 떨었고 양반들과 백성들을 지도하기에는 자질과 능력이 턱없이 부족했다.

궁 안팎에서는 권력에 부나비처럼 달려들던 양반들이 국익國益보다는 사익私益에 눈이 멀어 동인과 서인으로 패를 갈라 늘 싸움질을 해 대었다. 특히 벼슬에 대한 암투와 허례허식으로 날을 새우는 대다수의 조선 양반들을 이황이나 이이와 같은 당대의 대학자들조차도 계도할 수 없었다.

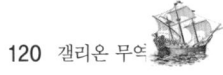

일본이 조선을 공격하겠다고 공공연히 떠들면서 전쟁준비를 하고 있음에도 불구하고 조선의 왕과 기득권층들은 제대로 대비를 하지 않았다.

무능하고 부패한 왕과 양반들을 비교적 가까이에서 바라본 미라는 그들을 혐오하였고 그들의 위선과 위세에 주눅이 들어서 분노할 줄 모르는 백성들을 안타까워하며 자랐다.

미라가 존경했던 사람은 단 여섯 명 뿐이었다. 그녀가 태어난 시기에 백성들을 위해 정권에 반항하다 죽은 임꺽정, 대동계大同契를 조직하여 "천하는 공물公物일진대 어찌 정해진 주인이 따로 있겠느냐"고 외쳤던 혁명가 정여립, 문무를 겸비하고 청렴결백했던 이순신, 왕에게 올곧은 말을 할 줄 알았던 류성룡, 미라의 스승 허준 그리고 신분차별이 없는 세상을 꿈꾸었던 허균.

미라의 나이 열여덟이던 1592년, 무능한 기득권층들이 설치던 조선에 일본인들이 쳐들어왔다. 그러자 왕이 가장 먼저 도망쳤고 백성들이 불지른 대궐에 남겨진 미라는 일본장수에게 납치되어 버렸다.

오사카 성에 억류되었을 때 일본인들이 갖가지 소문들을 미라에게 들려주었다. 류성룡의 면천제免賤制(전쟁에서 공을 세운 천민들의 신분을 높여주는 제도) 때문에 조선 각지에서 노비 의병들이 벌떼처럼 일어나 일본군들이 고전을 면치 못했다고 했다. 수많은 양반들이 노비 종군과 면천제의 폐지를 요구하자 류성룡은 '지금이 어느 때인데 감히 노비와 주인을 따진단 말입니까?'라고 분개했다며 일본인들조차도 적국의 관료인 그를 존경해 마지않았다.

전쟁이 소강상태에 이르자 오천 명의 의병을 모집하여 지휘했던 육전陸戰의 영웅 김덕령에게 역모혐의를 뒤집어씌워 사형에 처했다는 소문, 해전海戰의 영웅 이순신마저 '일개 무신武臣이 조정朝廷을 무시한다'는 핑계를 만들어 제거하려 했다는 소문도 들려주었다. 그러자 이때부터 용기와 힘이 있는 자는 모두 숨어 버리고 다시는 의병을 일으키지 않았다 하니 일본군으로서는 참으로 다행이라는 쑥덕거림을 들었다.

전쟁이 끝나자 선조왕은 노골적으로 변심하여 승전의 일등공신이자 개혁선비였던 류성룡을 내친 후 전쟁 중에 도망 다니던 양반들과 함께 '특권만 있고 의무는 없는' 지배층들만의 조선으로 되돌려 놓았다며 일본인들이 비웃었다. 영국과 프랑스처럼 왕을 단두대로 처형하고 양반 귀족들의 뿌리를 뽑아 없애야만 발전할 수 있는 나라가 당시의 조선이었다.

수평선에 걸려 서성이는 노을을
하염없이 바라만 보고 서 있는 조선 여인
그녀 맘 알았을까
석양이 무겁게 머뭇거리며
그녀 고향 쪽 하늘과 바다를
빨갛게 물들여 위로하고 있네.
파도도 그 맘 알아
너울너울 춤추며
그녀의 그리움 전해주고자
조선 땅 바닷가로 몰려가고 있어라.

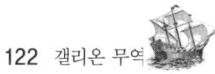

뒤쪽 상갑판에서 자신을 내려다보고 있는 두 사내가 있다는 것을 의식하지 못한 채, 고국의 삶에 대한 그리움이 미라의 가슴을 시리도록 파고들었다.

어이하여 평민으로 태어나
어이하여 얼굴 곱게 몸매 곱게 태어나
나이 고작 열 살에 궁으로 끌려왔다네.
신이란 존재의 지독한 차별로 한 하늘 아래 태어난
오만하고 교만하고 악랄한
왕족들의 시중을 들게 되었다네.
아까운 청춘 궁궐 담 안에 갇힌 채로
꽃피워 보지도 못하고
나이 열여덟에 왜놈들 더러운 손아귀에 끌려가더니,
왜국 필리핀 이역생활 어느 덧 25년
아~ 내 나이, 어느 덧 마흔 셋 이런가!

자리보전에 정신 빠진 왕
당파의 이익 위해 가문의 영광 위해
기꺼이 목숨 바쳐 싸우던 고관대작들
백성들의 목숨과 고충은 항상 뒷전이던 양반들
대대손손 백성들을 착취하고 학대하던 양반들
임진년 그 날
왕도 대감들도 양반들도
쥐새끼들 마냥 새파랗게 질리어

이리허둥 저리지둥
이리안절 저리부절
쥐새끼보다 못한 겁쟁이가 되어
목숨 걸고 지키던 옥좌
목숨 걸고 지키던 영광 명분 체면 다 팽개치고
밤비 죽죽 맞으며
야반도주 하였다네, 북으로 북으로
그제야 무지한 백성들 몰려와 분노하고
대궐을 불태웠으나
나라와 백성은 이미
왜적에게 무참히 짓밟히고 있었으니
때는 한참이나 늦어버렸다네.

쥐새끼들은 스스로 천함을 알아 음지에서 웅크리는데
멸망하는 나라의 천한 세습 기득권자들
명예로운 나태함과
명예로운 무능함에 빠져있는
천한 왕족들, 천한 양반들
천하디 천한 자가 만 백성 위에 군림하며 호령하니

쥐새끼만도 못한 왕이여!
쥐새끼만도 못한 양반들이여!

비천한 왕과 비천한 양반들 밑에서

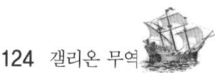

분노할 줄도 모르는
바보천치보다 못한 조선의 백성들이여!
비겁을 뒤집어쓴 채 금수만도 못한 취급을 견디는
부당한 대우에 항거할 만큼
기개도 없고 겁도 많은
짓눌리며 떠는 조선의 노예들이여!
참을성 많은 노예들이여!
온순하게 길들여진 노예들이여!
침묵의 노예들이여!
세상에 태어난 것만으로도
불쌍하고 유감스럽고 하찮은 존재들이여,
어이 할까나
빨갛게 타오른 노을 바다를 배가 가르니
내 가슴 썰고 썰어 터져 나온 피눈물 같아라!

    분노라 함은 자격이 부족한 사람이 합당한 것 이상을 얻었다고 생각될 때 느끼는 화다. 그리고 증오는 힘없는 사람의 분노다. 미라는 조선사회 신분제의 부당함을 증오했다. 무능한 지배층과 무기력한 백성들을 경멸했다. 하지만 활활 타오르는 미라의 분노를 알리가 없는 미련한 오리엔트 호는 잔잔한 파도를 타며 항해만 계속하고 있었다. 그 뒤로 저녁노을이 붉게 내리고 있었다.
    선미 쪽에서 부는 바람이어서 미라는 끝내 애드문과 크리스전이 마시고 있는 커피향의 냄새를 맡지 못하는 듯 했다. 인기척도 느끼지 못하는 듯, 뭇 별들이 밤을 알리러 돋아나올 때까지 그

조선에서 온 여인

대로 하염없이 조선 땅 쪽을 바라보며 서 있었다. 그러더니 어느 순간 갑판에 털썩 주저앉았다. 두 손으로 얼굴을 감싸고 어깨를 들썩거리는 것이 흐느끼고 있는 것이라 생각한 두 사람의 가슴은 뭉클해지면서 천근만근 무거움을 느꼈다.

'필시 옛 삶에 대한 그리움의 고통이 그녀의 가슴을 파고들었으리라'

두 사내는 손을 뻗어 서서히 황혼 속으로 용해되어 가고 있는 그녀의 힘없는 손을 부드럽게 꼭 쥐어주고 싶었다. 배가 지나며 가른 파도를 타고 노을빛이 흔들리고 있었다.

10
드러나는 숨겨진 발톱

헬리는 여전히 조용했고 거의 말을 하지 않아 쓸쓸해 보이기도 했지만 한편으로는 뭔가 숨기는 것이 있는 듯 음험해 보이기도 했다.

애드문은 하갓냐 항에서 구입한 책들에 빠져 있었으며 크리스전은 노령임에도 불구하고 항해에 잘 적응하면서 새로운 공구의 설계에 몰두하고 있었다.

유다양만이 무엇인가 계획대로 되지 않는지 선원들을 향해 고함지르고 윽박지르는 날카로운 음성이 날이 갈수록 심해지고 억양도 높아지고 있었다. 장기 항해에 지친 초보 선원들이나 장거리 항해를 처음 해 보는 승객들에게서 흔히 발견되는 양상인데 베테랑 항해사라고 장담하던 그를 기억하는 사람들로 하여금 의아해하게 만들었다.

4월 15일 오후, 사관식당에서 마닐라 출항 후 처음으로 동업자

회의가 열렸다. 화물들의 상태에 대한 보고를 받기로 하였기에 사무장 미라가 함께 참석했다. 마호가니 원목의 낡고 긴 탁자를 앞에 두고 다섯 사람이 자리에 앉았다.

그러나 기대했던 보고서를 유다양이 내놓지 않아 처음부터 회의 분위기가 긴장 속에 진행되었다. 애드문이 유다양을 향해 질문을 던졌다.

"유다양 씨, 무엇 때문에 보고서가 준비되지 않는 거죠?"

"네…… 제가 그동안 바쁘기도 했지만, 사무장이 서투른 탓입니다."

유다양이 불쑥 미라에 대한 불만을 제기했다. 그의 두 눈에는 질책에 대한 핑계거리를 찾느라 핏발이 서 있었고 눈동자는 불안스럽게 이리 저리 굴러 다녔다. 그는 서 있거나 앉아 있는 것도 어색하고 불편해 보였다. 유다양이 화난 음성으로 말을 이었다.

"미라는 화물 상태나 적재에 대한 기본 지식이 부족합니다. 게다가 게을러서 그동안 여러 번 지시했지만 아직도 정확히 파악을 못하고 있을 뿐만 아니라 단순한 보고서 하나도 제대로 만들지 못하고 있습니다!"

유다양의 갑작스럽게 높아지는 언성과 미라에 대한 무례한 태도에 애드문과 크리스전은 어안이 벙벙한 얼굴로 서로를 쳐다보았다. 충격을 받았음에 분명해 보였다. 식탁 주위에 잠시 침묵이 감돌았다.

이윽고 미라가 얼굴이 붉어졌지만 도도한 미소를 지으며 모여 있는 사람들을 둘러보며 말했다.

"마닐라에서 승선했을 때 확인했던 보급품들이 오리엔트 호

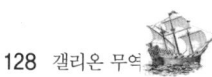

인수 당시에 헬리 씨가 동업자들에게 제출했던 자료와 일치하지 않았습니다. 문제를 제기할 때마다 헬리 씨와 유다양 씨가 엉뚱한 저장소에 보관 중이던 식량들을 보여주곤 했는데, 그 저장소는 배의 설계도에 나와 있지 않았습니다. 마닐라를 출항하기 직전까지도 사무장인 저한테 얘기하지 않은 채 유다양 씨의 지시라며 선원들이 수시로 식량들의 보관 장소를 조금씩 이리 저리 옮기는 바람에 제가 작성한 자료들은 일관성을 잃고 복잡하게 되었고, 옮겼다는 수치와 각 저장소에 보관된 수치가 맞지 않았습니다. 아직도 저에게 말하지 않은 비밀 창고가 더 있는지 의심됩니다."

"뭐라고? 비밀 창고라니! 그런 것은 존재하지도 않아!"

미라의 '비밀 창고'라는 표현에 유다양이 불같이 화를 내며 길길이 날뛰었다. 헬리도 눈살을 잔뜩 찌푸렸고 얼굴이 붉게 달아올랐다.

"표현이 잘못되었다면 사과하겠습니다. 그렇다면 설계도면에 나타나 있지 않은 창고를 뭐라고 불러야 하나요? 어쨌든 하갓냐 항에서도 많은 종류의 식량들과 비단, 후추를 선적했었지만 출항하기 전 3일 동안 일부 선원들이 또 적재 장소를 옮긴다며 식량과 화물을 이리 저리 끌고 다녀 출항 후에 다시 정리하고 있었습니다. 그런데 선적했다는 양과 지금까지 소모했다는 양, 현재 남아 있는 양이 일치하지 않아서 아직도 확인 중에 있습니다."

미라가 설명하고 있는 동안 유다양은 극도로 불안정한 모습을 보였다. 유다양은 당장 사무장을 교체하지 않으면 더 이상 회의를 진행할 수 없다면서 회의실을 나가라고 미라를 향해 악을 썼다.

그러자 곁에 점잖게 앉아 있던 헬리도 미라를 노려보며 말했다.

"하찮은 조선 계집이 여기가 어디라고 함부로 지껄이냐? 당장 꺼져!"

그러나 매력적인 조선 여인의 시선에는 당당함이 사그라지지 않았다. 예기치 않은 상황에 당황한 애드문과 크리스전은 다들 평상심을 잃지 말자고 당부하고는, 미라에게 그녀가 방금 구두로 보고한 사항들이 사실이냐고 물었다. 그녀가 말없이 고개를 끄덕이자 헬리와 유다양이 신경질적으로 자리를 박차고 일어나더니 사관 식당을 나가면서 문이 부서져라 '쾅' 소리가 나도록 닫았다. 그들 뒤로 차가운 바람이 일었다.

그날 저녁식사 시간에는 모두들 말이 없었다. 애드문은 곰곰이 생각해봐도 유다양과 헬리의 과잉반응과 무례한 태도가 도무지 이해되지 않았다. 미라의 보고에 오류가 있다면 차분히 설명하여 바로잡으면 될 것이고, 비밀 창고에 대한 의혹도 도면을 들고 현장에 가서 함께 확인하자고 제안하여 풀면 될 일이지 않는가! 밥알이 아니라 모래알을 씹는 듯 했고 식도를 할퀴면서 내려갈 때마다 쓰라렸다.

식사가 거의 끝나갈 무렵 애드문이 미라를 불러 조용히 뭔가를 얘기했고 미라가 고개를 끄덕였다. 이윽고 애드문이 안면 근육이 굳어지고 있음을 느끼면서 심각한 어조로 제안했다.

"투자계약서 조건에 따라 내가 추천한 미라 씨를 나머지 동업자 세 사람이 동의하여 사무장으로 선정했는데, 그녀에 대해 불만이 있다면 새로운 사람을 추천하여 선정합시다. 그러나 미라 씨가 보고했던 의심스러운 사항들은 동업자들의 향후 관계를 위

해서라도 반드시 철저히 조사해서 사실 여부를 밝혀야 합니다."

모두들 애드문의 제안에 찬성했다. 하지만 애드문은 불쾌한 감정을 숨기지 못하고 얼굴을 붉힌 자신이 바보가 된 기분이어서 더욱 언짢았다. 헬리가 자신의 오랜 사무장이었던 제인을 추천했다. 제인은 미라를 제외하고 오리엔트 호에 승선한 유일한 여자 선원으로 주방 일을 돕고 있었는데, 헬리와 페냐가 아끼는 여자 선원이었다.

그녀의 배경은 이러했다. 멕시코에 파견되었던 스페인 군인인 그녀의 아버지가 일찍 은퇴한 후 인디언인 아내와 함께 멕시코시티에 환전소를 겸한 보석상을 차렸다. 헬리가 은밀하게 보석 밀거래를 하다가 우연히 제인의 아버지를 알게 되었는데, 그 후 제인을 이용하여 밀수의 규모를 차츰 키워오고 있었다. 제인의 아버지는 돈만 벌 수 있다면 자기 아내나 딸도 팔아 치우는 인간이었다. 헬리의 밀수행위를 눈치 채지 못한 선원들은 제인이 외국 구경을 하고 싶어 하여 헬리의 선박에 동행하게 된 것으로 이해하고 있었다.

애드문과 크리스전은 제인에 대해 잘 알지 못하지만 다른 대안이 없었기 때문에 헬리의 제안에 동의했다. 그리고 식량과 화물의 입출고 자료와 재고조사는 다음날 아침 동업자 네 명과 제인이 함께 하기로 합의했다.

저녁식사가 끝나고 각자 선실로 돌아갈 무렵부터 파도를 타는 배의 흔들림이 조금씩 커지고 있었다.

선장 방에 모인 유다양과 헬리는 일이 자기들의 계획대로 척척

진행되고 있다며 쾌재를 불렀다. 두 사람은 그들 외에는 아무도 없는 방에서 한참동안 귓속말을 주고받은 후 굳은 악수를 나누었다.

헬리가 나가고 나자마자 유다양은 문을 걸어 잠그고 바지를 내렸다. 오후에 회의를 시작하기 전부터 은밀한 부분에서 이상한 느낌을 감지했기 때문이었다. 촛불을 가까이 대고 자세히 들여다보았다. 축 늘어진 성기 주변에 둥글게 부어 오른 것들이 보였다. 그것들은 작지만 단단하게 곪아 있었다. 거울을 바닥에 대고 항문 주위를 살펴보았더니 그 부분에도 똑같이 부어오른 염증 같은 게 있었다.

오래 전부터 선원들 사이에서는 이와 비슷한 성병에 대해 얘기들이 나돌았다. 심한 경우 온몸에 발진이 일어나고 미쳐 날뛰게 된다는 소문도 있었다. 그러나 아무도 그 병의 이름이나 원인을 알지 못했다. 유다양은 걱정이 되었지만 미라에게 치료해 달라고 부탁할 용기가 나지 않았다. 하필이면 그날 미라를 비난하며 닦아 세웠기 때문이었다.

잠시 후 유다양은 어둠 속을 비집고 제인의 선실에 들어갔다. 창으로 들어오는 흐린 달빛은 배의 흔들림에 따라 창밖을 온통 바다만 보여주다가 밤하늘을 보여주기를 반복했다. 잠들어 있는 그녀가 빛 때문에 깨어나지 않도록 촛불을 눈과 멀리 떨어진 발치에 둔 후 그녀의 아랫도리를 살며시 들추어 보았다. 아뿔싸! 제인의 성기 주변에도 작고 둥근 돌기들이 여기저기 매화꽃 마냥 돋아나 있었다. 성욕이 급격히 빠져나간 자리에 두려움이 밀려들어왔다. 비척비척 선장실로 돌아온 유다양은 생각을 가다듬

으려 애썼다.

'어디에서 시작한 것이지? 누가 옮겼을까? 마닐라에서 제니가? 아니면…… 설마 제인이?'

통증은 느껴지지 않은 탓에 그의 걱정은 차츰 사그라지기 시작했고 잠시 후 아랫도리를 내린 채로 잠이 들었다.

평소에 바다는 푸근하고 아주 아름답다. 그런데 느닷없이 돌변해 버리는 수가 있다. 밤새 파고^{波高}가 높아지는 듯싶더니 다음 날 새벽부터 하늘이 삽시간에 캄캄해지고 동쪽에서 먹구름이 미친 듯이 몰려와 엄청난 소나기가 바다를 두들기면서 거친 파도를 일으켰다. 바다가 시커멓게 변했고, 바람이 강해지면서 솟아오른 너울이 점점 거세졌고 결국 파도 꼭대기가 무너져 내렸다.
　짐을 잔뜩 실은 오리엔트 호는 파도가 용골을 훑고 지나갈 때마다 병든 소처럼 비틀거렸다. 높다란 선수와 선미가 강풍과 거센 파도에 두들겨 맞았다. 때문에 조타수가 갖은 수를 써도 배가 부드럽게 파도를 타지 못했으며, 높이 솟은 뱃전이 돛 구실을 해서 자꾸만 바람에 밀려갔다. 배가 파도와 바람에 따라 우왕좌왕 했다.
　애드문은 오랜만에 펄펄 살아 날뛰는, 바다다운 바다를 겪게 되자 지난 밤 마음에 걸렸던 미라의 억울해하는 표정을 지웠다. 날이 밝아야 할 시간이 되었음에도 하늘은 어둑했고 바다는 부쩍 사나워지고 있었다. 거대한 성벽만한 파도가 으르렁거리며 몰

려와 배를 요동치게 했다. 너울의 방향과 바람의 방향도 수시로 바뀌었다.

오리엔트 호는 자신보다 몇 배나 크고 거대한 파도 무더기 속에서 용트림을 하면서 간신히 떠 있었다. 이런 상황에서는 타에 무리를 주게 되고 돛 포가 찢어지거나 돛대가 부러질 위험이 있으니 조타^{調舵}(키를 써서 배를 조종하는 것)가 가능할 정도의 힘을 받을 수 있는 보조 돛만 남기고 나머지 돛 포는 모두 내려 단단히 묶어 두어야 한다. 그런데 아직도 유다양은 선원들에게 아무런 지시를 하지 않았는지 바람 방향이 바뀔 때마다 배가 좌우로 크게 흔들렸고 금세라도 돛폭이 찢어지든지 돛대가 부러질 것만 같았다.

'선장으로서 판단이 어찌 저다지도 미숙한 것인가?'

애드문이 걱정하며 서둘러 조타실에 올라가자 마침 유다양이 선원들에게 돛을 모두 내리라고 지시하고 있었다.

'보조 돛마저?'

애드문의 염려하는 눈빛과 유다양의 허둥대는 시선이 부딪혔다.
"애드문 씨, 잘 주무셨나요? 이 정도 바람이나 파도는 아무것도 아니니 염려 말고 내려가 계시죠! 아침 식사는 이런 상태로 조리가 불가능하니 주방장이 빵과 버터를 준비할 겁니다. 넘어지지 않도록 난간 잘 붙드시고 조심히 내려 가십시오!"

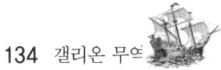

이상스레 어제 밤보다 부쩍 무례하고 거만한 태도를 보이는 유다양에게 애드문은 애써 감정 표현을 자제하며 말했다.

"알겠소. 뱃머리에 보조 삼각돛을 하나정도 남겨 두는 것이 조타를 위해 낫지 않을까 싶소만…… 화물창과 보급품 저장소 안에도 느슨해진 고박 줄들을 단단히 조아야 할 것 같고…… 그럼, 수고하시오!"

유다양의 안면 근육이 굳어지고 입술에 힘을 주는 것을 곁눈길로 살피고는 조타실 안에 있는 선원들을 둘러보았다. 애드문의 지적에 수긍하지만 선장인 유다양의 지시를 기다리고 있다는 표정이었다. 애드문이 점잖게 조타실 문을 열고 나간 지 1분도 채 안되어 일단의 선원들이 황급히 밖으로 뛰어 나가는 소리가 들렸다.

어느 덧 하늘은 더욱 캄캄한 잿빛으로 변했고 천둥 번개와 비바람이 휘몰아치기 시작했다. 선원들의 외침소리, 돛대를 스치며 울부짖는 회오리바람소리, 뱃전에 일격을 가하는 쿵하는 파도소리, 뒤이어 튀어 오른 물보라가 흐느끼는 소리…… 오리엔트 호도 끝없이 신음소리를 토해내고 있었다.

그러나 애드문은 전혀 다른 소리에 잔뜩 긴장했다. 화물창이나 배 밑바닥에 있는 보급품 저장창고 쪽에서 나오는 게 분명한, 무언가 쓸려 다니는 소리, 서로 부딪혀 으깨지는 소리…….

애드문은 노련한 항해사로서의 직감으로 재빨리 화물창을 향해 뛰어 내려갔다. 수십 년 동안 바다에서 잔뼈가 굵은 그에게는 이런 정도의 폭풍우 속에서 사다리를 타고 화물창 안으로 들어가는 것은 어릴 적 고향집 뒤뜰에 심어 놓은 키 작은 무화과나

무를 오르내리는 것보다 수월했다.

다섯 개의 화물창들 중에 가장 앞쪽에 위치한 1번과 2번 화물창에서 제일 윗줄에 실려 있던 궤짝들 중 하나가 화물창 바닥으로 떨어져 도자기들과 함께 심하게 파손되어 있었다. 다행히 나머지 궤짝들은 단단한 아마섬유 줄로 촘촘히 묶여 있었다. 고가의 고려청자들만 따로 모아서 적재해 둔 5번창에는 아무런 파손의 흔적이 없이 나무궤짝들이 포장된 상태 그대로 묶여 있었다.

미라에게 화물 선적을 감시할 때에는 수량보다 더 중요한 것이 화물포장 상태와 화물창 내에 화물들이 움직이지 않도록 단단히 고박 하는 것이라고 누차 강조했는데 거의 제대로 행한 것이었다.

폭풍우 속에서 이 많은 화물들이 풀려 제멋대로 움직이기라도 하면, 부딪힌 화물들로 인해 배 옆면에 금이 나거나 구멍이 나서 바닷물이 들어와 침몰할 수 있다. 그리고 한쪽으로 화물들이 과다하게 쏠리게 되는 경우 역시 무게중심 이동으로 인해 균형을 잃고 배가 순식간에 뒤집힐 수 있기 때문이다.

다음에는 보급품 창고로 뛰어 갔다. 뛰어가면서 우지끈 부서지는 소리와 물건들이 뒤엉켜 휩쓸려 다니는 소리가 점점 크고 또렷이 들려옴을 느꼈다.

보급품 창고 주변과 창고 안에는 여러 명의 선원들이 떨어져 나간 선반과 식량들이 뒤엉켜 있는 창고 내부를 정리하느라 애를 쓰고 있었다. 그러나 거대한 파도가 뱃전을 후려칠 때마다 배가 크게 좌우로 흔들리는 바람에 선원들과 식량들이 뒤죽박죽이 되어 엎치락뒤치락했다. 보급품의 10할 정도는 비와 바닷물

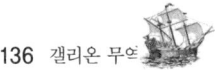

이 흘러 들어온 창고 바닥에 쏟아져서 먹기 힘들 정도가 되어 버렸다.

그런데 이상한 것은, 부서지는 소리와 물건들 부딪히는 소리가 식량 창고안의 소란과 일치하지 않는다는데 있었다. 애드문이 창고 안으로 들어서려 하자 갑자기 주방장 페냐가 험악하고 무례한 태도로 막아섰다. 그의 주위에 세 명의 선원이 바짝 다가서며 페냐를 엄호했다.

"애드문 씨! 지금 이 혼란 속에 뭐 하러 여기에 내려오신 것입니까? 이곳은 우리들이 맡아서 정리할 터이니 빨리 선실로 올라가 계세요! 괜히 이곳에 계시면 도움도 안 되거니와 구경만 하겠다는 것도 우리들에게는 방해만 된다고요! 빨리 올라가세요!"

"페냐, 자네 무슨 얘기를 하는 게야? 지금 어디선가 심각하게 부서지고 있는 저 소리가 자네에게는 들리지 않나? 도대체 어디에서 나는 소리야? 저리 비켜봐!"

애드문이 페냐의 불룩하고 불결한 복부를 밀치며 들어가려하자, 그가 공동 선주로서 당연한 지시를 하고 있다는 것을 모를리가 없는 페냐와 선원들이 어정쩡한 태도로 길을 열어줬다.

보급품 창고 안에는 벽인지 문인지 구분하기 힘들 정도로 교묘하게 만들어진 문짝이 반쯤 열려 있었고, 그 안쪽으로 창고 같은 공간이 엿보였다. 문짝을 힘껏 발로 차서 안으로 들어가니 숨듯이 벽에 기대어 서 있는 유다양과 헬리가 애드문의 눈길과 마주쳤다. 순간 세 사람은 동시에 깜짝 놀라 입을 다물지 못했다.

"당신들 언제 여기에 와 있었소? 그리고 도대체 이 창고는 무엇이오? 왜 주방장 페냐가 나는 못 들어오게 하고 당신들은 여

기에 있는 것이오? 그러고 보니……. 이것이 바로 미라 씨가 어제 보고했던 '비밀 창고'인 것이오?"

애드문이 고함을 질러대자 유다양과 헬리는 당황하여 주춤거렸고, 페냐와 선원들은 공동 선주들 사이에 말썽이 생겼음을 알아채고는 일제히 창고 밖으로 나가서 대기했다. 그들의 눈이 짐승처럼 사납게 번뜩이는 것을 눈치 챈 애드문은 주위에 감도는 불쾌한 살기를 뼛속까지 느꼈다. 창고 안에서는 소량의 식량들과 일부 부서진 궤짝들이 파도와 바람에 흔들리는 대로 계속 구르며 쓸러 다녔다.

이 비밀 창고 안에는 이제껏 한 번도 식사시간에 내놓은 적이 없는 비싼 술과 염장고기, 저장생선들이 쌓여 있었는데, 대부분의 궤짝들과 선반들은 튼튼하게 잘 고박 되어 있어서 부서지거나 쓸러 다니고 있는 것들은 얼마 되지 않았다. 애드문의 귀에 들리는 이상한 소음은 비밀 창고에서 나고 있지 않았다. 애드문은 바닥에 납작 엎드려 귀를 기울였다. 시끄러운 소음은 비밀 창고 아래에서 나는 게 분명했다.

유다양과 헬리가 나가서 얘기하자며 애드문을 밖으로 끌었다. 그러나 애드문은 그들의 손을 뿌리치고 바닥을 이리저리 유심히 살펴보았다. 잠시 후 유다양과 헬리가 서 있는 뒤 쪽에서 사방 1미터로 짜인 의심스러운 판자 바닥을 발견했다. 집중하여 살펴보지 않으면 어두운 실내에서는 쉽사리 알아채기 어려울 만치 은밀하고 교묘하게 만들어져 있었다. 애드문은 잽싸게 몸을 날려 식량 창고로 뛰어 가더니 쌀가마니나 통돼지고기를 잡아 끌 때 쓰는 갈고리를 찾아가지고 금세 돌아왔다. 그러고는 판자의 모서

리를 힘껏 내리찍었다. 유다양과 헬리가 황급히 발을 치우지 않았더라면 갈고리에 누군가의 발등이 찍힐 뻔했다.

갈고리에 걸린 판자가 들려 올려졌다. 역시 의심했던 대로 그 아래에 또 다른 숨겨진 창고가 있었고 줄사다리가 연결되어 있었다. 위에서 내려다보기에 그곳에는 수많은 상아들이 부서진 궤짝 부스러미와 섞여 이리저리 쓸려 다니고 있는 중이었다. 조마조마하게 지켜보고 있던 헬리와 유다양은 순간적으로 그를 죽여 버려야겠다고 생각했지만 애드문이 손에 갈고리를 들고 있고 자신들은 무기를 들고 있지 않은지라 참을 수밖에 없었다. 그때였다.

"휙"

하는 소리와 함께 무언가가 파도소리, 바람소리, 화물 쓸려 다니는 소란 속에 희미하게 공중을 날았다. 문밖에서 누군가 애드문의 등짝을 노리고 도끼 하나를 던진 것이다. 애드문이 무섭게 달려드는 살기를 느끼고 본능적으로 몸을 틀었지만 도끼날이 오른쪽 어깨를 스치는 것까지는 피하지 못했다.

애드문이 피가 흐르는 오른손에 갈고리를 쥐고 문밖으로 튀어 나갔다. 그러나 그림자 하나가 급히 갑판 쪽으로 사라지는 것만 확인했을 뿐 사람은 찾을 수 없었다. 이 모든 것이 너무 순간적으로 발생한 일이라 유다양과 헬리는 놀라고 당황하여 온 몸이 굳어진 채 입만 쩍 벌리고 서 있었다.

창고 안으로 다시 들어온 애드문의 가슴속에는 그동안 유다양과 헬리를 향해 품고 있었던 호의^{好意}의 피가 싸느랗게 식어 있었다. 그의 얼굴이 새빨갛게 물들어 갔다. 배신감과 상처 입은 어깨의 통증에 몸을 떨며 두 사람을 노려보았다. 그러나 아무 말

도 하지 않고 창고를 성큼 나갔다. 문 앞에서는 언제 들어왔는지 페냐가 마뜩찮은 표정으로 애드문을 노려보고 있었다. 가소롭다는 듯이 페냐의 눈초리를 무시하며 창고 문을 나선 애드문이 갑자기 뒤돌아서면서 갈고리를 휙 던졌다. 갈고리는 페냐의 눈앞을 바람처럼 스쳐지나 유다양과 헬리가 서 있는 사이의 벽에 꽂히면서 손잡이가 바르르 떨었다. 두 사람은 어찌나 놀랐던지 순간적으로 심장이 멎는 고통을 느끼면서 누가 먼저랄 것도 없이 서로의 손을 꼭 잡았다.

애드문이 갑판 위로 올라왔다. 그의 눈은 분노와 배신감으로 이글거렸다. 하늘은 온통 재를 뿌려 놓은 듯 검었고 오리엔트 호는 집채보다 커다란 너울에 곤두박질하다 솟구치기를 반복하고 있었다. 거대한 파도가 몸부림치며 뱃전에 부딪칠 때마다 배 전체는 바람과 물보라로 휘감겼다.

"애드문 씨, 큰 도둑은 항상 신사로 변장하고 다닌다는 격언을 잊지 마시기 바랍니다."

에릭손 선장의 충고가 비로소 애드문의 교만했던 심장을 비수로 찌르는 듯하여 고통스러웠다. 애드문은 미라에게 찾아가 도끼에 스친 상처 부위를 내보였다. 미라는 아직도 분노의 불길이 타고 있는 애드문의 눈동자에서 굳이 상처의 이유를 묻지 않아도 뭔가 심각한 문제가 발생했음을 짐작했다.

약을 바르던 미라의 손가락이 가볍게 긴장했다. 그동안 마음속으로만 그에게 연정을 품어왔을 뿐 한 번도 내색하지 않았다.

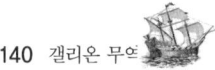

그다지 우람하지 않은 보통의 체구가 항상 옷 속에 감춰져 있었기에 실제로 이렇게 튼튼한 체격인지는 웃통을 벗어 젖힌 지금에야 비로소 만져보고 확인할 수 있었던 것이다. 애정과 욕정이 순식간에 뒤섞이는 것을 느끼자 미라는 화들짝 놀라며 얼굴이 귀까지 빨갛게 타올랐다.

그러나 벽을 뚫어지게 응시하며 뭔가 골몰히 생각에 잠겨 있는 애드문은 미라에게서 방금 일어난 찰나의 변화를 전혀 눈치채지 못했다.

애드문은 미라에게서 응급치료를 받고 나자 크리스전의 선실로 미라와 함께 찾아가 오전에 일어났던 일들을 자세히 얘기했다. 크리스전은 애드문의 충격적인 보고 때문인지 아니면 멀미 때문인지 머리를 두 손으로 감싸 안은 채 창백한 신음소리를 연신 내뱉었다. 날씨가 좋아지면 철저히 조사한 이후에 잘못한 사람을 밝혀내고 책임을 추궁하자는 애드문의 의견에 그는 동의했다.

그 시각, 선장실에서는 창고에서 서둘러 올라 온 유다양과 헬리가 머리를 맞대고 속닥거리고 있었다. 잠시 후 두 사람은 마닐라와 하갓냐에서 그들끼리만 은밀하게 진행했던 일들이 기왕에 발각되어 버렸으니 정면 돌파하자는 데 의견의 일치를 보았다. 애드문이 공동선주라는 지위만 믿고 부하들을 동승시키지 않고 단신으로 오리엔트 호에 승선한 것을 그들은 행운의 징표로 받아들였고, 그들의 계획에 자신감을 부여했다. 애드문이 그들의 사기행각을 덮어두지 않고 성질을 부리면서 극단적인 상황으로 치닫게 되는 경우 그를 제거해 버리자는 데에도 두 사람 사이에는 이견이 없었다.

마닐라에서 네 사람은 공동선주로 계약했지만 실제로는 마닐라를 출항하기 직전에 유다양과 헬리만 같은 배를 탄 상황이었고 애드문과 크리스전은 배 밖으로 내동이쳐져 있던 것이나 다름없었다. 유다양과 헬리에게는 처음부터 계약을 지킬 마음이 없던 사기였고, 첫번째 항해이자 첫번째 동업에서 한몫 크게 잡아 더 큰 사업을 위한 든든한 밑천으로 삼고 싶었던 것이다.

11

악마들의 모습

4월 18일. 이틀 동안의 폭풍우를 겪고 나니 새벽부터 언제 그랬느냐는 듯이 바다가 잔잔해졌다. 하늘을 온통 뒤덮고 있던 먹구름들도 서서히 걷히기 시작했다. 희미하던 별들이 하나 둘 사라지고 먼동이 밝아오는가 싶더니 유다양의 유리창을 긁는 듯한 날카로운 고함소리가 들렸고 선원들이 부랴부랴 돛 방향을 바꾸기 시작했다. 침로를 반대로 바꾼 지 한 두 시간이 지나자 선수船首쪽에서 핏빛 같은 태양이 솟아올랐다.

성의 없이 준비된 아침식사를 마친 후 사관식당에 동업자들이 모였다. 모임 전에 유다양의 방에서 헬리와 페냐가 나오는 것은 아무도 눈치 채지 못했다.

그 누구도 부르지 않았는데 주방장 페냐가 끼어들어 자리를 잡았다. 헬리가 먼저 입을 열었다.

"페냐 씨도 이 배의 지분을 소유하고 있는 어엿한 선주이니

이 자리에 초대한 것이오."

아무도 그 말에 대꾸하지 않았다. 애드문은 오른쪽 어깨에 붕대를 감은 채 자리에 앉았다. 모두들 잠시 침묵하면서 생각을 정리하고 있는 사이에 유다양이 목소리를 가다듬은 후 말했다.

"우리들이 동업하여 한 배를 탔다고 생각했는데 애드문 씨의 측근인 미라가 거짓 보고를 하며 문제를 심각하게 왜곡했습니다. 그런데 이틀 전에는 폭풍우 속에서 나와 전 선원들이 경황이 없던 중에 애드문 씨가 선장인 나의 관리 구역에 허락도 없이 침범하였습니다. 이것은 계약위반 사유가 됩니다. 앞으로는 그러한 일이 재발되지 않도록 각별히 주의해 주시기 바랍니다."

유다양의 입에서 불쑥불쑥 튀어나온 '미라의 거짓보고', '선장의 관리구역' 그리고 '계약위반'이라는 단어와 그의 오만한 태도는 애드문을 아연케 했다.

"무엇이라고? 당신의 관리구역? 이 배는 우리 네 사람의 공동 소유인데 당신만의 관리구역이 존재한단 말인가? 그리고 미라 씨가 거짓 보고를 했다고? 보급품 창고 안에 있는 비밀 창고는 무엇이고, 그 창고 밑에 숨겨진 또 다른 비밀 창고는 도대체 무엇인지 설명해 주겠소? 그 창고들은 헬리 씨가 우리에게 주었던 이 배의 설계도에 나와 있지도 않은 거였소! 미라 씨는 사실대로 보고했던 것이고, 나와 크리스전 씨를 속인 당신들이야말로 명백히 계약을 위반한 것이오!"

그러자, 이번에는 헬리가 평소의 과묵한 그답지 않게 목에 핏대를 올리며 말했다.

"참으로 어처구니 없네요! 물론 그 창고들은 설계도에 나와 있

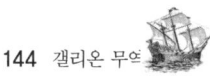
144 갤리온 무역

지 않소. 내가 직접 운항할 때 내 돈을 들여 증축했지만 여러분들에게 매각할 때 그 증축비용을 청구하지도 않았소. 그러니 나한테 고맙게 생각해야 하는 것 아니요?"

애드문이 황당해하며 뜨악한 표정으로 헬리를 쏘아붙였다.

"허, 허! 고맙게 생각하라고요? 동업자 두 명에게는 비밀 창고가 있다는 사실을 숨기고, 또 그 비밀 창고들 속에 당신들 두 명만의 화물들을 몰래 숨겨 두었는데도 고맙게 생각하라니요?"

헬리가 빈정거리듯이 의자에 실은 몸을 흔들면서 대꾸했다.

"그 사람 말귀를 참 못 알아듣네. 당신들에게 제대로 값을 쳐서 팔지 않고 헐값에 넘겼으니 고맙게 생각하라 했지, 언제 그 안에 있는 물건들에 대해 얘기했소? 그리고 기왕에 말이 나왔으니 하는 말인데, 그 안에 있던 화물들은 순전히 나와 유다양 씨의 개인 돈으로 구입한 것이니 당신들은 참견하지 마시오!"

애드문이 얼굴을 붉히며 발끈했다.

"우리들의 동업 계약에는 모든 중요한 사항들은 동업자들의 만장일치에 의해 결정하기로 하였소. 우리가 상아를 거래하기로 협의했거나 결정한 적이 없는데, 그 창고에서 발견된 상아들은 대체 뭐요?"

이번에는 유다양이 헬리를 거들고 나섰다.

"아까 헬리 씨가 언급했듯이 우리들은 설계도에 나와 있는 오리엔트 호를 헬리 씨로부터 구입했었소. 즉, 설계도에 나와 있지 않은 창고는 동업자들이 권리를 주장할 수 없소. 나는 계약서에 명시되어 있듯이 이 배의 관리와 운항을 단독으로 결정할 권리를 가지고 있소. 그러므로 동업자들에게 권리가 없는 비밀 창고

를 어떻게 활용하느냐는 것은 나의 권리이고 나의 권한이요! 이 사안으로 다른 사람들은 왈가불가 하지 마시오!"

애드문 곁에서 앉아 노기 띤 얼굴도 대화를 듣고 있던 크리스전이 도저히 참기 힘들다는 듯이 탁자를 '탕' 치면서 소리를 질렀다.

"배를 헬리 씨 임의대로 증축한 것은 명백한 불법이요! 그러한 사실을 속이고 부정확한 설계도를 근거로 배를 매각한 행위도 불법이고 사기요!"

헬리가 크리스전을 무섭게 쏘아보며 소리쳤다.

"불법이라고 했소? 내가 당신들에게 사기를 쳤다고 했소? 거 참 말 많네! 자신 있으면 소송하든가!"

"뭐라고?"

헬리는 싸움을 자주 해보지 않았지만, 일단 싸움이 벌어지면 예의를 차려서는 주도권을 잡을 수 없다고 믿고 있었다. 회의가 시작되기 전에도 유다양에게 '싸움에서 한번 밀리면 돌이킬 수 없는 법'이라는 점을 주지시켰다. 그래서 그는 주도권을 잡기 위해 누구보다도 과격하고 거친 말을 내뱉고 있었다.

애드문이 냉정을 잃지 않으려고 애쓰면서 헬리와 유다양을 번갈아 쳐다보았다.

"비단과 후추를 매입할 때 나 외에 아무도 투자할 자금이 없다고 했었고 그래서 나의 자금만으로 구입했었는데, 유다양 씨와 헬리 씨는 상아를 구입한 자금이 어디에서 났지요?"

이쯤에서 유다양도 예의를 던져버렸다. 그동안 꽤나 거추장스러웠고 자신의 본성에도 어울리지 않았지만 벗어 던질 적당한

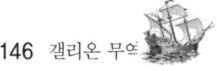

시기를 저울질 하느라 여태까지 걸치고 있었던 것이다.

"애드문! 크리스전! 이 배의 선장은 바로 나, 유다양이오! 그리고 애드문, 똑똑히 들으시오! 톰슨의 화물을 살 수 있는 자금이 당시 내게도 있었지만 그 작자가 나에 대해 나쁜 소문을 내고 다녔기 때문에 일부러 참여하지 않았을 뿐이오. 대신 상아를 샀지. 내가 가지고 있는 내 돈을 당신에게 없다고 말했다 하여 무슨 불만 있소?"

유다양의 무례하기 짝이 없는 말투 변화에 애드문은 너무나 황당하고 신경이 곤두섰지만 꾹 참았다.

"알겠소! 유다양 씨는 톰슨 씨의 화물을 구입할 때 거짓말을 했다고 자인했고, 만장일치의 동업계약을 위반하며 개인 이득을 취하기 위해 상아를 구매해 배 안에 숨겨 오다가 발각되었으니 신의성실의 원칙을 위배했소! 그러니 지금 이 시간부터 이 배의 단독 관리권과 단독 운항권을 취소합니다! 공동선주들이 이 배를 공동으로 관리해야 하며, 배의 선장을 지금 당장 다시 선출합시다!"

이번에는 헬리가 탁자를 '쾅' 소리가 나도록 내리치며 소리를 질렀다.

"네가 뭔데 이제까지 배를 잘 운항해 폭풍우도 헤쳐 나온 선장 유다양 씨를 그만두라고 해?"

애드문이 평정심을 유지하려고 무진 애를 쓰면서 말했다.

"지난 두세 달 지켜보니 유다양 씨는 약속이나 계약을 성실히 지킬 위인도 아니고 선장으로서 자질도 많이 부족하더이다. 화물을 안전하게 고박할 줄도 모르고, 나침반을 제대로 활용할 줄

도 모르고, 항해사를 지도할 줄도 모르고……."

크리스전이 애드문의 발언에 동의를 표했다.

"나는 애드문 씨 의견에 찬성합니다."

그러나 헬리는 더욱 더 언성을 높였다.

"나는 전적으로 반대요! 항해 중에 선장을 교체하자는 주장은 선상반란에 해당하오! 유다양 선장은 반란을 획책하는 애드문과 크리스전에 대해 단호한 조치를 내리시오!"

크리스전이 따지고 들었다.

"선상 반란이라니? 우리는 공동 선주이기 때문에 자질이 의심되는 선장을 언제든지 교체할 수 있는 권리가 있고, 선장은 선주의 지시를 따라야 하는 의무가 있는 것이오!"

그러자 유다양이 벌떡 일어서더니 더 이상 참을 수 없다는 듯 노여움을 얼굴 가득히 담아 목소리를 높였다.

"너희 두 놈이 감히 나를 선장 직에서 쫓아내겠다고? 흥! 그게 네놈들 뜻대로 될까? 자꾸 허튼 수작이나 망발을 늘어놓으면 애드문 네가 톰슨을 속이고 비단과 후추를 거래했다는 사실과 우리들의 비밀 합의문을 톰슨에게 폭로하고 말겠다. 나를 조금이라도 건들면 네놈들도 온전치 못할 것이야! 게다가 미라는 애드문의 첩이라는 소문이 선원들 사이에 나돌던데? 아하하하! 그것도 마닐라 수녀원장과 대주교에게 폭로하면 재미있겠군!"

헬리도 벌떡 일어나 유다양을 거들었다.

"옳소! 만일 한번만 더 상아가 어쨌느니 비밀 창고가 어떻다는 등 문제 삼는다면 나도 폭로해 버리고 말겠어! 그리고 뭐라고? 미라가 애드문의 첩? 참으로 더러운 인간들이 우리 배에 들어와

있군, 허허! 유다양 선장님, 이 따위 회의 당장 집어치우고 저 두 작자들이 어떻게 나오는지 두고 봅시다!"

평소 과묵했던 헬리가 이토록 거친 망발을 내뱉는 것을 보면서 애드문과 크리스전은 줄곧 어안이 벙벙했다. 너무 황당했다. 게다가 그는 그동안의 호감과 신뢰를 산산이 부숴놓는 말들만 골라서 내뱉고 있었다. 그것도 전형적인 사기꾼들이 본색을 드러낼 때 흔히 볼 수 있는 꼴사납고 능글스러운 표정에 어울리는 거칠고 쉰 목소리로!

애드문은 사람을 신중히 판단하지 않고 동업을 결정한 데 대한 후회로 스스로에게 화가 났으며 억장이 무너지는 듯한 고통을 느꼈다.

헬리는 동업계약을 의논하기 전부터도 왠지 주는 것 없이 애드문을 미워하고 있었다. 항해술과 전투기술이 뛰어나다는, 일반 항해사들에게는 잘 알려지지 않은 소문을 마닐라 상인들에게서 우연히 들은 적이 있었다. 장사 수완이 좋다는 소문도, 여러 항구에 친구들이 많다는 소문도 들었다. 그러자 늙고 우둔하고 게으른 선장인 헬리로 하여금 시기심과 함께 고까운 마음을 불러일으켰었다.

소심한 사람들은 가까이 있는 사람의 능력에 대한 후한 평가를 기분 나쁘게 받아들인다. 자신의 능력을 높여보려는 노력도 하지 않은 채 상대적으로 무능력해 보이는 것이 싫은 까닭이다. 그런 사람은 나이를 먹을수록 더한층 용렬해지는 법이다.

동업계약 체결 후 화물을 구매하고 선적하는 과정에서, 그리고 유다양이 처한 문제를 무난하게 해결해 주는 과정에서 애드

문의 유능함에 대해 일부분 인정하지 않을 수 없었으나, 바로 그
것이 그의 질투심을 자극했다.
 질투와 시기는 상대를 미워하는 감정이고 악한 마음이다. 그러
나 헬리는 속내를 드러내지 않기 위해 과묵寡默을 가장해 왔었다.
헬리의 마음 속에 여태껏 숨어 있었던 악의가 이제 활동을 개시
했다. 그가 오랫동안 쌓아왔던 사기꾼 기질과 애드문에 대한 자
격지심도 노골적으로 고개를 치켜들었다.
 헬리는 애초에 애드문과 크리스전을 속여 오리엔트 호를 고가
에 팔고 떠날 심산이었다. 그런데 유다양이 의외로 재물에 욕심
이 많다는 것을 눈치 챈 후, 유다양을 꼬드겨 오리엔트 호의 지
분을 애드문과 크리스전에게 일부 양도하는 척하여 돈을 받아
챙긴 다음 화물까지 탈취하자고 제안하였다. 예상했던 대로 유
다양은 흔쾌히 거짓동업에 참여하는 척하며 헬리의 사기행각에
적극적인 공범이 되었다. 물론, 오리엔트 호의 지분에 투자하기로
했던 유다양의 투자금 은화 240냥은 헬리 구좌에 입금하지 않
아도 되었다. 두 사람만의 비밀이었다.
 헬리에게는 본성을 감추고 내색하지 않는 천부적인 재주가 있
었다. 그래서 애드문은 폭풍우 때문에 우연히 비밀 화물창 사건
이 불거지기 전까지는 헬리가 이중인격자인줄 상상도 하지 못했
다. 그러나 이제야 헬리와 유다양에게 감쪽같이 속았다는 것을
애드문은 분명히 깨달았다. 그 두 사람이 은밀하게 맺은 더욱 치
밀한 사기성 이중계약과 더 위험한 음모마저 있다는 것에 대해서
는 아직 눈치를 채지 못했지만…….
 긴장 속에서 잠시 침묵이 흘렀다. 그때 잠자코 자리에 앉아있

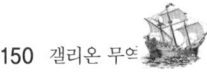

던 페냐가 발딱 일어나 목 쉰 언성으로 발언을 시작했다. 누구의 눈치도 보지 않는다는 자신감과 무례함이 그의 말 속에 묻어 나왔다. 왼쪽 눈언저리에 긴 칼자국이 있는 그의 구릿빛 얼굴이 이 날따라 유난히 악독스럽게 보였다.

"왜들 이러시나! 그동안 당신들은 내가 10%의 지분 밖에 없다고 무시하여 왔는데, 내가 이 문제를 정리해 주겠소. 지금 내가 하는 말은 제안이 아니고 충고도 아니며 이렇게 해야 한다는 나의 결정이니 당신들은 내 결정을 따라줘야 하겠소! 지금 이 순간부터 오리엔트 호의 화물은 헬리 씨와 유다양 씨가 공동으로 관리하시오! 그리고 식량과 선원들은 내가 관리하겠소! 당신들에게 이제 밝히지만 나와 모든 선원들은 프리메이슨^{Freemasonry} 형제들이오. 그리고 내가 이 배에 있는 형제들의 우두머리인 마스터 랏지$^{Master\ Lodge}$요! 내가 내린 결정에 이의를 달지 않는다면 선원들이 당신들 신상에 위해를 가하는 일은 없을 것이오!"

페냐의 목소리에는 경멸과 위협이 담겨 있었다.

'이건 또 뭐야?'

헬리는 페냐의 느닷없는 커밍아웃에 경악했다. 회의가 시작되기 전에 유다양의 방에서 세 사람이 모의할 때만 해도 그런 사실을 털어놓지 않았던 그였다.

오리엔트 호를 마닐라와 멕시코를 잇는 항로에 투입하면서 음식 솜씨도 별로인 페냐에게 10% 지분을 거저 주었던 이유는 워낙 소심하고 의심 많은 헬리의 성격 탓이었다. 그가 먹을 음식에 독이나 이상한 것 타지 말고 충성하게끔 유도하기 위해서였다.

그가 프리메이슨 조직에 가입했고 전 선원들을 자기 조직원들

악마들의 모습 151

로 채워 버린 사실을 헬리는 그동안 까마득히 모르고 있었던 것이다.

이 조직은 정통으로 인정받는 기독교 조직이 아니어서 한때 로마 교황청으로부터 대대적인 탄압을 받게 되자 조직과 활동을 숨기면서 비밀결사체 성격을 띠고 있었다. 교황청에서는 유대인, 개신교와 함께 프리메이슨을 '사탄의 삼총사'라고 부르며 멸시했다.

이 조직은 워낙 비밀스럽고 단결력이 높아 그 동안 매 항해 때마다 페냐와 그의 조직원 선원들이 헬리가 구입한 화물을 조직적으로 도둑질 하였거나 밀수를 했다 하더라도 헬리는 눈치 채지 못했을 것이다.

그 동안의 항해에서 이익을 내지 못한 것이 자신의 무능함 때문이었다는 것을 인정하기 싫었던 헬리는 방금 문득 페냐의 도둑질 때문이었다는 확신을 품었다.

유다양 역시 페냐의 커밍아웃에 놀라기는 헬리와 마찬가지였지만, 애드문이 내심 두려웠던지라 예상치 못했던 강력한 우군을 확보하였다는 안도감에 회심의 미소를 지었다.

페냐가 거만하고 자신만만한 태도로 말을 이었다.

"애드문 씨에게 특별히 경고하는 데, 그제와 같은 경솔하고 과격한 행동을 이 배 안에서 또 한 번 저지른다면 나의 형제들이 당신을 해칠 수 있소! 당신이 해적을 상대로 제법 전투를 해 왔다는 소문을 들은 바 있소만, 이 배안에는 저 늙은이와 조선 계집 외에 당신 편이라고는 없다는 것을 명심하시오!"

페냐는 자신이 비범한 인물이라는 것을 알리고 싶은 마음에

흥분하여 하지 않아도 될 말까지 해버렸지만, 그래도 정체를 밝히고 나니 속이 후련했고 자신을 쳐다보는 선주들의 놀란 눈빛에 오히려 기고만장해졌다.

유다양은 페냐가 언급한 해적이라는 단어에 움찔했다.

'이건 또 무슨 소리야? 애드문이 해적들과 전투를 해 왔다고? 왜 나는 여태 그것을 모르고 있었지? 그런데, 페냐는 또 그 사실을 어떻게 알았지?'

그제야 이틀 전에 애드문이 갈고리를 던질 때의 비범한 몸놀림과 매서운 눈초리가 수긍되어 두려움을 느꼈다. 유다양의 심장 뛰는 소리가 북소리처럼 크게 들리기 시작했다.

유다양은 간신히 긴장한 가슴을 쓸어내리며 애드문을 힐끗 쳐다보았다. 헬리도 놀란 티를 내지 않으려고 애쓰면서 애드문의 눈치를 살폈다.

애드문은 도둑놈이 오히려 칼을 쳐드는 세 사람의 어처구니없는 태도와 무례함에 의지를 발휘하여 참고 있었다. 그러나 헬리와 유다양은 그의 침묵 뒤에 격렬한 분노와 보복의지가 감추어져 있다는 것까지는 눈치 채지 못했다.

일장 연설을 마친 페냐는 왠지 스스로가 대단한 영웅이라도 된 것 같은 엄청난 착각에 빠져 거만한 표정을 지으며 자리에 앉았다.

유다양은 이제야 애드문의 기가 꺾였을 것이라고 생각했다. 애드문에게 의지하고 있는 크리스전도 자기들을 두려워하고 있다고 생각했다. 기선을 완벽하게 제압했다고 판단한 유다양이 머리를 한껏 곧추세우고 의기양양하게 말했다.

악마들의 모습

"자! 자! 다 좋은 게 좋은 것 아니겠소? 누구나 조금씩 잘못을 하면서 사는 것이고, 서로의 잘못은 눈감고 감싸주는 것이 인지상정이라 하였소. 애드문이 현실파악이 안되어 지난 며칠간 그리고 오늘 이 자리에서 저지른 잘못도 너그러이 용서해 주고 싶소. 하지만 선장으로서 이 배의 안전과 모든 동업자들의 이익 보호를 위해 무엇이 최선인지 고민해 보고 추후 최종 결정하겠소! 그러니, 애드문! 당신은 앞으로 각별히 자숙하시오!"

'고분고분하지 않으면 반란죄로 갑판에서 즉결 처형해 버리겠다! 페냐는 이미 우리 편이 되었고 그 대가로 급여를 두 배로 지불하기로 했어!' 라고 말하고 싶었지만 그 말은 입 밖으로 내지 않았다. 왜냐하면 하고 싶은 일도 입으로 말하면 안 되는 경우가 있다는 것쯤은 알고 있기 때문이다.

그는 회의 내내 주도권을 잡기 위한 긴장되고 짜릿한 순간들을 즐겼다. 그리고 결과는 그의 승리였다. 이제부터 오리엔트 호에는 공동선주도 없고 동업자들도 없게 되었다. 헬리만 요령껏 몰아내면 유다양 혼자만의 배가 될 것이다.

유다양이 흡족한 듯이 거만한 교황의 노새마냥 고개를 쳐들고 회의종료를 선언했다. 아까의 애드문에 대한 두려움은 씻은 듯이 사라져 버렸고 이제는 승리에 겨운 가슴이 자꾸만 쩡쩡 울리는 것 같았다.

재물에 대한 탐욕이 인간의 몰락을 초래한다고 하지만 그 격언이 유다양과 헬리에게는 하등의 관계가 없는 듯 했다.

침울해진 하늘은 어느 덧 잿빛으로 변했고 잠시 후 갑자기 울음을 터트린 듯 잔잔한 바다위에 열대성 스콜이 폭포수처럼 쏟

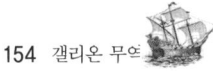

아졌다. 애드문의 가슴속에서는 회한의 고통이 쏟아져 내렸고, 유다양의 가슴속에서는 환희의 기쁨이 시원하게 흘러내렸다.

유다양과 헬리의 적반하장식 태도와 협박은 이제 네 사람이 동업관계가 아니라는 선언이나 마찬가지였다.

애드문과 크리스전은 너무나 어이가 없고 괘씸했지만 페냐와 그의 조직원인 선원들이 상대측 편에 서 있는 중과부적의 상황에서는 어쩔 도리가 없었다.

회의가 끝난 후 애드문이 미라를 은밀히 불러 물어보니, 괌의 하갓냐 항에 정박해 있을 때 5번창에 있던 화물 일부가 한밤중에 부두로 옮겨지고 부두에서 똑같은 크기의 상자들이 5번창에 실리는 것을 우연히 본 적이 있었다고 했다. 상자를 뜯어 내용물을 확인할 권한은 없었기에 아직까지 의문만 품고 있었다고 했다. 마닐라에서 실었던 식량의 일부도 하갓냐 항에서 몰래 내려진 것 같은데 페냐가 식량창고에 들어가는 것을 계속 방해하여 아직까지 확인하지는 못했노라고 했다.

예상하고 우려했던 대로, 그날 이후부터 유다 양과 헬리는 노골적으로 애드문과 크리스전을 멸시하고 적대적으로 대하기 시작했다. 유다양이 선장이라는 직책을 남용하며 결정한 첫번째 조치는, 애드문과 크리스전이 사용하던 선주용 선실에서 내쫓아 승객용 2인 1실 선실로 보낸 것이었다. 승객용 침실의 침대 매트리스에는 벼룩이 우글우글했다. 더 이상 공동선주로 대우하지 않고 싸구려 승객처럼 대우할 것임을 모든 선원들에게 공표하는 셈이었다.

주방장 페냐는 유다양과 헬리를 위해서만 매일 특별 식단을 짜서 소금에 절인 고기(돼지고기, 염소 고기, 생선)들을 요리하여 내놓았다.

애드문, 크리스전 그리고 미라에게는 하급 선원들 식당에서 선원들과 함께 식사해야 했으며, 폭풍우 속에서 손상된 식량으로 조리한 음식을 먹어야 했다. 하급 선원들이 먹는 것보다도 더 형편없는 식단이었다. 심하게 상해 곰팡내가 풀풀 나는 빵과 양파만으로 식사를 해야 할 때도 있었고, 빗물을 받아놓은 통 속의 더러운 물을 마셔야 할 때도 있었다.

비위생적이고 영양이 부실한 음식을 먹고 하루라도 빨리 쓰러지기를 바라는 듯했다. 애드문과 크리스전은 엄청난 굴욕감을 느꼈지만 표정만 굳어졌을 뿐 아무런 불평을 드러내지 않았다. 크리스전이 애드문에게 속삭였다.

"자기네들 식으로 고통을 주겠다는 거지. 당분간 참으면서 기회를 엿보기로 합시다."

그 이후 크리스전은 자주 앓아누웠고 그때마다 미라가 정성껏 간호했다. 이때부터 미라가 다소 역겨운 냄새가 나는 환약을 주면서 식사하기 전에 꼭 먹으라고 당부했다. 마늘 냄새가 나는 것 같기도 하였고 톡 쏘는 듯한 맛이 맵기도 하였다.

애드문은 배 안에서 일어나고 있는 심각한 변화를 선선히 인정하는 듯이 유다양과 헬리 그리고 페냐와 선원들의 행동을 조용히 지켜보기만 했다.

12
오리엔트 호의 결투

　4월 21일. 이 날은 유다양의 생일파티를 열었다. 실제로 태어난 날은 8월이지만 유다양 자신이 주인공이어야 할 파티를 열 수 있는 적당한 핑계거리가 필요했기 때문에 이 날짜를 생일로 정해 모든 선원에게 알렸다. 태어난 후 단 한 번도 생일잔치를 해본 기억이 없었으니 전날부터 가슴이 부풀어 오르고 설레었다.
　일주일 전에 언쟁과 협박이 있은 이후부터 더욱 오만해지고 불량해진 유다양은 이 날 페냐와 쑥덕거리더니 전 선원들에게 염장 돼지고기를 배가 터지도록 먹게 해주었고, 물을 약하게 탄 럼주를 코가 삐뚤어지도록 마시게 해줬다. 평소에는 그 누구도 선장인 자신에게 복종하지 않는 한 술 마시는 것을 허용하지 않던 그였다.
　낮부터 적당하게 술에 취한 유다양과 헬리는 배 안의 단 둘뿐인 여자인 미라와 제인에게 노골적으로 수작을 걸었다. 미라는

즉시 자리를 벗어나 자기 방으로 들어가 버렸지만 제인은 그들의 음란한 농담과 접촉이 싫지 않은 듯 그들 곁에 바짝 다가앉아 시시덕거리면서 럼주를 홀짝거렸다. 특히 헬리와는 예전부터 그렇고 그런 관계였었는지 탁자 밑에서 꼬무락거리는 그의 은밀한 손놀림에 더 없이 고분고분했고 반쯤 풀린 눈으로 연신 흐릿한 미소를 흘렸다. 불결한 창녀가 아양을 떠는 듯한 모습이었다.

유다양은 마닐라에서부터 미라를 은근히 노리고 있었다. 그러나 애드문과 크리스전이 그녀를 무척이나 존중하면서 보호하고 있었기 때문에 그동안 감히 함부로 접근하지 못하고 있었다. 맛있는 음식을 눈앞에 두고 어쩔 수 없이 다이어트를 하고 있는 꼴이었다.

하갓냐 항을 출항한 다음 날, 유다양의 사기를 눈치 채고 있는 듯하여 하찮은 조선인에게는 거액이고 그녀의 일 년 벌이도 더 되는 은화 여섯 냥을 은근히 제시했다가 오히려 면박을 당한 적이 있었다.

그 뒤로도 호시탐탐 기회를 엿보고 있었는데, 이제 애드문의 기세가 꺾일 대로 꺾여 있는 이때를 놓치고 싶지 않았다. 게다가 앞으로 두 달 후 목적지인 멕시코의 아카풀코 항에 도착하게 되면 눈엣 가시인 애드문과 크리스전을 배에서 쫓아내 버릴 작정인데, 그때 미라도 애드문을 따라서 떠나가 버릴 것이 분명했다.

열흘 전에 있었던 동업자 회의 이후부터 애드문이 유다양에게 보이고 있는 무기력한 모습에 미라가 실망했다면 이제부터는 유다양에게 기대고 싶어 할 것이라고 생각했다. 선장은 선원들과 승객들의 생사여탈권까지 가진 권력자 아니던가!

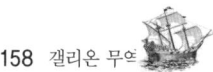

음흉한 환상을 품게 되자 유다양은 점점 안절부절 못하였고, 마음이 가라앉지 않아 끊임없이 몸을 좌우로 흔들어 대며 술만 마셔댔다. 술에서는 환락의 맛이 풍겼다. 술은 겁쟁이들에게 용기를 불어넣어 주는 마약이었다. 문득 정신을 차려보니 언제부터였는지 헬리와 제인의 모습이 보이지 않았다. 유다양은 씨익 웃으면서 입술을 혀로 핥았다.

선장실은 조타실 바로 아래 우현 쪽에 널찍하게 구비되어 있었다. 선장실 옆에 헬리의 선주용 선실이 있었고, 건너편 좌현 쪽에 애드문과 크리스전이 머물렀었던 두 개의 선주용 선실이 있었으나 이미 비워져 아무도 없었다. 한 층 더 아래에는 우현 쪽에 승객용 선실 1개와 미라의 방이, 좌현 쪽에 제인의 방과 페냐의 방이 나란히 있었다. 승객용 선실에는 선주용 선실에서 쫓겨난 애드문과 크리스전이 사용하고 있었다.

구름이 창백한 달에 다가와 에워싸면서 서서히 어둑어둑해지자 유다양은 살며시 미라의 침실 쪽으로 향했다. 페냐의 방을 지나면서는 아무런 기척을 들을 수 없었다. '아직도 선원들과 술을 마시고 있겠지.'

제인의 방 앞에서는 침대의 삐걱거리는 소리와 남녀의 은밀하고 뜨거운 숨소리가 새어 나왔지만 그들이 누구인지 짐작하는 터여서 그냥 무시하고 지나갔다.

미라의 방 앞에 다다르자 지난 5개월 동안 한 시도 잊은 적 없는 그녀만의 매혹적인 향기가 방문 틈을 비집고 날아와 그의 코를 자극했다. 갑자기 술기운이 머리끝까지 치솟아 올라오고 바짓가랑이가 묵직해져 오면서 심한 요기를 느꼈다. 심장도 미친

듯이 고동쳤지만 냉정을 유지하려 애쓰며 살며시 문을 밀어 보았다.

'어라? 안에서 잠가 놓았잖아!'

목구멍으로 치밀어 오르는 말을 삼킨 채 주머니칼을 꺼내어 문틈으로 조심스럽게 집어넣었다. 방 안에서 걸어놓은 걸쇠를 푸는 것은 어렵지 않았다. 걸쇠가 '툭' 하며 떨어지는 소리가 들렸다. 다행히 안에서는 아무런 기척이 없었다. 문을 반쯤 열고 슬며시 들어섰다. 그때였다. 유다양은 온몸이 얼어붙을 정도로 깜짝 놀랐다. 너무 놀라 엉덩방아를 찧을 뻔했다. 어두컴컴한 침대 위에 허연 물체가 앉아 있는데 두 눈에서는 불꽃이 치솟고 있었다. 무릎 위에서도 뭔가 번쩍했는데 조그마한 칼의 시퍼런 날에서 뻗쳐 나오는 살기^{殺氣}였다! 그것은 조선의 여자들이 항상 옷 속에 품고 다닌다는, 그로서는 처음으로 보는 은장도에서 나오는 무시무시한 기운이었다. 어둠 속에서 두 사람의 시선이 부딪히자 유다양은 소스라치게 놀라 뒷걸음치면서 말을 더듬거렸다. 소름이 끼쳐 온몸이 사시나무 떨듯 했다.

"헉! 바…… 방을…… 잘못 들어 왔소……."

그는 느닷없이 내뱉어진 겁먹은 목소리에 스스로도 당황했다. 그때 갑자기 건너편 제인의 방에서 부스럭거리는 소리가 났다. 유다양이 황급히 몸을 돌려 방을 빠져 나가 코너 지점의 어둠에 몸을 숨겼다. 제인이 자라 마냥 살며시 목을 빼어 밖을 살피더니 다시 안으로 쏙 들어갔고 잠시 후에는 비대한 몸뚱이가 곰처럼 어슬렁거리며 제인의 방에서 나왔다. 두리번거림도 잠시, 그는 페냐의 방으로 슬쩍 들어가 버렸다.

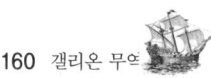

숨소리마저 꼭 움켜쥐고 구석에 숨어 있던 유다양은 그제야 어둠 속에서 비실비실 기어 나왔다. 그는 포기한 정복에 대한 여운이 남아 있는 아쉬운 눈길로 미라의 침실 쪽을 힐끗 쳐다보고는 고개를 떨어뜨리고 절레절레 흔들었다. 그리고서 제인의 방으로 들어갔다. 그녀는 미라와 달리 문을 잠가두는 법이 없었다. 미라의 은장도에 기겁했던 유다양의 심장은 제인의 몸 위에서 욕정을 떨쳐버리지 못해 계속 벌떡거렸다.

잠시 후 제인의 방에서는 또 다시 침대가 삐걱거리는 소리와 함께 남녀의 가쁜 숨소리가 새어 나왔다. 그들에게 섹스는 일종의 심심풀이 오락이었고 동전 한 닢이 오가는 시시한 거래 정도일 뿐이었다.

이 모든 상황을 건너편 어둠 속에서 묵묵히 지켜보고 있던 그림자도 그제야 빼들고 있던 단검을 허리춤에 집어넣고 더 깊은 어둠 속으로 사라져 갔다.

선원들이 모두 술에 취해 곯아떨어진 새벽 두 시 무렵, 애드문은 5번창의 입구를 조심스럽게 열었다. 어스레하게 술 취한 달빛이 활짝 펴진 돛에 가려져 선창의 입구를 더욱 어둡게 하였다. 긴 옷 속에 감춰놓은 정글 칼이 화물창 안으로 들어가기 위해 몸을 구부리자 그의 등을 흡사 꼽추처럼 만들었다. 입구 문을 안에서 잠근 후, 애드문은 사다리를 타고 내려가 화물의 제일 윗부분에 내려섰다. 화물창에서 가장 중간 부분에 있는 나무궤짝에 연결된 다섯 개의 고박 줄 중 하나를 정글 칼로 힘껏 내리쳐 끊었다. 팽팽한 장력이 있었지만 끊어진 줄이 배 옆구리를 칠 정

도는 아니었다. 그 다음엔 궤짝의 판자를 하나씩 정글 칼의 옆면으로 뜯어냈다. 한 면에 12개의 판자가 나란히 묶여 있었는데 궤짝마다 세 개의 판자를 뜯어내니 안쪽에 있는 내용물들이 보이기 시작했다.

애드문은 내용물들을 세심히 확인한 후 판자를 다시 붙여 원상복귀해 놓았다. 위쪽에 적재되어 있는 궤짝들의 내용물을 모두 확인한 애드문은 끊어진 고박 줄도 매끄러운 솜씨로 다시 동여매었다. 노련한 선원들이라면 단번에 눈치 채겠지만, 무능한 헬리 수하였던 어리숙한 오리엔트 호 선원들은 궤짝에 무슨 일이 있었는지 알아챌 수 없는 노릇이었다.

애드문이 5번창을 살그머니 나와 갑판에 올라와 보니 곧 날이 밝으려는지 오리엔트 호는 더욱 짙은 어둠에 싸여 있었다. 그런데 어디선가 애드문의 이름을 들먹이며 속닥거리는 소리가 들려왔다. 애드문은 몸을 최대한 낮춘 채 어둠의 그늘 속에서 소리가 나는 방향으로 움직이기 시작했다.

이윽고 조타실 우현 바깥 난간에 기대어 있는 두 그림자를 찾아냈다. 목소리로 그들이 유다양과 헬리임을 즉시 알아채었다. 그들이 무슨 얘기를 하는지 좀 더 확실히 엿듣기 위해 애드문은 달빛 그늘에 몸을 감추며 뱀처럼 지그재그로 기어서 그들의 발아래 갑판에 도달했다.

"……내친 김에 죽여 버립시다…… 병들어 죽었다고 서류를 꾸미면 어떨까요?"

유다양의 목소리였다.

"한 사람이 아니라 세 사람을 다 죽여야 하는 데…… 세 명만

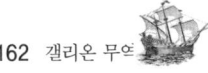

병들어 죽었다는 것은 의심받을 수 있어요."

 헬리는 노련한 흉악범답게 조심성이 있어서 목소리도 낮게 깔았다.

 "병에 걸려 죽는 선원들이 몇 명 나오면 되지 않겠소? 그들과 똑같은 병으로 죽은 것이라고 하면······."

 "그렇긴 한데······ 페냐가 자기 조직원들을 마치 자식이나 되는 것처럼 보호하고 있어서······ 선원들 한두 명과 함께 죽게 하는 것도 쉽지 않소······ 게다가 그 사람이 우리 편이 되겠다고 약속하긴 했지만, 수년 동안이나 나를 속여 왔었던 터라 절반도 믿기 어려운 사람이오. 그리고 나는 페냐가 그동안 나 몰래 이 배에서 밀수를 해 온 것이 아닌가 의심하고 있소. 상황이 바뀌면 언제든지 저쪽에 달라붙을 수 있으니 조심하는 게 좋을 것이오."

 "그렇다고 계속 이런 식으로 멕시코까지 갈 수는 없어요. 대책을 빨리 세워야 하지 않겠소? 멕시코에 도착하면 저자들이 어떻게 나올지 뻔하지 않소!"

 유다양은 신경질과 초조함이 섞인 억양으로 헬리의 결심을 재촉하고 있었다.

 "사실은······ 일주일 전부터 식당에 몰래 들어가 그 세 놈들이 먹을 음식에 독약을 타 넣어 왔소. 너무 많이 타서 갑자기 중독되면 안 되니까 눈치 채지 못할 정도로 아주 조금씩 타 넣었소."

 "아, 그랬었군요! 잘 하셨습니다!"

 유다양의 기쁨에 들뜬 속삭임이 흘렀다.

 "그런데······ 지금쯤이면 그 녀석들의 몸에 서서히 구토나 두

통, 설사와 같은 중독 증세가 나타날 때가 되었단 말이오. 아직도 그들이 말짱하게 이전과 다름없이 생활하고 있어서 이상하게 여기고 있는 참이오……."

헬리의 속삭임이 점점 더 가늘어지고 있었다.

"어제도 저녁식사시간에 숨어서 문틈으로 엿보고 있었소. 미라가 그들의 음식을 유심히 들여다보고 나무접시를 만져보는 것 외에는 특이한 것이 없었소만……."

"혹시 미라가 눈치 챘을까요? 그 놈들에게 해독제를……?"

"설마하고 있지만…… 아직까지는 미라가 음식에 해독제로 여겨질 만한 것을 타는 것을 본 적 없고……. 그렇다 하더라도 그 조선 년이 약에 대해 모르는 게 없는 듯하니, 귀찮은 존재요…… 아무튼 내 계획대로 되지 않는 듯하여 나도 난감하오."

'허…… 이것 참!"

두 그림자는 애드문을 죽일 수 있을 거라는 확신은 없었지만 기필코 죽여야 한다는 굳은 결의를 가슴에 가득 품은 채 불안한 한숨을 길게 내뱉었다.

잠시 후 그들의 발아래 갑판에서 검은 물체가 다시 소리 없이 움직이는가 싶더니 곧이어 선실 안으로 재빨리 사라졌다.

미라는 스승 허준에게서 초보 수준의 관상학도 배운 바 있었기 때문에 사람들을 유심히 관찰하는 버릇이 있었다. 그녀는 마닐라에서 유다양과 헬리의 눈동자를 흘깃 본 것만으로도 그들이 위험한 사내들이라는 것을 알아챌 수 있었다. 그들의 눈 속에서 활활 타오르고 있는 탐욕과 야망의 불꽃을 본 것이다. 유다

양은 눈썹 숱이 적어 임기응변과 상황에 맞는 적절한 언어구사 능력이 뛰어나 보였고, 헬리의 눈썹은 윤기가 없었다. 두 사람 모두 눈빛이 흐렸다. 사람들과 대화할 때 눈동자가 안정되어 있지 않았고 이리 저리 굴리는 것이 마음속에 뭔가 숨기는 것이 있어 보였다. 유다양은 코가 짧았고 헬리는 턱이 뾰족하여 눈치가 빠르고 약삭빠르다는 인상이 풍겼다. 유다양은 말이 많아 화제를 주도하려는 성격이었고 발이 넓다는 것을 과시하고자 했다. 헬리와 유다양은 항상 깔끔한 차림으로 다녔고, 어떤 중요한 사안을 상의할 때엔 지금이 아니면 나중에는 기회가 없다는 것을 강조했다.

허준에게서 배웠던 지식과 그 동안의 경험을 통해 그녀는 헬리와 유다양이 사기꾼 기질과 자기 욕심을 채우기 위해 남을 해치는 기질을 가지고 있음을 느꼈다. 그리고 특히 과묵한 헬리에게는 젊었을 적에 좀 놀아본 남자 같은 인상이 풍겼고, 겉으로는 소심한 듯 보이나 속은 엉큼한 사내라는 것, 그리고 영리함과 잔혹함을 숨기고 있다는 것을 느꼈다.

그래서 오리엔트 호에 동승한 이래 지금까지 줄곧 애드문과 크리스전에게 제공되는 술과 음식을 몰래 조사하고 있었다. 그러다가 4월 18일 회의장에서의 소란이 있었던 날 저녁 음식에 그 전에는 보이지 않던 비소가 그들의 음식에만 미량 섞여 있는 것을 발견했다.

미라가 조선의 대궐에서 의녀醫女로 일하고 있었을 때 왕과 왕족들은 독살을 두려워하여 항상 어의御醫들과 의녀들에게 특별히 지침을 내려 그들이 먹을 음식에 독이 들어 있는지 관찰하고 조

사하게 했었다. 그래서 그녀는 그 방면에 있어서 보통의 의사들과는 다른 내공이 쌓여 있었으니 헬리가 서툴게 풀어 놓은 독을 그다지 어렵지 않게 찾아낼 수 있었던 것이다.

미라는 속이 거북하다는 핑계를 대어 일부러 입에 대지 않았는데 다행히도 애드문과 크리스전도 그날의 소란 때문에 맘이 상하여 입맛을 잃었기 때문인지 음식에 거의 손을 대지 않았다.

그날 밤 자정이 넘은 시각에 미라는 은밀하게 식품 보관창고에 들어가 마늘을 두 사발이나 훔쳐냈다. 그리고선 새벽하늘이 밝아올 때까지 쉬지 않고 마늘을 으깨어 그녀가 가지고 있는 다른 약초와 섞어 새로운 환약을 만들었다. 비소의 해독제로 만들어 진 이 환약은, 먹으면 식욕이 급속도로 감퇴하면서 포만감을 느끼게 되는데 영양을 보충할 만큼의 다른 약초를 첨가한 것이었다.

그 다음 날부터 애드문과 크리스전은 (미라가 은밀하게 시키는 대로) 반드시 그녀가 준 환약을 먹은 후에야 식당으로 가서 음식을 먹었다.

유다양과 헬리의 독살미수 사실을 알게 된 애드문은 캄캄한 미라의 방 앞에 서서 한참 동안 고개를 숙여 감사를 표했다. 그녀가 아니었더라면 그와 크리스전은 이미 헬리의 독약에 중독되어 지금쯤 죽었거나 절망적인 상태에 놓여 있었을 것이었다. 그녀에게 보답하기 위해 무엇을 해 줄 것인지 당장 떠오르지 않았지만, 온 힘을 다하여 그녀를 보호하고 반드시 은혜를 갚으리라 다짐했다.

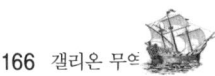

여명이 밝아 오려 하는 태평양에서, 불길한 살기殺氣가 소금기 밴 해풍海風과 끈적끈적하게 뒤섞여 오리엔트 호의 갑판과 선실 주위를 헤집고 다녔다. 비교적 잔잔한 바다 위를 항해하는 밤이었지만, 술에 취하지 못했거나 금세 술이 깬 일부의 선원들은 불쾌지수가 높아 신경이 날카로워진 탓에 깊은 잠을 이루지 못하고 밤새 뒤척였다.

4월 23일. 구름이 짙게 끼어 어두컴컴한 밤하늘에 한 무리의 구름이 별빛을 가리면서 흘러갔다. 옅은 잠이 들었던 애드문은 침실 밖에서 누군가 발끝으로 조마조마하게 걷고 있는 소리를 감지했다. 얼핏 불길한 생각이 뇌리를 스치자 잠이 확 달아났고 목덜미의 털들이 쭈뼛 일어서는 것을 느꼈다. 옆 침대에 누워 있는 크리스전은 깊이 잠들었는지 가늘고 고른 숨소리를 내고 있었다.

애드문은 머리맡에 둔 칼을 집어 들고 조용히 침대에서 내려왔다. 발자국 소리로 미루어 짐작해보니 세 명이었다. 애드문이 문 쪽으로 몸을 이동하자 마루 틈에서 살며시 삐거덕거리는 소리를 냈다. 그러자 문밖에 있던 발자국 소리들이 동시에 멈칫하더니 잠시 후 서서히 멀어져 갔다. 애드문은 조심스레 문을 열고 밖을 살펴보았으나 복도 끝에 매달린 등잔 불빛으로 가늠할 수 있는 어떠한 수상한 물체나 그림자도 눈에 띄지 않았다. 그는 소리를 죽여 가며 살며시 사관식당으로 들어갔다. 그곳은 텅 비어 있었다.

까치발을 하고서 아래층으로 내려가 하급선원들의 거주구역

으로 들어갔다. 어둑한 복도는 텅 비어 있었다. 선원식당에 들어가 봤지만 그곳도 역시 어둠과 적막뿐이었다.

　선원들의 거주 구역은 날씨가 나쁠 때만 제외하고는 갑판과 곧바로 연결되어 있는 문을 항상 열어 놓고 있다. 그래야 시원한 해풍이 선실 안에 들어와 더위를 식혀주기 때문이다. 정적 속에서 밧줄을 스치며 우는 바다 바람소리, 바람에 부풀어 오르는 돛들이 덜그럭거리는 소리, 뱃전에 부딪히는 파도소리들이 보다 선명하게 들려왔다. 부서진 파도가 만들어낸 포말들이 간간이 선실 복도 안까지 날아들었다.

　선원식당을 막 나오려는데 등 뒤 다섯 발자국 정도의 거리에서 희미한 인기척이 느껴졌다. 애드문이 성큼 뛰어가 복도에 있는 등불을 들고 와서 식당 안을 비추었다. 그제야 식탁 밑에 숨어 있던 세 사람이 칼과 도끼를 들고 서서히 모습을 드러냈다. 페냐와 그의 심복인 레네와 제론이었다. 긴장으로 잔뜩 굳은 그들의 눈에서는 악의와 살의가 뒤섞여 활활 타는 듯한 불꽃이 번득였다. 세 명의 킬러들이 식탁과 의자들을 치워가며 조심스럽게 애드문 쪽으로 다가왔다.

　갑판장 레네는 키가 몹시 크고 덩치가 좋아 하급선원들 중에서 페냐 다음으로 대장 노릇을 하고 있었고, 갑판수 제론은 날렵하고 민첩하여 싸움 잘하기로 소문나 있었다. 그들의 살기 띤 눈이 등불에 반사되어 더욱 날카로웠고 으스스하게 반짝이고 있었다. 제론이 들고 있는 도끼가 애드문 눈에는 낯설지 않았다. 식당 안에는 마치 얼음처럼 차가운 한 줄기 바람이 몰아닥친 듯

했다.

"페냐! 그리고 너희들! 이게 무슨 짓인가! 당장 무기를 내려놓지 못해?"

애드문이 등불을 탁자 위에 올려놓으며 냅다 고함을 질렀다. 그리고 침착하게 동양과 서양의 검법을 혼용한 자세로 칼자루를 쥐고 세 명과 적당한 보폭을 유지했다. 페냐와 레네가 들고 있는 칼은 길고 아주 날카로워 보였다. 제론이 들고 있는 두 자루의 손도끼도 날이 시퍼렇게 서 있었다.

갑자기 "이얏!" 하는 외침과 함께 열한 시 방향과 한 시 방향에서 두 개의 칼날이 동시에 애드문을 향해 돌진했다.

그 순간 페냐의 몸이 휘청거렸다. 애드문의 칼이 가장 가까이 다가온 페냐의 칼을 위로 쳐내면서 몸을 깊이 숙여 몸통 쪽으로 바싹 붙음과 동시에 그의 명치를 왼쪽 팔꿈치로 바람처럼 깊숙이 한 대 갈겨버린 것이다. 급소를 제대로 맞은 페냐는 '컥!' 하더니 순간적으로 숨이 멎어 버렸다.

다음 순간, 애드문의 등을 향하여 빠르게 내려치는 레네의 칼을 아슬아슬하게 피하면서 마룻바닥에 바짝 엎드린 자세로 오른쪽 발을 쭉 뻗어 몸을 빙그르 회전시키더니 레네의 발목을 힘껏 걷어찼다.

페냐가 숨이 멎는 듯한 극심한 고통을 느끼면서 가슴을 움켜잡고 그 자리에서 털썩 고꾸라졌고, 거대한 몸뚱이의 레네는 뒤로 벌렁 넘어지면서 의자 모서리에 뒤통수를 부딪치고는 그 충격으로 완전히 뻗어 버렸다. 두 사람이 떨어뜨린 칼을 애드문이 멀리 걷어찼다.

그때, 험상궂은 얼굴을 쳐들면서 씩씩거리던 제론이 재빨리 자세를 바꾸면서 애드문을 향해 양손의 도끼를 휘둘렀다. 희미한 등불에 얼핏 비친 제론의 얼굴에 핏대가 솟았고 불같이 화를 내고 있었다. 제론의 도끼날을 가까스로 피한 애드문의 몸이 칼과 함께 허공으로 치솟았다. 그의 머리가 식당 천정에 닿을 찰나에 애드문의 칼이 휙 소리를 내더니 제론의 오른손목을 순식간에 베어 버렸다. 제론은 외마디 비명을 지르면서 왼손에 들고 있던 도끼를 내던져 버리고 피가 치솟는 오른손목을 움켜쥐었다. 바닥에 떨어진 제론의 잘려나간 손이 피 묻어 버려진 장갑 같아 보였다. 애드문은 그 손마저도 식당 구석으로 걷어차 버리고 숨이 넘어갈 듯한 고통으로 버둥거리고 있는 페냐에게 침착하게 다가가 칼끝을 목에 겨누었다. 이로써 1대 3의 결투는 정확히 7초 만에 끝나 버렸다. 페냐는 명치를 맞아 무척 고통스러운 듯 새파랗게 질려 있었다.

"어찌하여 나를 죽이려 하는가?"

애드문의 분노에 찬 쩌렁쩌렁한 외침에 페냐는 몸을 부르르 떨었다. 어깨로 숨을 헐떡이며 눈알이 튀어나올 만큼 놀란 눈을 크게 뜬 채 고함을 지르려 했지만 혀가 얼어붙어 신음소리만 빠져 나왔다. 애드문의 칼날이 서서히 페냐의 목을 파고들어 피가 흐르기 시작했다.

"제발 살려 주십시오…… 저희는 다만……."

"누가 나를 죽이라고 시켰단 말인가? 바른대로 말하지 않으면 당장 숨통을 끊어 버리겠다!"

"그게…… 저……."

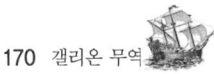

복도에서 사람들이 몰려오는 시끄러운 소리가 들려왔다. 선원 식당에서 벌어진 살벌하고 끔찍한 상황을 확인한 선원들의 눈동자가 심하게 떨렸다. 그들은 호기심 반 공포심 반으로 숨조차 쉬지 못했다.

그때 갑자기 유다양의 외침이 들려왔다.

"애드문! 칼을 내려놓으시지!"

어느 사이엔가 유다양이 문 앞에 서서 애드문을 향하여 겨누고 있는 총에 탄환을 재고 있었다. 그의 얼굴에는 애드문을 죽이고 싶다는 의지가 가득 퍼져 있었다. 그 사이에 헬리와 크리스전을 포함하여 스무 명 이상의 선원들도 몰려와 있었다. 애드문은 눈 하나 꿈쩍하지 않고 쏘아붙였다.

"유다양, 쏠 테면 쏴봐! 네 총알이 내 목숨을 앗아가기 전에 페냐의 목을 먼저 잘라 버릴 테니까!"

페냐가 경악하여 다급하게 소리쳤다.

"선장! 총을 버리시오!"

그러고선 선원들을 둘러보며 명령했다. 죽음의 공포로 인해 그의 목소리는 새하얗게 질려 있었다.

"형제들아! 당장 선장의 총을 빼앗아라! 만일 내가 죽게 되면 너희들은 선장을 포함하여 네 명 모두를 죽여 버려라!"

페냐의 명령에 선원들이 일제히 유다양을 에워싸기 시작했다. 돌발 상황에 유다양이 당황했다. 팽팽하게 당겨진 활시위처럼 긴장감이 넘쳤다. 그때 느닷없이 헬리가 유다양의 총을 낚아챘다. 유다양은 자기 목숨을 걸고서 방아쇠를 당길 만큼 용기 있는 사람이 아니었기 때문이다.

오리엔트 호의 결투

일부 선원들이 기절한 레네에게 물을 뿌리고 손목을 잘려 고통스럽게 비명을 지르고 있는 제론의 피를 멎게 하느라 소란을 떠는 와중에 애드문이 칼을 거두고 페냐를 일으켜 세웠다.

"이번 한 번만 살려 주겠다. 그러나 다음에도 이따위 허튼 수작을 벌이는 경우 가차 없이 너의 목을 자를 것이다. 알겠나?"

벌벌 떨고 있던 페냐가 털썩 주저앉더니 애드문의 발 아래 무릎을 꿇었다. 그리고 맹세했다.

"고맙습니다, 애드문 씨! 이 은혜 잊지 않겠습니다! 그리고 앞으로는 절대로 선주들 다툼에 개입하거나 참견하지 않겠습니다!"

이때부터 페냐는 얼굴의 칼자국 외에 목덜미에도 칼자국 흉터를 평생 간직하게 되었다. 크리스전이 안도의 숨을 내쉴 때 유다양과 헬리는 도망치듯 식당 밖으로 사라졌다. 미라가 옷을 챙겨 입고 현장에 나타났을 때에는 이미 상황이 종료된 뒤였다.

이날은 불후의 작가 두 명이 작고한 날이기도 했다. 영국에서는 셰익스피어가 52세의 나이로, 스페인에서는 세르반테스가 69세의 나이로 세상과 하직했다. 하마터면 애드문도 그들과 함께 저 세상으로 갈 뻔했으니 공교롭기도 했다. 하지만 항해중인 그로서는 존경해왔던 동시대 작가들의 사망소식을 알 턱이 없었다. 세르반테스는 마지막 작품 《사랑의 모험》이라는 유고집의 서문에 이런 내용의 글을 남겼다고 한다. "아름다움이여, 안녕! 재미있는 글들이여, 안녕! 기분 좋은 친구들이여, 안녕!"

선원들이 제각기 선실로 돌아간 후 유다양은 헬리와 함께 실패한 암살에 대한 허탈감과 막연한 불안감을 달래기 위해 독주

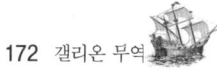

를 퍼 마셨다. 둘 다 극도로 불안정하고 신경이 날카로워져 있었다. 헬리가 술에 취해 쓰러지자 유다양은 음침한 제인의 침실 안으로 비실비실 들어갔다. 극도의 공포감은 돌풍과도 같은 정욕을 불러일으킨다고 했다. 급하게 독주를 마신 탓에 술 냄새를 역하게 풍겼지만 제인은 전혀 개의치 않는 듯 식은땀이 흐르는 그의 몸과 손에 든 동전을 받아들였다. 이성^{理性}과 정조^{貞操}가 없는 여자의 몸에서 흔한 동물의 악취가 풍겨 나오고 있었지만 유다양은 전혀 개의치 않았다. 유유상종^{類類相從}.

한밤중의 암살 시도와 소란이 있고 난 이후부터 오리엔트 호에서는 웃음이 사라졌다. 뱃사람의 노래를 부르는 선원도 없었다. 페냐와 그를 따르는 하급선원들은 세 사람에 대한 태도를 확 바꾸어 항상 예의 바르게 행동하며 두려워했고, 식사시간에도 서로 자리를 비켜주어 널찍하고 편안하게 식사할 수 있도록 배려했다. 세 사람의 식사도 유다양과 헬리에게 제공되는 것과 똑같은 수준으로 마련하면서 다시금 공동 선주로서 대우했다.
그러나 유다양과 헬리의 오만한 태도는 (적어도 겉으로는) 하나도 변하지 않았다. 의식을 회복한 갑판장 레네는 뇌의 일부가 손상되었는지 기억력이 엉망이었고 말을 더듬었다. 오른쪽 손목이 떨어져 나간 자리에 천을 감은 갑판수 제론은 왼손으로 살아가기 위한 연습을 시작했다.
애드문을 습격했던 두 선원은 애드문만 보면 두려워하는 눈빛을 감추지 않았다. 슬슬 피하려 했고 감히 애드문과 눈을 마주치지도 못했다. 크리스전과 미라는 그들에게 측은한 마음을 품

었지만 애드문은 인과응보(因果應報)라고 생각하여 냉정하게 대했다. 한편, 애드문은 멕시코에 도착하면 유다양과 헬리를 살인교사죄로 고소하기로 마음먹었다.

13

무인도

하갓냐 항을 떠난 지 한 달 보름쯤 지나니 선원들 중에 하나 둘 환자가 나타나기 시작했다. 잇몸이 붓고 피가 났고 팔다리가 붓거나 마비 증세도 나타났다. 변에 피가 섞여 있기도 했고 고열로 고통스러워했다. 크리스전도 비슷한 증세를 보이며 앓아누웠다. 이것이 비타민 부족으로 인한 괴혈병이라고 밝혀져서 적당한 식량과 치료제를 마련하게 되기까지는, 그래서 선원들이 죽음의 공포를 느끼지 않고 항해를 할 수 있게 되기까지는 앞으로도 백년의 세월을 더 기다려야 했다.

당시의 선원들은 한 달 이상 장기 항해를 할 때마다 흔하게 경험했고, 갤리온 선들이 들락거릴 정도의 큰 항구마다 주술사인지 의사인지 믿기 어려운 돌팔이들이 선원들에게 파는 약을 먹거나 몸에 발랐다. 그것은 유니콘의 뿔로 만들었다고 선전했고 어떤 병이라도 치유할 수 있는 만병통치약으로 알려진 가루

약이었다. 그러나 앞머리에 뿔이 달린 전설 속의 하얀 말이 존재할 리 만무했기에 그 뿔로 만들었다는 약은 당연히 속임수에 불과했으니, 수많은 선원들은 이 병을 속수무책으로 맞이하고 죽어갔다.

배 안에서 치료와 간호를 할 줄 아는 사람은 미라가 유일했기 때문에 그녀는 매일 환자들을 돌보느라 바빴다. 그런데 미라가 준 이상한 냄새나는 환약을 먹고 나면 며칠 후 환자들이 기력을 회복하곤 했다. 미라는 오래전부터 장기간의 항해 끝에 마닐라에 도착한 병든 선원들을 치료해 본 적이 많았다. 그리고 그 선원들이 그런 이상한 병에 걸리게 되는 원인도 어렴풋이 짐작하고 있었다. 그래서 애드문이 그녀에게 갤리온 선에 동행해 달라는 부탁을 하자, 반드시 필요할 것이라 믿고 비타민이 다량 함유된 약초를 골라 오래 보관할 수 있도록 조제하여 환약을 만들었었다.

건강한 선원들뿐만 아니라 미라의 도움으로 병이 나은 선원들도 그녀가 신비한 약을 가지고 다니는 사람이라고 수군거리며 조심하기 시작했다.

"미라 씨가 진품 유니콘 약을 가지고 있는 게 아닐까?"

"유니콘은 순결한 소녀의 무릎만 베고 잔다고 하지 않던가! 어쩌면 미라 씨가 어린 소녀였을 적에 유니콘을 홀려 뿔을 뽑아두었었는지도 모를 일이네. 마흔 살이 넘은 지금도 서른 살 제인보다 더 젊고 건강하게 보이지 않는가! 지금도 저렇듯 티 하나 없이 깨끗하고 매력적인데, 소녀 적에는 얼마나 아름다웠겠는가!"

"그런데 이상한 것은…… 미라 씨가 가지고 있는 환약에서

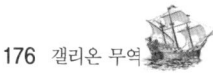

는 동물의 뼈나 뿔 냄새는 전혀 나지 않고 풀 냄새만 나지 않던가?"

"이 사람아! 신성한 유니콘의 뿔이 어찌 다른 동물의 뿔과 같을 것이라고 생각한단 말인가? 그리고 뿔 가루에 다른 약초를 섞어서 만들었다면 우리가 뿔 냄새를 맡지 못할 수도 있단 말일세. 그리고 환자들이 낫지 않았는가! 그녀가 가지고 있는 약은 유니콘 뿔로 만든 것이 확실하네!"

바다는 선원들로서는 도저히 이해할 수 없고 대적할 수 없는 신화 속에 나오는 모든 괴물들이 다 모여 사는 곳이다. 그래서 순진하고 무지한 선원들은 쉽게 미신가가 되어 버리고 만다. 경험이 많은 선원일수록 더 심하다.

미라는 그러한 사실을 벌써부터 알고 있었다는 듯이 선원들의 태도나 반응에 아랑곳하지 않았고, 병들어 도움을 호소하는 선원들은 누구라도 성의껏 치료해 주었다.

그러나 크리스전은 노령이어서인지 아니면 유다양과 헬리에 대한 분노로 속을 끓여 병이 깊어졌기 때문인지 환약을 먹고 미라가 극진히 간호하여도 상태가 쉽게 호전되지 않았다. 어쩌면 헬리가 풀어놓은 독이 미라의 약으로도 충분히 해독되지 않았기 때문일 것이라고 애드문은 우려했다.

6월 21일 아침부터 먼 하늘에서 갈매기들이 날아다니는 것이 보였다. 그러자 선원들이 돛대머리에 있는 망루에 올라가 사방을 둘러보며 육지의 흔적을 찾기 시작했다.

태양이 머리 위를 지나가고도 한참 후에 눈부심이 덜한 동쪽

수평선 쪽으로 육지가 보인다고 선원들이 외쳤다. 예정된 항로에서는 하갓냐 항을 출항한 후 멕시코에 도착할 때까지 섬이 있을 리 없고, 멕시코까지는 앞으로도 한 달을 더 항해해야 하는데 모두들 이상하다고 생각했다.

훗날 이 섬은 하와이 군도群島 중의 하나로 밝혀졌다. 그러나 당시의 항해사들에게는 알려지지 않은 섬이었다. 유다양과 헬리가 선박의 위치와 항로를 잘못 계산하는 바람에 우연히 이 섬을 발견하게 된 것이었다.

애드문이 간략하게 계산해 보니, 하갓냐 항에서 이 낯선 섬까지는 약 3,700마일정도의 거리였다. 순풍을 받은 갤리온 선의 속도가 평균 6노트임을 감안하면 26일 정도의 항해거리일 터인데, 하갓냐 항을 출항한지도 벌써 66일째이니 유다양과 헬리의 항해술과 위치 계산법이 어느 정도 엉터리인지 어처구니가 없을 따름이었다.

미라가 애드문에게 잠시라도 섬에 들러 갈 것을 제안했다. 그는 고개를 끄덕이더니 지체하지 않고 조타실로 올라갔다. 그곳에서는 뱃머리를 어느 방향으로 해야 할지 몰라 유다양과 헬리가 머리를 맞대고 한창 의논하는 중이었다. 두 사람은 갑자기 나타난 애드문을 불쾌한 표정으로 노려보았다.

유다양이 쏘아붙였다.

"이곳에 선장인 내 허락 없이는 들어오지 말라고 하지 않았나!"

"크리스젠 씨의 병세가 침중하니 저 섬에서 하루 정도 쉬면서 깨끗한 식수도 마련하여 갑시다."

"무슨 헛소리! 이 배의 일정은 내가 정하고 하루라도 지체할

수 없다! 돌아가!"

애드문이 뭔가 말을 더 하려는 데 헬리가 유다양의 소매를 끌고 조타실 구석으로 가서 속닥거렸다. 두 사람은 대화 중에 고개를 끄덕이곤 하였고, 그들의 음흉한 눈빛들이 교활하게 뒤섞였다.

잠시 후 유다양이 근엄한 표정을 지으며 애드문에게 다가왔다.

"이번 한 번만 사정을 봐주지. 섬에 상륙하는 것을 허락하지만 내일 해가 머리 위에 오를 때까지 배에 돌아오겠다는 약속을 모든 선원들이 있는 자리에서 해라. 만일 그때까지 돌아오지 않으면 이 배는 예정된 항해를 계속하기 위해 떠날 것이다. 동의하겠나?"

"좋소! 그리 하리다!"

조타실을 나온 애드문은 곧장 크리스전과 미라를 만났다. 세 사람이 섬에 상륙하고 나면 유다양과 헬리는 그들을 버리고 떠날 것이라는 것은 충분히 예상되었다. 그들의 눈빛에는 실패한 암살에 대한 여운이 짙게 남아 있기 때문이었다. 그들은 항해가 끝나기 전까지 끊임없이 시도할 것이다. 그러나 그러한 위험보다는 현재의 상태로 항해를 계속하다가는 크리스전의 병세가 더욱 위독해져 앞으로 보름을 넘기기 어려울 것이라는 미라의 충고가 더 마음에 걸렸고 다급했다. 그녀가 크리스전을 염려하는 목소리에서 초조함이 느껴졌다. 애드문이 미라에게 조난당할 모험을 감수하고 함께 섬으로 갈 수 있겠는지 물었다. 미라는 입술을 꼭 깨물며 가만히 고개를 끄덕였다. 미라는 마음속으로 속삭였다. '당신과 함께 있으면 무엇이든 당신이 시키는 대로 하고 싶어져요. 어디든 두렵지 않아요.'

낯선 섬 근처에서 종선從船이라고 부르는 보트가 내려졌고 애드문, 크리스전 그리고 미라가 보트에 오르기 위해 갑판에 대기했다. 유다양은 모든 선원들을 갑판에 집결하라고 명령했다. 유다양은 양손을 허리에 짚은 채 거만한 태도로 세 사람이 들고 있는 작은 가방들을 조사해야겠다며 내려놓으라고 요구했다. 그의 목소리는 거칠었고 명령조였다.

세 사람은 묵묵히 그의 요구에 따랐다. 애드문의 가방 안에는 놋쇠 나침반, 부싯돌, 시계, 망토 그리고 스페인 국기가 들어 있었다. 저 섬을 국왕에게 바치기 위해 그 천 조각을 섬에 꽂으려느냐고 놀려 대면서 헬리가 천박하게 키득거렸다. 크리스전의 가방 안에는 망토와 자신의 병 치료에 쓰이는 여러 가지 잡동사니가 가득했다. 미라의 가방 안에는 여자들의 일상적인 소지품 외에 괴혈병 치료와 독약 해독제로 쓰였던 환약 50여 개와 약간의 후추가 들어 있었다.

유다양은 두 동업자의 가방을 돌려주었다. 고용된 선원들 앞에서 선주들이 소지품 검사를 당하는 모욕을 당하는 두 사람의 표정은 분노를 참느라 일그러졌지만 꽉 다문 입에서는 아무 말도 나오지 않았다. 미라의 가방은 돌려주면서 환약 두 개만 그녀가 가져가는 것을 허락했다. 나머지 환약은 제인에게 넘기면서 보관하라고 지시했다. 제인은 고분고분하게 그의 말에 따랐다. 유다양은 목을 꼿꼿이 세우고 애드문에게 명령했다.

"자, 그럼 마지막으로 당신 허리춤에 차고 있는 칼과 총을 배에 남겨 두고 가라!"

이 말을 듣자 애드문은 와락 살인 충동이 치솟아 본능적으로

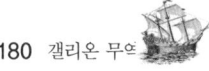

칼집에 손을 얹었다. 인내력이 아슬아슬해지려 할 찰나에 크리스전이 얼른 그의 손을 잡았다.

애드문의 순간적인 결투 자세에 깜짝 놀란 유다양과 헬리가 겁을 집어 먹고 부르르 떨었다. 실패한 암살미수사건에서도 증명되었듯이 헬리와 합세하여 2대 1로 싸우더라도 애드문의 상대가 되지 않을 것은 너무나 자명했다.

유다양이 페냐를 힐끗 쳐다보았으나 그는 얼굴을 돌려 섬을 바라보며 딴청을 부렸다. 만약 갑판에서 애드문과 결투가 벌어지면 페냐와 선원들이 도와줄 것 같지 않았다. 암살시도가 실패한 후 페냐가 애드문 앞에 무릎을 꿇고 중립을 지키겠다고 맹세하지 않았던가. 그리고 선원들은 페냐의 명령에 따르는 프리메이슨 조직원들이라 하지 않았던가. 페냐는 애드문과의 결투에서 목숨을 살려준 데 대해 적의를 드러내지 않는 것으로 보답했던 것이다.

곁눈질로 지켜보고 있던 헬리는 유다양을 무시하고 있는 페냐의 태도가 밉살머리스러워 견딜 수가 없었다. 그는 대부분 이미 썩어 빠져버리고 이제는 몇 개 남아 있지 않은 누런 이를 으드득 갈았다. 주먹까지 불끈 쥐고 부르르 떨었다.

'저 놈을 그냥…… 은혜도 모르는 놈! 오갈 데 없는 떠돌이를 그동안 내가 일을 주어 먹여주었건만 내 지시를 어기며 애드문 측에게 좋은 음식을 내주더니, 지금 저 하는 꼬락서니 좀 봐! 배은망덕한 놈!'

겁에 질린 유다양은 애드문의 눈빛이 얼마나 살벌했던지 자신도 모르게 한 걸음 물러서면서 내뱉었다.

"그…… 그냥 가져가시오……."

미라는 애드문이 남다른 사람이라고 진작부터 느끼고 있었지만 이 같은 긴장된 상황에서도 분위기를 압도하는 그의 카리스마와 용기에 깊이 탄복했다.

세 사람이 보트에 오르자 유다양이 큰 소리로 선언했다.

"내일 새벽 동트기 전에 보트가 당신들을 태우러 갈 것이다. 만일 한시라도 지체하면 우리는 즉시 떠날 것이니 그리해도 되겠는가?"

애드문은 고개를 섬의 해안 쪽으로 향한 채 대꾸도 하지 않고 손을 들어 보였다.

태양이 서쪽 수평선을 기웃거릴 무렵, 세 사람을 해변에 내려준 보트는 서둘러 오리엔트 호로 되돌아갔다. 그때까지도 오리엔트 호는 닻을 내리지 않고 있었다.

해변에서 멀지 않은 곳에서 세 사람은 조그마한 개천을 발견했다. 개천 양쪽으로 그다지 높지 않은 벼랑이 있고, 어디에도 사람의 발자국 흔적은 찾아볼 수 없는 정글 속에는 햇볕이 들어오지 못할 정도로 풀과 나무들이 빽빽하게 자라 하늘을 가리고 있었다.

두 사람이 해안 모래밭에서 이십 여 미터 떨어진 개울가 근처 커다란 종려나무 아래에 쉴 자리를 만들고 있는 동안 애드문은 정글칼로 숲을 헤치고 나가 나지막한 코코넛 나무를 골라 야자열매 여러 개를 따 왔다. 세 사람은 야자수로 목을 축이면서 서로를 쳐다보며 격려하듯 미소 지었다.

쉬고 있는 장소에서 조금 더 정글 속으로 들어간 애드문이 파

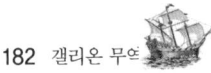

파야와 바나나를 한 아름 모아서 품에 안고 돌아왔다. 돌아오는 길에 맑은 물이 끝없이 솟아오르고 있는 옹달샘을 발견했고, 조금 떨어진 곳에는 따끈한 온천물이 수증기를 휘날리며 솟아오르고 있었다. 그 동안 미라는 약초와 열매를 채집하여 돌아왔고 크리스전은 개울가에서 몸을 씻은 후 쉬고 있었다.

어느 덧 석양이 지고 어스름이 내리더니 환한 달빛이 내려왔다. 멀리 바다 위에는 돛을 내린 오리엔트 호가 은빛으로 반짝이는 수면위에 홀로 떠 있었다.

신선한 과일로 허기를 채우면서 애드문이 부싯돌로 불을 일으켰다. 미라는 뿌리와 풀들을 씻어 죽을 끓였다. 달빛 아래에서 후추로 적당히 향을 낸 걸쭉한 죽을 나눠 먹고 있는 사이에 낯선 섬에서의 첫날밤은 깊어만 갔다. 시원한 파도 소리와 풀벌레들 소리만이 밤의 적막을 깨뜨리고 있었다.

오리엔트 호 안에서 유다양과 헬리는 쾌재를 불렀다. 드디어 손에 피 한 방울 묻히지 않고서 근심과 두려움의 뿌리였던 두 사람을 제거해 버린 것이다. 미라마저 따라가 버린 것이 못내 아쉽기는 했지만, 어쨌든 애드문과 크리스전이 눈에 보이지 않게 되었으니 얼음물을 후르르 들이킨 것처럼 속이 시원했다.

그들은 서둘러 애드문의 침실로 들어가서 사물들을 뒤지기 시작했다. 그러나 네 사람이 공동으로 서명한 동업계약서와 오리엔트 호의 설계도면, 비밀 합의문, 책들과 쓰다 만 항해일지만 있을 뿐, 돈이나 값어치가 나갈 만한 보물은 하나도 없었다. 유다양이 툴툴거렸다.

"에릭슨 선장과 흥정할 때 소지하고 있는 돈은 비상금 은화 35냥이 전부라고 하더니, 정말이었나보군."

헬리는 애드문이 남긴 항해일지를 처음부터 꼼꼼히 읽어 보았다. 네 사람이 처음 만나서 동업 얘기를 시작할 때부터 4월 18일 동업자 회의를 했을 때까지만 기록되어 있었다. 그 중에는 미라가 의혹을 제기했던 설계변경, 화물, 식량에 대해서도 적혀 있었다. 하지만 그후부터는 아무런 기록을 하지 않았다. 더구나 암살 시도에 대해서도…… '왜 기록하는 것을 중지했을까?'

잠시 후, 원하던 것을 찾지 못한 유다양이 크리스전의 사물들을 들춰보기 시작하자 헬리도 잽싸게 뒤따랐다. 그러나 크리스전의 사물들은 더 초라하여 뒤져볼 것이 없었다. 도대체 작동할 것 같지도 않은 기계나 공구들의 그림들뿐이었다. 그런데 크리스전이 소지하고 있어야 할 동업계약서와 도면, 비밀 합의문은 아무리 뒤져도 나오지 않았다. 미라의 침실에서도 옷가지와 침구뿐이었다.

두 사람은 실망감을 감추지 못한 채 조타실로 올라가 항해사에게 출항을 지시했다. 어느덧 해가 뉘엿뉘엿 저물고 있었다.

하지만 선원들이 갑판 여기저기에 모여 쑥덕거리기만 할 뿐 출항준비를 하지 않았다. 잠시 후 페냐가 씩씩거리며 조타실로 올라오더니 다짜고짜 따져 물었다.

"애드문 씨 일행을 내일 아침까지 기다리기로 약속하지 않았습니까?"

선장의 명령에 복종하지 않는 페냐를 괘씸하다는 듯이 노려본 후 헬리가 유다양에게 말했다.

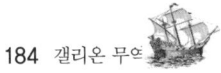

"약속은 무슨! 무시해 버리고 지금 떠납시다. 어차피 그들이 멕시코까지 가면 우리 모두에게 해로울 뿐이에요!"

그러나 페냐는 단호했다.

"우리 선원들은 애드문 씨 일행을 내일 오전까지 기다리기로 이미 결정했습니다! 그것을 알려드리려고 왔습니다!"

유다양의 얼굴빛이 확 달라졌다. 얼마나 화가 났는지 눈알이 밖으로 튀어나올 것 같았다.

"뭐라고? 이 배의 선장이 당신인 줄 착각하고 있나?"

유다양과 페냐가 마주서서 서로를 노려보았다. 노련한 헬리는 페냐를 윽박지를 것이 아니라 사태의 심각성을 스스로 파악하게 하고 구슬리는 게 낫겠다고 판단했다. 그가 부리나케 조타실을 나가 선실로 내려갔다 오더니 두 사람을 해도海圖 테이블로 이끌고 갔다. 그가 들고 온 책을 펼쳤다. 애드문이 기록한 항해일지航海日誌였다. 헬리가 손가락으로 짚어 낸 곳에는 이렇게 기록되어 있었다.

'1616년 4월 20일. 미라 씨가 보고하길, 페냐가 관리하고 있던 보급품 5박스가 어디로 사라졌는지 찾을 수 없다고 했다'

이 구절을 읽은 페냐의 얼굴에 당황한 기색이 번져 나갔다. 헬리가 심각한 어조로 말했다.

"페냐! 애드문은 당신이 식량을 도둑질 했다고 의심하고 있소. 그동안 몇 달 동안이나 겪어보고도 그 사람 성격 모르겠소? 멕시코에 도착하자마자 당신과 우리 모두 고발당하고 조사받을 것

이 뻔한데…… 그래도 그 인간을 살려두어야 하겠소?"

페냐가 망설이는 기색을 보이자 유다양이 의기양양해졌다. 자신이 유리한 위치에 있다는 것을 느끼고 금세 부드러워진 목소리로 페냐를 다시 압박하면서 은근히 꾀었다.

"당신은 애드문을 암살하는 데 실패하고도 아직까지 우리에게 사과하지 않았소. 게다가 거사비로 받은 금괴 한 개도 돌려주지 않고 있소만 불문에 부칠 수 있고 만일 당신이 앞으로도 계속 우리와 협조한다면 금괴 한 개를 더 주겠소."

페냐는 아무 말도 하지 않고 파이프를 꺼내 담배에 불을 붙였다. 유다양과 헬리도 파이프를 깊이 빨아 들였다. 세 사람이 한동안 침묵하는 동안 조타실 안에는 사아^{邪惡}한 기운이 담배 연기와 함께 스멀 스멀 기어오르더니 어느 덧 실내를 가득 채웠다. 태양은 벌써 수평선 아래로 떨어져 자취를 감춰버렸고 배 안에서 잔심부름하는 나이 어린 선원이 조심스레 조타실 안에 들어와 천정에 달려 있는 등에 불을 밝혔다.

한참을 고민하던 늙고 주름진 구릿빛 얼굴의 페냐가 이윽고 체념한 듯 말했다.

"해적들을 섬에 버릴 때에도 얼마간의 식량을 남겨 주는 것이 뱃사람들의 관례인데…… 어떻게 하시겠습니까?"

그러자 유다양이 버럭 화를 냈다.

"무슨, 가당치도 않는 말을! 우리가 먹을 식량도 부족할 것인데, 당신은 멕시코에 도착할 때까지 식량이 충분하다고 생각하시오?"

"흥! 알겠습니다! 선원들을 모아서 다시 회의를 해보겠습니다!"

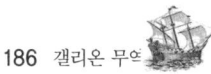

페냐가 더러운 침을 내뱉듯이 말하고는 갑판으로 내려갔다.

두 사람만 남은 조타실에서 유다양이 안도의 한숨을 쉬었지만 이내 빈정거리는 말투로 헬리에게 말했다.

"헬리 씨, 당신이 저 놈을 거두어 보살펴 왔었다고 하지 않았소? 이 배의 지분까지도 10%씩이나 거저 주었다면서요? 그런데도 저 모양이란 말입니까? 어찌 그리도 사람 볼 줄을 몰라요?"

헬리는 그보다 열여섯 살이나 어린 유다양의 핀잔을 받자 말문이 막혔고 얼굴이 달아올랐다. 유다양이 헬리를 노려보며 이번에는 명령하는 말투로 말을 이었다.

"은혜를 모르는 놈은 조심해야 합니다. 멕시코에 도착하면 저런 놈과 저 놈을 추종하는 놈들도 모조리 이 배에서 쫓아내야 해요!"

"함부로 건드리지 않는 게 좋아요. 만일 그랬다가는 원한을 사게 될 텐데 그럼 그놈들이 가만있겠어요? 아마 우리에게 더 손해가 날 일이 생기거나 우리의 목숨을 위협할 수도 있어요."

말을 마친 헬리가 얼른 고개를 돌리고 유다양을 외면했다. 아까보다 더 검붉어지고 있는 안색과 불쾌한 심중을 나타내는 주름이 그의 늙은 얼굴 가득히 번지고 있는 것을 감추기 위해서였다.

"……"

유다양의 얼굴이 굳어지면서 입이 금세 닫혀버렸다. 그는 잠시 고민하다가 문득 생각난 듯이 물었다.

"아 참, 멕시코에 도착하면 저 세 사람의 행방에 대해 어떻게 신고해야 하지요?"

유다양의 물음에 헬리는 조금씩 마음을 누그러뜨리며 친절한

어투로 말했다.

"실종신고를 하면 됩니다. '세 사람이 요청하여 낯선 섬에 상륙하도록 허락하였다. 그 후 이틀을 기다렸으나 돌아오지 않았다. 걱정했던 우리는 선원들을 상륙시켜 또다시 이틀 동안이나 섬을 뒤졌으나 끝내 찾지 못하여 일주일치 식량과 비품을 그들이 상륙했던 해안과 가장 가까운 곳에 서 있는 커다란 종려나무 아래에 남겨두고 떠날 수밖에 없었다.' 페냐와 선원들에게 약간의 돈을 주면 증인으로 서명해 줄 것입니다."

"알겠습니다. 헬리 씨가 실종 신고서를 작성해서 페냐와 선원들의 서명을 받아 주십시오."

헬리가 고개를 끄덕이고는 잠시 망설이듯 주저하는 모양새를 갖추어 물어 보았다. 그가 겸손한 태도를 보인 이유는 그의 질문이 선장이라며 한껏 부풀어 있는 유다양의 자존심에 자칫 상처를 줄 수 있기 때문이었다.

"그런데, 저 낯선 섬은 무엇인가요? 내가 수년간 이 부근의 항로를 항해했지만 처음 보는 섬입니다."

"물론 나도 처음 보는 섬이오. 내가 정한 이 항로가 지금까지 어느 항해사도 모르고 있는 하갓냐와 아카풀코를 잇는 최단 거리이기 때문에 발견한 것이오. 이 침로를 계속 유지하면 한 달 안에 우리의 목적지인 아카풀코에 도착할 것이오!"

천성이 여우처럼 교활한 헬리는 유다양의 억지 위엄과 미숙한 항해술에 토를 다는 것은 이롭지 않다는 것을 이미 눈치 채고 있었다. 얼른 동의를 표하고 더 이상 항로에 대해서는 언급하거나 참견하지 않기로 했다.

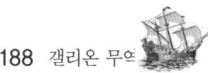

그러나 유다양은 내심 불안했다. 처음으로 선장이 되어 항로를 결정하고 있는데 아무래도 정상적인 항로와는 많이 벗어나 있는 것 같았기 때문이었다. 아카풀코 항에 도착하는 데에 예정보다 훨씬 더 늦어질 것 같아 조바심이 일었다. 애드문 일행 세 사람을 제거했으니 식량과 식수는 그만큼 여유가 생겼다. 하지만 만일 한 달 안에 멕시코에 도착하지 못하고 더 오랜 시일을 항해할 경우 헬리와 선원들로부터 선장자질에 대한 의심을 받을 것이 뻔했다.

유다양은 하루라도 빨리 이 배에 실려 있는 모든 화물들을 팔아 헬리의 몫도 적당히 후려쳐서 넘겨준 후 오리엔트 호를 혼자 독차지해야겠다고 마음먹었다. 그를 계속 사로잡는 탐욕이 그의 운명이라 믿고 탐욕이 이끄는 대로 내맡기기로 했다.

'탐욕의 끝까지 가보자! 흐. 흐. 흐.'

상상하는 것만으로도 그는 행복에 겨워 몸을 떨었다.

이튿날, 오리엔트 호는 마지막까지 남아 있던 몇 개의 별들과 함께 서서히 새벽안개 속으로 사라져 갔다. 싸늘한 이슬 탓에 잠이 일찍 깬 세 사람은 사라져가는 오리엔트 호와 서로의 얼굴을 번갈아 보면서 아무 말도 하지 않았다. 이미 예상하고 있었던 일 아니었던가.

날이 밝자마자 애드문이 알려준 방향의 숲속으로 들어간 미라가 샘물을 길어 왔고, 온천수도 날라서 크리스전의 몸을 닦아 주었다. 크리스전은 머리는 그늘에 두고 따사로운 아침 햇볕 속으로 다리를 뻗은 채 누워서 안정을 취했다.

스페인 국기를 품에 넣고 총을 옆구리에 찬 애드문은 정글 칼로 수풀을 쳐내며 밀림 속으로 들어갔다. 수풀이 우거진 틈새로 강한 햇볕이 내리쬐고 있었다. 산꼭대기까지 다다르자 자갈과 바위들이 많아지면서 땅이 메마르고, 풀 대신 아름다운 꽃이 핀 관목들과 군데군데 키가 큰 소나무들이 나타났다.

전날 오리엔트 호에서 섬을 바라보았을 때 눈에 확 띄었던 산꼭대기의 커다란 바위와 그 옆에 높게 뻗은 나무를 찾은 후 가장 높이 솟은 굵은 가지에 국기를 걸었다. 그러고 나서 깃발이 휘날리는데 거치적거리는 잔가지들을 꺾어냈다. 사방을 둘러봐도 고작 산 높이 30미터 정도에 지름이 1,000미터 정도 밖에 안 되어 보이는 둥그렇고 조그마한 섬에 사람이 사는 듯한 표식은 눈에 띄지 않았다. 혹시라도 지나가는 배가 국기를 발견해 주기를 바랄 수밖에 없었다.

애드문은 산을 내려오면서 식용이 될 만한 동물들이 있는지 이리저리 살펴보았다. 숲 속에는 여러 종류의 참새들 외에 손가락 크기 정도로 작은 도마뱀들이 몇 마리 눈에 띌 뿐이었다.

그런데 갑자기 어디선가 매캐한 냄새가 나면서 하늘에 검은 연기가 솟고 있었다. 서둘러 일행이 있는 곳으로 뛰어가 보니 크리스전은 여전히 나무그늘 아래에 누워 휴식을 취하고 있었고 미라는 해변에서부터 번지고 있는 불길을 잡느라 애쓰고 있었다. 아침 식사를 준비하기 위해 잠시 옹달샘에 물을 길러 간 사이에 모닥불의 불똥이 튀어 인근의 마른 풀잎에 번졌다고 했다. 마침 불어오는 바닷바람에 불꽃은 썩어 가는 마른 나무에 옮겨 붙었고 애드문이 달려왔을 때에는 이미 100 제곱미터 이상을 태

운 상태였다. 다행히도 바람이 서쪽에서 불어오고 있었기에 일행이 자리 잡은 곳과는 반대 방향으로 불이 번지고 있었다.

애드문은 미라에게 불이 계속 타도록 놔둬도 괜찮다고 말했다. 수많은 새들이 검고 짙은 연기와 함께 하늘로 날아올랐다. 애드문은 총에 탄약을 장전한 후 연기가 날리는 반대 방향의 숲속으로 들어갔다. 예상했던 대로 잠시 후에 여러 마리의 짐승들이 연기 자욱한 숲에서 튀어 나왔다. 길이가 1미터 정도 되는 야생 염소들이었다. 애드문이 재빨리 총을 발사했다. 이번에는 산불이 번지고 있는 반대쪽의 숲에서 총소리에 놀란 새들이 무수히 하늘로 날아올랐다. 염소를 뒤쫓으면서 모두 다섯 발을 발사했다. 두 발은 빗나갔고 세 발은 염소 세 마리에 깊은 상처를 입혔다.

총에 맞아 쓰러진 염소를 넝쿨로 묶어 질질 끌고 숲을 나오면서 무심코 바다 쪽으로 고개를 돌렸다. 그러자 서쪽 먼 수평선에서 다가오는 한 점이 눈에 띄었다. 애드문은 순간적으로 숨을 죽이며 수평선과 점을 똑바로 응시했다. 점은 아주 조금씩 커지고 있었다. 그는 염소를 내팽개치고 서둘러 산꼭대기로 올라갔다.

산불은 산 정상의 동남쪽 방향으로 번지고 있었기 때문에 국기를 걸어둔 산꼭대기까지 불이 번질 것 같지 않았다. 산 정상에 있는 널찍한 바위 위에 올라가서 바라보니 저 멀리 수평선에 범선의 망루가 나타났고 잠시 후에는 돛대와 돛이 보이면서 섬 쪽으로 점점 가까이 다가오고 있었다.

'혹시 저 배가 스페인 국기를 발견한 것일까? 이렇게 운이 좋을 수가!'

의도적으로 세 사람을 유기하고 떠난 오리엔트 호가 섬으로

되돌아올 가능성은 전혀 없었기 때문에 지금 보이는 저 배는 다른 배임에 틀림없었다. 애드문이 배를 향해 양손을 들어 흔들면서 고래고래 소리를 질렀다.

국기가 바람을 받아 힘차게 펄럭이고 있는 것을 확인한 애드문은 단숨에 해변까지 달려 내려왔다. 애드문의 기뻐 외치는 소리에 미라도 해변으로 달려왔다. 두 사람은 바삐 움직여 해변 모래밭에 새로운 모닥불을 피우고 마른 풀잎과 썩은 야자나무 조각을 모아 산불과는 다른 커다란 연기를 만들어 하늘로 날려 보냈다.

그때쯤 갤리온 선은 육안으로 확인될 만큼 가까워졌고, 애드문이 하늘을 향해 총 한방을 쏘아 사람이 있음을 다시 한 번 그 배에 알렸다. 두 사람은 모래밭 위에서 껑충껑충 뛰면서 손수건을 흔들며 도와 달라고 고함을 질렀다.

두세 시간쯤 지나자 해안에서 800미터쯤 떨어진 곳에 멈춰 선 범선에서 닻을 내리는 소리가 천둥치듯이 들려왔다. 이윽고 작은 보트를 타고 선원 네 명이 해변으로 왔다. 항해사 제복 차림의 청년이 정중하게 인사했다.

"혹시 애드문 선장님 아니십니까?"

애드문의 눈이 휘둥그레지면서 물었다.

"아니, 당신은 누구신데…… 저를 아시나요? 어찌 제가 이곳에 있는 줄……?"

"저는 타릿파 호 삼등 항해사 제임스입니다. 에릭손 선장님께서 모셔오라고 하셨습니다. 자, 보트에 오르시지요."

애드문과 미라는 다시 한 번 놀라 서로를 쳐다보며 기쁨을 감

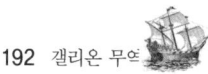

추지 못했다. 제임스와 선원들의 도움을 받아 크리스전까지 세 사람 모두 보트에 올랐다. 보트가 갤리온 선 가까이 도달하여 보니 정말로 타릿파 호였고 에릭손 선장이 갑판에서 손을 흔들고 있는 것이 보였다. 세 사람은 너무나 감격스럽고 기뻐서 서로를 부둥켜안았다.

사관식당에서 에릭손 선장과 세 사람이 반갑고 정다운 대화를 나누는 도중에 미라가 몇 가지 요청을 했다. 미라의 얘기를 다 듣고 난 에릭손 선장이 애드문을 바라보자 애드문이 고개를 끄덕였다. 미라를 바라보는 그의 얼굴에는 무한한 신뢰가 담겨있는 미소가 떠올랐다.

잠시 후 타릿파 호의 모든 선원들은 보트 네 척을 바다에 내려 교대로 나눠 타고 섬에 가서 민물과 온천물로 목욕을 했다. 그들이 돌아올 때는 미라의 안내와 지시로 채집한 수많은 싱싱한 과일들뿐만 아니라 풀잎과 풀뿌리, 나뭇잎과 나무뿌리들 그리고 신선한 물을 타릿파 호에 실어 날랐다. 애드문이 사냥했던 야생 염소 세 마리도 잊지 않고 배에 실었다. 네 명의 괴혈병 환자를 포함한 75명의 전 선원들이 교대로 섬에 다녀오니 어느 덧 해가 지고 있었고 산불도 꺼졌는지 연기가 가늘어지고 있었다.

미라는 타릿파 호에서 발생한 괴혈병 환자들에게 두 개의 환약 중 한 개를 4등분하여 먹였다. 풍성한 풀 비린내와 세 사람의 손님을 받아들인 갤리온 선 타릿파 호는 닻을 감아 올려 뱃머리에 고정하고 돛을 높이 올렸다. 강한 바람이 서쪽에서 불어와 타릿파 호를 힘차게 밀어 주었다.

무인도 193

14

마도로스의 우정과 의리

저녁식사를 마치고 나서 에릭손 선장과 세 사람이 다시 담소를 나누었다. 크리스전은 소파에 누워 안정을 취하며 가끔 대화에 참여했다. 에릭손 선장이 들뜬 목소리로 말하기 시작했다.

"하갓냐 항에서 선창을 수리하는 동안 이상한 소문을 들었습니다. 오리엔트 호는 밀수선이라는 둥 금괴를 싣고 있다는 둥. 그래서 제가 오래전부터 알고 지내던 여관 주인에게 은화 한 냥을 주면서 소문의 진상을 조사해 달라고 했습니다. 며칠 후 여관주인이 제게 와서 들려준 얘기에 따르면, 오리엔트 호에서 세관원 몰래 고려청자 50상자가 내려졌고 그 대신 싸구려 중국도자기 50상자가 실렸다. 그 거래 차액으로 일부는 상아 300상자로 교환되어 오리엔트 호에 실렸고 나머지 차액은 은화로 누군가에게 지불되었다. 그리고 식량 5박스가 내려졌고 그것은 황금으로 교

환되어 오리엔트 호의 누군가가 받아갔소. 하갓냐 항의 천연진주를 싹쓸이해간 사람도 오리엔트 호의 선원이거나 승객이었다는 것이 아니겠소. 그 모든 것들은 세관원 모르게 불법으로 거래된 것이구요."

에릭손 선장의 말을 듣고 있던 애드문이 고개를 끄덕이며 얼굴을 붉혔다. 크리스전은 간이침대에 누워서 얘기를 듣고 있었고, 미라는 그들 옆에 다소곳이 앉아 있었다. 선장이 말을 계속했다.

"내가 알고 있는 애드문 선장님은 결코 그러한 짓을 할 사람이 아닌데…… 유다양이 포함된 네 사람이 동업을 시작했다는 것도 마음에 걸렸던 차에, 그러한 소문의 진상을 확인하고 나니 애드문 선장님에게 불길한 일이 생길 수도 있겠구나 하고 걱정했죠. 그러나 오리엔트 호는 하갓냐 항을 떠난 지 이미 며칠이 지난 후여서 제가 뒤쫓아가 도움을 줄 수 있으리라고는 상상도 못 했지요. 그런데 기이한 일이 일어났습니다."

이번에는 에릭손 선장의 입가에 미소가 피어나기 시작하며 선장이라는 그의 직분에 어울리지 않게 약간 흥분하기 시작했다.

"하갓냐 항을 출항한지 2주 후에 폭풍우를 만났지만 우리 배는 오히려 그 거센 바람과 파도를 이용하여 예상보다 하루 정도 멀리 항해하고 있었습니다. 다시 말하자면 이틀 동안 사흘치의 거리를 항해했던 것이오. 폭풍우가 가라앉은 날 이른 새벽에 우리 배의 좌현 앞 10시 방향 수평선 너머에서 희미하게 배 한 척을 발견했는데, 그 배가 하갓냐 항 방향으로 오는가 싶더니 30분 정도 후 동이 틀 무렵이 되자 침로를 바꾸어 우리 배와 같은 방

향으로 항해하는 게 아니겠습니까!"

에릭손 선장이 이번에는 참기 힘들다는 듯이 크게 웃으며 말을 이어갔다.

"하! 하! 하! 그 배는 폭풍우 속에서 나침반을 제대로 사용하지 못했는지 침로를 잃고 정반대 방향으로 항해했다고 짐작했습니다. 껄! 껄! 껄! 어떤 무식한 녀석이 그 배의 선장일까 생각하며 그 배를 한동안 뒤따랐습니다. 항로가 우리와 비슷했으니까요."

폭풍우가 몰아치던 이틀 동안 오리엔트호의 조타실에서는 도대체 무슨 일이 벌어지고 있었을까?

폭풍우 속에서 배가 크게 흔들리기 시작하자 자신들의 비밀 화물이 걱정된 유다양과 헬리는 조타를 항해사에게 맡기고 비밀 창고에 내려가 있었다. 그때 세찬 파도와 강풍을 타고 날아온 나무 조각에 맞아 조타실에 있던 나침반의 유리가 깨어졌고 나침반 통 안에 바닷물이 가득 차버렸다. 그것 때문에 나침반 바늘이 배가 요동칠 때마다 통 안에서 제멋대로 돌아다녔다. 헬리 휘하에서 서투른 운항술을 익혔던 항해사는 침로는 아랑곳 않고 파도를 안전하게 타는 데에만 온 신경을 집중했다.

애드문에게 비밀 창고와 비밀 화물을 들켜버린 유다양과 헬리는 폭풍우가 지나갈 때까지 조타실에는 잠깐 얼굴을 내비쳤을 뿐 (침로나 나침반의 상태는 확인하지도 않은 채) 대부분의 시간을 선장실에서 향후 대책을 논의하느라 정신이 없었다.

애드문이 얼굴을 붉혔다.

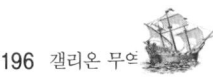

"부끄럽습니다. 제가 사람 볼 줄을 전혀 몰랐습니다. 마닐라를 출항한 일주일 후에 이미 항해 중인 배의 위치를 제대로 계산할 줄 모르고 있다는 것을 눈치 챘습니다. 천체 관측을 할 수 없을 때에는 추측 항법을 해야 하는데, 유다양은 무척 서투르더군요. 유다양이 언젠가는 항해술뿐만 아니라 선박과 화물을 관리하는 방법에 대해서도 저에게 배움을 요청해 올 것이라고 믿었고, 사업에 있어서도 나와 크리스전 씨를 배반할 사람이라고는 상상조차 안했었기 때문에 그냥 지나갔었습니다. 하지만 서투르고 모르는 것을 자기보다 유능한 사람에게 배우려고 하는 겸손한 마음가짐은 눈을 씻고도 찾아볼 수 없었어요. 유다양 뿐만 아니라 헬리도 항해도구나 화물을 제대로 사용하고 관리하는 방법을 모르더군요. 그러나 무엇보다도, 그 두 사람이 사악한 욕심을 품고 있다는 것을, 그리고 우리를 해칠 마음까지 먹고 있었다는 것을 전혀 눈치 채지 못한 제가 바보였습니다. 여러 선주들과 상인들에게 그들의 인간성과 신용 그리고 실력에 대해 물어보고 뒷조사를 한 후에 결정했어야 하는데, 진심으로 후회가 됩니다."

크리스전이 미소를 지으며 말했다.

"너무 자책할 필요 없어요. 사람은 겪어 보지 않으면 그 속마음을 알 수 없답니다. 40년 이상 사업을 해온 나도 그 놈들에게 속았는데…… 이 일을 교훈삼아 다시는 그러한 사기꾼들과 살인마들에게 당하지 않으면 됩니다."

크리스전의 위로로 애드문의 어두워졌던 표정이 다소 펴졌다. 사람들은 나이가 들수록 자신감과 확신이라는 가면을 쓰게 된다. 가면을 쓴 채 중요한 결정을 하게 되는 경우 애드문처럼 생명

까지 잃을 뻔한 위기를 맞을 수 있다. 가면을 벗는다는 것은 곧 자신감과 확신의 복합체인 자만심 또는 교만함을 벗는다는 것이고, 겸손한 맨 얼굴을 드러내는 것이다. 애드문은 크게 깨달았다.

'그렇다. 세상에는 나보다 훌륭한 지성과 양식을 갖춘 사람들이 얼마든지 많이 있다. 앞으로 새로운 사람을 사귀게 되면 그를 이미 경험했던 여러 사람들에게 반드시 신용과 성격조회를 하고 겸손하게 그들의 의견을 경청해야만 한다! 반드시!'

에릭손 선장이 말을 계속했다.
"그러다가 문뜩, 혹시 저 배가 오리엔트 호가 아닐까 하는 생각이 들었습니다. 우리 배보다 일주일이나 먼저 하갓나 항을 출항했지만, 폭풍우 속에서 우리 배가 하루의 거리를 더 전진하였고, 오리엔트 호는 이틀간의 거리를 후진했다면 계산상으로 우리는 오리엔트 호와의 일주일 차이에서 사흘 치를 뺀 것이 되어 실제로 우리 배보다 나흘 치의 거리 앞에 있어야 합니다. 하지만 제가 운항하는 배와 미숙한 항해사의 배가 3주 동안 항해했을 때 나흘 치의 거리를 따라잡는 것은 어려운 게 아니잖습니까? 게다가 우리 배는 하갓나 항에서 100톤의 화물을 오리엔트 호에 넘겨줘서 그만큼 가벼워 속도가 빨랐거든요."
에릭손 선장이 눈빛으로 동의를 구했고, 애드문도 당연하다는 듯이 고개를 끄덕였다. 에릭손 선장은 자신의 항해술과 계산 그리고 예감이 맞아 떨어졌다는 것에 고무되었다.
"멀리서 적당한 거리를 두고 그 배를 뒤따르다보니 아니나 다

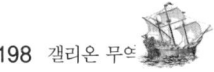

를까 그 배는 침로가 지그재그식이더군요. 제 예감이 맞는다는 확신이 섰습니다. '저 배는 오리엔트 호임에 틀림없다! 유다양 선장은 항해에 미숙하다! 애드문 씨는 노련하고 유능한 선장인데 저 배가 저 모양으로 항해하는 것을 가만히 두고 보아야만 하는 무언가 심각하고 나쁜 일이 벌어지고 있는 것이 분명하다!' 어제까지 쭉 오리엔트 호의 뒤를 쫓다가 이 낯선 섬 근처에서 한참 동안 머물다 해질 무렵에야 떠나는 것을 보며 이 섬에서 무슨 일을 하다 가는지 궁금했습니다. 저 역시 이 항로에서 처음 발견한 섬이거든요. 그래서 우리도 오늘 해가 뜨면 이 섬을 탐험해 볼까 하는 생각으로 접근했는데 연기를 발견했고 잠시 후에 폭발음을 들었습니다. 그리고 동시에 하늘로 날아오르는 새들을 보았지요. 분명 사람이 쏜 총소리라고 확신한 저는 호기심을 억누를 수 없어서 더 가까이 섬에 접근했습니다."

애드문은 이해하기 어렵다는 듯이 물었다.

"그렇다면 에릭손 선장님은 오리엔트 호를 보면서 두 달 가까이 뒤따라오신 셈인데, 어떻게 유다양은 타릿파 호가 뒤따르고 있다는 사실을 모를 수 있었을까요? 타릿파 호에서 오리엔트 호를 확인할 수 있는 거리라면 오리엔트 호에서도 타릿파 호를 확인할 수 있었을 텐데요?"

"그것은 바로 이것 덕택입니다."

에릭손 선장이 소중한 보물이라도 되는 듯이 선장실 안에 있는 높이 1미터가 넘는 커다란 금고 안에서 조심스럽게 꺼낸 물건은 다름 아닌 망원경이었다. 그것은 애드문과 크리스전도 소문은 들었지만 직접 보기는 처음인 개량형 망원경이었다. 길쭉한

통을 3단으로 빼고 접을 수 있도록 되어 있었다. 당시 항해사들이 흔히 가지고 다니는 2단형 망원경은 통이 놋쇠로 만들어져 있었는데 에릭손 선장이 꺼내 보인 망원경은 값비싼 구리로 만들어져 있었다.

오리엔트 호에 있었던 망원경도 8년 전인 1608년 네덜란드의 안경제작자 한스 스퍼세이가 처음 발명한 제품이었다. 하지만 5미터 크기의 물체인 경우 고작 5 킬로미터 이내에서만 어느 정도 가늠할 수 있을 뿐이었고, 그 보다 먼 거리는 뿌옇게 흐려서 뭐가 뭔지 알 수가 없어 항해사들에게는 큰 도움이 안 되었다.

"이것은 달라요. 갈릴레오 박사가 5년 전에 별자리를 관측하려고 개량한 것이라고 하는데 우리 배에서 15 해리^{海里}(약 28킬로미터)나 떨어져 있는 20미터 높이에서 휘날리는 3미터짜리 선박 깃발을 식별할 수 있습니다. 5킬로미터 이내에서는 2미터 크기의 물체를 식별할 수 있을 정도라니까요."

망원경을 확인할 수 있도록 애드문에게 건네주었고 애드문이 다시 크리스전에게 건네주었다. 망원경을 받아 든 크리스전의 눈빛이 기술자의 직감으로 예리하게 빛났다.

에릭손 선장이 말을 이어갔다.

"우리는 계속 오리엔트 호하고 거리를 30킬로미터 정도로 유지하며 뒤를 쫓아왔으니 그쪽에서는 우리를 볼 수 없었을 것입니다. 오늘 새벽에 오리엔트 호가 떠나고 나서 우리가 섬 쪽으로 접근하면서 계속 관찰하고 있는데, 안개가 걷히면서 낮은 산 하나가 망원경안에 뚜렷이 들어왔습니다. 산의 동남쪽에서는 산불 때문인 듯한 검은 연기가 피어오르고, 잠시 후 총소리가 들리는

가 싶더니 새들이 놀라서 날아오르는 것도 보았습니다. 그리고 는 산꼭대기에서 무엇인가 펄럭이는 물체를 발견했지요. 자세히 보니 스페인 국기였어요. 이 낯선 섬에 왜 스페인 국기가, 그것도 산꼭대기 나무에 걸려 있을까 의아해 하며 계속 섬을 관찰했지요. 그 때 우리 배와 섬과의 거리는 대략 5킬로미터였습니다. 그런데 잠시 후에 국기가 휘날리고 있는 나무 옆 큰 바위로 사람이 기어 올라가는 것이 망원경 렌즈에 잡혔습니다!"

애드문이 놀라움에 입을 다물지 못했다.

"그럴 수가! 어떻게 이 망원경을 손에 넣게 되었나요?"

"지금까지 워낙 소량만 생산해서 이것 구하기가 하늘의 별따기와 같았지요. 작년에 그리스의 아테네에 입항했을 때 일주일 내내 수소문하여 어느 상인이 숨겨놓고 있는 것을 은화 다섯 냥을 주고 샀던 것입니다."

이번에는 크리스전이 이 조그마한 장비의 값이 터무니없이 비싸다는 것에 화들짝 놀라며 탄성을 질렀다.

"은화 다섯 냥 씩이나!"

그러나 애드문은 20킬로미터나 멀리 떨어져 있는 선박을 식별할 수 있다는 놀라운 발명품에 혼을 빼앗겨 버렸다.

바다에서 해적들이 판치던 그 시절에는 상대 선박을 먼저 발견한 배가 절대적으로 유리하고 안전했다. 더구나 나는 저쪽을 보면서 감시하는데 저쪽은 나를 볼 수 없다면? 이런 발명품은 은화 다섯 냥이 아니라 스무 냥이라도 항해사들에게는 아깝지 않을 진정한 보물이었다.

애드문은 그제야 에릭손 선장이 어떻게 유다양 몰래 뒤를 따

라올 수 있었는지, 어떻게 그렇게 먼 바다에서 섬에 걸어 둔 조그마한 스페인 국기를 발견할 수 있었는지도 이해가 되었다. 에릭손 선장이 이렇게 훌륭한 발명품을 가진 것은 애드문 일행에게 엄청나게 큰 행운을 가져다 준 셈이었다.

애드문과 에릭손은 새로 발견된 이 섬을 엔리케왕자를 기념하여 '엔리케 섬'이라고 명명하기로 하였다. 그러나 엔리케 섬은 타릿파 호가 멕시코에 도착하기도 전에 화산이 폭발하면서 사라져 버렸다. 애드문이 남겨 두어 섬 꼭대기에서 휘날리던 스페인 국기는 순식간에 타서 재가 되어 버렸고, 섬 전체가 해수면의 50미터 아래로 가라앉아 버린 것이다.

에릭손 선장은 망원경에 얽힌 다른 얘기도 해 주었다. 당시는 로마 가톨릭이 유럽의 사상을 지배하고 있던 시대여서 지구가 둥글다거나 지구의 자전설을 공개적으로 말하면 이단시하여 혹독한 처벌을 받았다.

1600년 2월 이탈리아의 학자 조르다노 브루노가 이단으로 지목되어 화형을 당하였고, 바로 지난해인 1615년에 갈릴레오 마저도 종교재판을 받게 되자 갈릴레오의 제자 중 한 명이 그리스로 도망쳤다. 도피자금이 부족했던 그 제자는 소지하고 있던 개량형 망원경 두 개 중 하나를 그리스 상인에게 팔아 넘겼는데, 워낙에 시국이 어수선한 때여서 갈릴레오의 망원경을 소지하고 있다는 것 자체만으로도 죄가 되어 화형을 당할까 봐 겁을 집어 먹고 있던 상인이 에릭손 선장이 찾아오자 선뜻 팔아치운 것이다.

외부에 알려지지 않았지만, 브루노 박사는 애드문이 엔리케

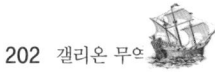

항해학교에 재학 중일 때 교수로 초빙되어 몇 번에 걸쳐 지동설地動說을 강의했던 스승이다. 애드문이 선장으로서 그리고 상인으로서 맹활약을 펼치고 있던 때에 로마 교황청이 브루노 박사를 화형했다는 소식에 분노한 애드문은 그후 몇 년 동안 항복한 해적들과 함께 생포된 사제들도, 로마 가톨릭 사제이건 영국 성공회 사제이건 루터교 사제이건 불문하고 양팔을 절단하여 버림으로써 종교 단체의 과학자들에 대한 학대에 보복했다.

"갈릴레오 박사는 어떻게 되었나요?"

애드문은 또다시 걸출한 천문학자를 잃지나 않을까 안타까웠다. 그는 갈릴레오와 일면식이 없었지만 그와 나이가 비슷하다는 것을 알고 친근감을 느껴왔었다. 게다가 앞으로도 세상 사람들을 위해 해야 할 일이 많은 젊은 천재학자가 스승 브루노 박사와 같은 종교재판을 받아 자칫 화형에 처해질지도 모른다는 소식에 가슴이 미어졌다.

"아마도 화형은 면할 것 같아요. 갈릴레오 박사는 브루노 박사와 달리 로마 교황청에 지인들이 많고 융통성이 많다고 알려져 있으니, 목숨을 건지기 위해 지동설을 부정할 가능성이 많으니까요."

애릭손 선장의 말에 다소 위안을 받았는지 애드문이 긴 한숨을 쉬었다.

"어리석은 자들과 미개한 신앙이 세상을 지배하고 있으니 과학을 발전시키고 진실을 얘기하는 것이 두려운 암흑의 시대로군요. 아무쪼록 그 분이 현명하게 처신하여 소중한 목숨 헛되이 버리지 말고 후세들을 위해 많은 업적을 쌓아 주시기를 기도하겠

습니다."

에릭손 선장이 애드문의 손을 맞잡으며 말했다.

"저도 갈릴레오 박사의 안전을 위해 애드문 선장님과 함께 기도하겠습니다."

모두들 숙연한 분위기에 젖어들었다. 침묵 속에서 애드문은 브루노 박사 덕택에 지구가 둥글다는 사실을 항해에 활용하여 다른 항해사들보다 일찍 대권항법을 터득했음을 되새겼다. 대권항법은 지구상의 두 지점을 잇는 최단거리를 계산하여 항해하는 방법이다.

에릭손 선장이 헛기침을 하며 분위기를 되돌렸다.

"자, 이제 어떻게 하실 작정이십니까? 저는 물론 여러분들을 아카풀코 항까지 안전하게 모셔드릴 것입니다만, 그 외에도 부탁하실 일이 있다면 기꺼이 도와 드리겠습니다. 애드문 선장님은 제 생명의 은인이니까요."

애드문이 얼굴을 붉히며 손을 내저었다.

"이제 그런 말씀 마십시오. 이번에 저의 생명뿐만 아니라 저의 소중한 친구들인 크리스전 씨와 미라 씨의 생명까지 구해 주셨으니 오히려 제가 에릭손 선장님에게 큰 빚을 졌습니다."

에릭손 선장도 손을 내저으며 진심이 담긴 목소리로 말했다.

"필요하신 것들이 있다면 부담 갖지 말고 말씀해 주시면 고맙겠습니다. 애드문 선장님을 도울 수 있는 기회를 갖게 된 것은 저의 기쁨이고 영광입니다."

애드문과 에릭손 선장은 자리에서 일어나 악수를 하더니 굳게 포옹했다. 크리스전과 미라는 두 마도로스의 기막힌 우정과 의

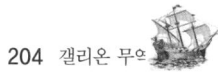

리를 경외심을 품고 바라보았다.
 애드문이 다시 자리에 앉으며 걱정스러운 표정으로 말했다.
 "멕시코에 도착하는 대로 유다양과 헬리를 고소하고 싶은 데 증거서류들을 모두 오리엔트 호에 두고 내렸습니다. 지금쯤 그들 손아귀에 들어 있을 것입니다."
 "증거가 없다면 힘든 싸움이 되겠군요."
 그러자 여태까지 두 사람의 우정 어린 얘기를 듣고만 있던 크리스전이 기력을 완전히 회복하지 못한 환자의 목소리로 조용히 말했다.
 "나는 이제 나이도 너무 많고 장사나 장거리 여행을 하기에는 무리라는 생각을 오래전부터 하고 있었습니다. 언제 어디에서 갑자기 숨을 거두게 될지도 모르구요. 그래서 몇 년 전부터 내 일을 거들고 있는 자식들에게 내가 어떻게 일을 성사시켰는지 또는 시행착오를 겪었는지 그 과정과 결과를 간단히 적은 편지와 계약서 같은 결과물들을 마드리드에 있는 큰 아들에게 보내곤 했습니다. 우리들의 동업계약서와 도면은 마닐라에서, 비밀 합의문은 하갓냐 항에서 마드리드로 보냈으니 큰아들이 받아서 잘 보관하고 있을 것입니다."
 "그러셨군요! 정말 잘 하셨습니다!"
 애드문은 병과 싸우느라 앙상해진 크리스전의 손을 잡고 안도했다. 에릭손 선장이 미라에게 물었다.
 "미라 씨라고 하셨나요? 중국인과 일본인은 많이 만나 보았지만 조선인은 처음입니다. 제가 만난 동양인들 누구보다도 우리말을 더 잘하시더군요. 그런데, 미라 씨가 부탁해서 실었기는 했습

니다만 저 많은 풀들과 뿌리들은 어디에 쓰실 것인가요?"

"일부는 식용으로 쓸 것이고 일부는 약을 조제할 때 쓸 것입니다. 주방장님과 상의하도록 해 주십시오."

미라가 조신하게 대답했다. 에릭슨 선장이 보기에 그녀는 자그마하지만 군살이 전혀 없어 날씬한 체구에 보름달처럼 둥근 얼굴, 곱게 빗어 땋아 올린 검은 머리에 비녀를 꽂아 40대 중반이라고 보기 어려울 만치 젊고 우아한 모습이었다. 그러나 그녀가 미소를 지을 때마다 드러나는 아름다움 뒤에는 숱한 세파를 헤쳐 나온 고단한 삶의 그늘이 어려 있었다.

크리스전이 참견했다.

"오리엔트 호에서는 지난 한달 동안 나를 포함하여 여러 명의 환자가 발생했었는데 미라 씨가 치료해줘서 모두 나았습니다. 선원들 중에는 미라 씨를 마녀라고 의심하기도 했지만 제가 보기에는 약과 약초를 다루는 비범한 재주가 있어서 두려움과 경외심 때문에 그런 상상을 한 듯합니다. 그리고 동양의 약 효과가 서양의 약보다 탁월한 것 같습니다. 신비롭기도 하고요."

애드문도 미라를 향하여 환한 미소를 지으며 거들었다.

"허준이라는 조선인 의사가 얼마 전에 《동의보감》이라는 책을 내었습니다. 그 책을 우연히 구해 미라 씨의 도움을 받으며 읽고 있는데, 인간을 자연의 일부로 믿고 병의 원인을 자연과 더불어 살아가는 생활 속에서 찾더군요. 그러니 온갖 병의 치료방법도 자연에서 찾고 있음을 알게 되었습니다. 모든 병의 원인과 치유를 신의 의지에서 찾고 있는 우리 서양인들과는 근본적으로 다른 사유체계였습니다. 우리가 동양문화를 제대로 이해하지 못

하고 있으니 신비롭게 보일 것입니다. 그러나《동의보감》을 공부하며 지난 두 달간 곰곰이 생각해 보니 인간을 자연의 일부라고 깨닫는 순간 신비롭다고 생각되었던 것들이 더 이상 신비로울 것도 없고 당연하게 느껴지더군요. 미라 씨가 알고 있는 병의 치료법은 모두 다 그 책에 나와 있을 것이고, 우리 배에 실어 둔 것과 같은 자연에서 나올 것이라고 믿고 있습니다. 미라 씨는 허준 선생의 제자거든요."

세 사람은 존경의 눈빛으로 쳐다보아 미라를 쑥스럽고 계면쩍게 만들었다. 갑자기 고향이 그리워졌고 스승의 안부가 궁금하여 가슴이 먹먹해졌다. 얼른 고개를 돌려 자리에서 일어나 주방으로 가 보겠다며 서둘러 나갔다. 눈물을 감추려고 그랬는데 미라의 속마음을 알길 없는 에릭슨과 크리스전은 수줍음을 많이 타고 겸손해서 그렇다고 생각했다. 애드문 만은 미라의 가슴속 아픔을 꿰뚫고 있었기에 이번에도 허준 선생의 타계 소식을 전해주지 못해 미안했지만 애써 잘한 일이라고 자신을 다독였다.

15

천측항해 天測航海

타릿파 호는 더 이상 오리엔트 호를 뒤따르지 않고 곧장 아카폴코로 향했다. 돛들은 순풍을 받아 신나게 부풀어 올랐다. 그동안 오리엔트 호를 뒤쫓느라 잃어버린 시간을 만회하기 위해 힘차게 물살을 가르며 항진航進했다.

에릭손 선장의 요청으로 애드문은 거의 매일 조타실에 올라가서 타릿타 호의 항해사들에게 배의 위치를 계산하는 방법과 항해요령을 가르쳤다. 그는 독일 천문학자 요한 바이어가 1603년에 출간한 항성지도책《우라노메트리아》에 기재된 항성들 중에서 특히 항해에 필요한 항성들을 대부분 기억하고 있었다. 그래서 그는 별들을 이용하여 배의 위치를 계산해 내는 데에 특출했고 그가 계산한 위치는 그 당시의 어느 항해사보다도 정확했다.

낮 동안에는 태양의 빛에 가려 다른 별들을 관측할 수 없기 때문에 태양만 가지고 위치를 계산해야 했다. 그러나 밤에는 달

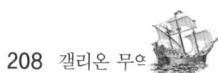

뿐만 아니라 금성^{venus}, 수성^{canopus}, 직녀성^{vega}, 북극성^{polaris}, 남십자성^{crux}, 백양궁^{aries}, 목성^{jupiter}, 화성^{mars}, 토성^{saturn} 등 여러 행성들의 위치를 거의 동시에 관측하여 더욱 정확하게 위치를 계산하곤 했다.

애드문의 계산으로는 이 낯선 섬에서 아카폴코 항까지는 약 3,500마일이 나왔다. 며칠 전부터 뒤에서 불어주던 바람이 약해지고 있으니 평균 4노트의 속도를 감안하면 36일이 걸릴 것이므로 폭풍우를 만난다거나 배에 침수가 생긴다거나 하는 특수한 사정이 생기지만 않는다면 7월말까지는 목적지에 도착할 듯 했다.

애드문이 항해의 길잡이로 가장 친숙하게 찾는 별자리는 오리온이었다. 달의 여신 아르테미스를 사랑한 대가로 그녀의 화살에 맞아 죽음을 당한 사냥꾼 오리온. 둘의 결혼을 반대한 오빠 아폴론의 계략으로 아르테미스는 오리온인지도 모르고 그에게 활을 쏘았다는 전설이 남쪽의 밤하늘에서 그 별자리를 찾을 때마다 떠올랐다.

전설에 따르면 오리온은 바다의 신 포세이돈과 달의 여신인 에우리알레의 아들로 바다 속을 걸을 수 있는 힘이 있었다. 그는 너무 거인이어서 바다 속에 들어가도 바닷물이 어깨밖에 닿지 않았다. 오리온의 아내 시데가 감히 제우스의 아내 헤라와 누가 더 아름다운지를 다투었다. (神들은 가끔 인간들보다 더 어리석다!) 그러다 질투 심하기로 유명한 헤라의 미움을 사서 죽은 다음에야 가는 영혼의 세계로 쫓겨났다.

아내를 잃은 오리온은 키오스 섬의 왕 오이노피온을 찾아 가서 딸 메로페에게 구혼을 하고, 그녀를 얻기 위해 섬 안의 야수

를 퇴치했으나, 왕은 약속대로 결혼을 허락하지를 않았다. 그러자 오리온은 술을 마시고 메로페를 겁탈하게 되고 (술은 신이든 인간이든 이성을 마비시켜 잘못을 저지르도록 유도한다), 오이노피온은 술에 취해 자고 있는 그를 장님으로 만들어 보복했다. 장님이 된 오리온은 "동쪽으로 가서 수평선으로부터 솟아오르는 태양 쪽으로 눈을 돌리면 된다"는 신탁神託을 받고 시력을 회복했다. 오이노피온에게 복수하려고 하였으나 사냥, 순결, 출산의 여신인 아르테미스의 설득으로 마음을 바꾸고 그녀와 함께 행복한 세월을 보냈다.

그러나 아르테미스 여신의 쌍둥이 오빠인 아폴론은 여동생이 그를 사랑하게 될까 걱정하여 거대한 전갈을 보내 그를 해치려 하자 오리온은 전갈을 피해 바다로 도망을 쳤다. 그러자 아폴론은 여동생에게 바다 멀리 보이는 검은 물체를 쏘아 맞춰 보라고 말하고, 그것이 오리온인지 몰랐던 아르테미스는 화살로 쏘아 그를 죽이고 만다. 아르테미스 여신은 매우 슬퍼하다가 오리온을 하늘의 별자리로 만들었다는 것이 전설의 결말이다.

애드문은 전설이긴 하지만 왜 아폴론이 여동생과 오리온의 사랑을 싫어했을까 나름 생각해 보았다. 제우스가 가장 사랑하는 아들인 아폴론은 '이성理性'을 대표하는 신이었고 사랑이 무엇인지 모르는 신이었다. 그래서인지 그는 한 번도 사랑에 성공해 본 적이 없었다고 한다. 애드문은 오리온 별자리를 볼 때마다 이성理性으로만 똘똘 뭉쳐 있어서 사랑의 가치를 모르고 감성이 메마른 자가 가까이 있다는 것은 축복이 아니라 오히려 저주일 것이라고 생각했다.

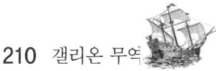

어느 날 새벽, 에릭손 선장 휘하의 수습 항해사에게 항해술을 가르쳐주고 나서 무심코 선미 갑판에 내려갔는데 그곳에 미라가 의자에 앉은 채 잠이 들어 있었다. 후덥지근한 선실의 공기를 피해 갑판에 나왔다가 서늘한 바닷바람에 저도 몰래 취한 것이리라. 그는 소리 나지 않게 방으로 들어가더니 해먹을 들고 나왔다. 그리고 선미 갑판에서 바람이 잘 통하는 쪽의 기둥 두 개에 그것을 걸었다.

미라의 어깨와 다리를 가볍게 양팔에 안아 올리고서 이동하는 데, 파도가 뱃전을 쳐서 잠깐 휘청거렸고 그 순간 그녀가 무의식중에 그의 목을 두 팔로 꼭 안았다. 그러자 애드문은 자신도 모르게 숨결을 꼬옥 움켜 쥐였다. 미라의 입술이 그의 볼을 살짝 스쳤고 그는 긴장하여 그녀를 안은 채 가만히 섰다. 얼굴을 살며시 돌리자 그의 입술과 미라의 입술은 종이 한 장 두께의 간격을 사이에 두었다. 그의 가슴속에서 희미한 동요가 일었다. 하지만 신비스러운 여인은 그에게 항상 신성한 생각만을 품게 해 주었다.

다시 고개를 돌리자 이윽고 미라의 향기로운 숨소리가 귓가에서 가늘어지면서 그의 목을 안고 있던 두 팔의 힘도 서서히 풀리기 시작했다. 그는 가만히 미라를 해먹 위에 눕혔다. 구름 사이로 흘러 내려온 새벽 달빛에 자고 있는 미라의 아름다운 모습이 또렷이 보였다.

애드문은 미라가 누워 흔들리고 있는 해먹에서 한 발치 떨어진 갑판에 누웠다. 뱃전에 파도가 부딪쳐서 철썩거리는 소리를 듣노라니 자기 마음에도 파도가 치는 것 같았다.

바다 위에 누워 별들을 쳐다보네.

파도를 타는 타릿파, 바람을 타는 해먹
그 파도와 바람을 타며
곤히 잠든 신비의 여인.
그녀 곁에 누워 별을 헤며
상념에 젖은 사내

저 별들 중에서
가장 사랑스러운 별 하나
길을 잃고
사내 앞에 내려앉더니
깊은 꿈에 잠겼네.

나는 별을 향해 '천천히 밝아라!' 말했으나
새벽은 서둘러 와 밤을 내쫓는다.
―알퐁스 드 라마르틴

애드문 일행이 승선한 후 보름 만에 병을 앓던 타릿파 호 선원들과 크리스젼이 완쾌되었다. 모든 선원들은 이틀에 한 번씩 미라가 권고한 대로 떨떠름한 잎사귀가 들어 있는 걸쭉한 죽을 먹었고, 옷과 침대보는 밝은 태양아래 갑판 위에서 말렸다. 그랬더니 목적지에 도착할 때까지 환자가 한 명도 나오지 않았다.

미라가 선원들에게 권했던 이 잎사귀는 훗날 모링가^{Molinga}로 밝

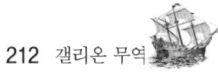

혀졌다. 이 나무는 콩과 식물로 나뭇잎, 열매는 물론 나무 전체를 약용으로 쓰는 열대성 나무다. 비타민, 무기질, 아미노산, 칼슘과 철성분이 풍부하여 기적의 나무라고도 부른다.

16

아카풀코 항, 보복과 응징의 시작

　7월 22일, 타릿파 호는 목적지인 멕시코의 아카폴코 항에 예정보다 일주일정도 일찍 도착했다. 아카폴카 항은 마젤란이 필리핀을 발견했던 때보다 10년 후인 1531년 스페인 선장 메르난 코르타스가 발견하여 1550년에 스페인 정착촌이 건설되었고 그 후 인구가 계속 유입되어 벌써 삼만 명이나 되는 큰 도시가 되어 있었다.

　부두에는 애드문 소유의 셀로나 호가 벌써 두 달 전에 도착하여 이미 후추를 부두에 모두 내린 후 마닐라로 싣고 갈 은과 필리핀에 살고 있는 스페인 인들의 생필품들을 싣고 있는 중이었다. 화물창의 일부를 개조하여 멕시코에서 마닐라로 갈 예정인 승객들을 위한 선실로 활용하였고 승객 50명도 이미 예약되어 있었다.

　애드문과 크리스전 그리고 미라가 에릭손 선장에게 고맙다는

작별인사를 나누고 부두 근처에 있는 포르테라는 이름의 여관에 투숙했다. 크리스전은 마드리드에 있는 아들에게 전보를 보내어 오리엔트 호와 관련된 서류를 챙겨서 최대한 빨리 아카폴코 항으로 오라고 지시했다.

애드문은 우선 셀로나 호에 가서 애드문의 지시대로 좋은 가격에 후추를 판매한 마누엘 선장과 선원들에게 급여와 보너스를 두둑이 주었다. 그리고 항해 중에 괴혈병으로 숨진 두 명의 선원 유가족들에게 급여와 위로금을 전달하도록 지시했다.

그런 다음에 상인들 조합을 찾아가 자신과 크리스전이 오리엔트 호의 공동소유자임을 알렸다. 오리엔트 호가 도착하면 그 배 안에 있는 모든 화물들은 재판이 끝난 후 거래될 수 있으니 판사의 지시 없이 거래해서는 안 된다고 일러두었다.

세관에도 미리 신고해 두었다. 그리고 아카폴카의 치안을 책임지고 있는 로베르토 검사를 찾아가 유다양이 자신과 크리스전 그리고 미라를 낯선 무인도에 유기했다고 고소했다. 그리고 헬리와 유다양의 이력도 조사해 줄 것을 부탁했다.

미라는 애드문에게서 받은 항해수당을 가지고 시장에 갔다. 에릭손 선장의 친절에 대해 보답하고자 괴혈병을 치료할 수 있는 환약을 만들기 위해서였다.

아카폴카 항에서도 여관과 선술집들 그리고 시장에서 선원들과 상인들이 뒤섞여 시끄러운 소리가 끊이지 않았고, 먼지 섞인 후덥지근한 공기가 가득했다. 그들은 서로의 물건들을 교환하면서 1616년 하반기에 세계의 여러 나라들에서 벌어지고 있는 새

로운 소식들도 교환하고 있었다.

스페인에서는 1598년에 즉위한 펠리페 3세 황제와 귀족들이 국정에는 관심이 없고 신대륙에서 채굴된 막대한 은을 들여와 사치와 향락에 빠져듦으로써 점차 국력이 쇠약해져 가고 있었다.

가톨릭교에 반대하여 급속도로 확장되던 개신교도들이 네덜란드 북부 지역을 중심으로 종교적 관용을 독립의 명분으로 삼아 1568년부터 벌인 독립전쟁도 점차 스페인에 불리하게 전개되고 있었다. 종교적 자유가 허용될 것을 기대한 경제력과 기술력을 갖춘 이민자들이 암스테르담을 포함한 네덜란드 북부지역으로 몰려들어 인구가 급격히 증가하고 있었고, 새로운 상업과 공업의 중심지역으로 탈바꿈하고 있었다.

영국에서는 셰익스피어의 사망 소식을 알렸고, 엘리자베스 여왕의 뒤를 이은 제임스 1세가 점점 강해지고 있는 시민계급을 중심으로 한 의회와 자주 다툼을 벌이고 있었다. 특히 청교도들에게 영국성공회로 개종할 것을 강요하는 등 독재정치를 펴고 있어서 왕은 백성들로부터 인기가 없었다.

프랑스에서는 루이 13세가 성년이 되고서도 섭정을 하는 어머니 때문에 권력에 소외된 것에 분개하고 있었다. 왕의 어머니 마리 드 메디시스는 유럽에서 은행업과 대부 업을 거머쥐고 있던 메디치 가문 출신으로 앙리 4세의 왕비였는데, 남편이 암살당하고 어린 아들의 섭정을 하게 되자 남편의 모든 정책을 파기했다. 종교적으로는 로마가톨릭을 강력히 옹호하여 한창 융화를 도모 중이던 가톨릭과 개신교도들 사이를 이간질해 싸움을 부추겼을 뿐만 아니라 프랑스와 적대관계였던 합스부르그 가문과 혼인정

책을 취했다.

  루이 13세의 분노는 1617년에 폭발하여 결국 어머니를 유폐시키고 그녀의 충신을 암살했으며 충신의 아내를 마녀로 몰아 화형에 처했다. 이 시대의 이야기는 훗날 알렉산드르 뒤마가 펴낸 소설《삼총사》의 배경이 되기도 한다.

  그러나 가장 많은 사람들의 입에 오르내리던 흥미로운 뉴스는 단연 북아메리카의 인디언 공주 포카 혼타스에 대한 이야기였다. 포카 혼타스 공주는 그녀 나이 12살이었던 1607년 영국인 스미스 씨의 목숨을 구해주는 등 그 이후로도 영국인들에게 많은 호의를 베풀어 주었다. 그러나 영국인들은 공주를 납치하여 자신들의 이익도모를 위해 이용하였고 포로로 잡혀 있는 동안에 영국인과 결혼하게 되었다. 1616년 런던버지니아회사에서는 매력적인 인디언 왕의 딸을 이용하여 회사의 사업을 선전하기위해 그녀를 남편과 함께 영국으로 데려갔다. 그래서 영국의 사교계에서는 21살의 불쌍한 인디언 공주에 대한 얘기가 단연 화제였다. 그러나 안타깝게도 공주는 1년 뒤에 영국에서 병에 걸려 객사했다. 그때 그녀 나이 겨우 22살이었다. 그녀의 짧은 삶은 선의를 가진 아메리카 원주민들을 유럽인들은 얼마나 악의적으로 이용하였는지에 대한 좋은 사례가 되었다.

  멀리 하늘 위에는 갈매기들이 편지처럼 날개를 펴며 날카로운 소리를 질러댔다. 그들도 선원들과 상인들처럼 픽션만큼 거짓이 숨겨진 역사를 전하는 듯 했다.

  한편, 세 사람을 무인도에 유기한 채 멕시코를 향하여 항해 중

인 오리엔트 호에서는 잡음이 끊이지 않았다. 조타실에서는 예정보다 길어지는 항해에 걱정과 불만을 품은 헬리가 배의 위치를 계산하는 방법과 침로설정을 가지고 누가 옳으니 하면서 거의 매일 유다양과 옥신각신 했다. 요즘처럼 전자장비와 인공위성의 도움으로 망망대해에서도 정확한 위치를 받을 수 있거나 계산할 수 있는 시절이 아니었다. 체계적인 항해교육을 받지 못하고 선임자들의 경험에만 의존하여 대충 배웠던 헬리와 유다양 같은 항해사들이 태양과 달과 별들만 가지고서 위치를 계산해야 하는 시절이었으니 오죽했겠는가!

　머리가 둔하지 않았지만 게을렀고, 항해술 보다는 재물에 대한 욕심만을 가슴 가득히 채우고 있었던 유다양과 헬리는 둘 다 항해술과 위치 계산법이 서툴렀고 자신이 없었다. 그래서 어떤 날은 유다양의 의견에 따라 침로를 잡고 또 다른 날에는 헬리의 의견을 좇아 침로를 잡았다. 그래서 오리엔트 호의 긴 항적은 에릭슨 선장의 표현대로 그야말로 지그재그 식이었다. 당연히 선원들의 불안은 가중되었다.

　무인도를 떠난 직후부터 헬리가 슬슬 아프기 시작했다. 손바닥과 발바닥을 포함하여 몸 전체에 발진이 나타났고 그의 성기 주변은 헐어서 금세라도 피가 터져 나올 듯 했지만, 차마 바지를 벗어 남들에게 보이지는 못했다. 며칠 동안 두통으로 식사도 못할 정도가 되다가도 그 후 며칠 동안은 호전되는 듯이 보이기도 했다.

　그로부터 며칠 후에 페냐에게도 똑같은 일이 벌어졌다. 유다양

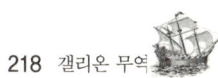

과 제인은 하갓냐 항을 떠난 며칠 후에 그러한 증상을 보였지만 고통스럽지는 않았다. 이 성병은 1493년경 콜럼부스의 원정대가 신대륙에서 병균을 옮겨와 처음으로 스페인에 퍼뜨린 것으로 믿어지고 있었다.

이 병은 훗날 매독이라는 이름으로 알려졌고 효과적인 치료제는 1900년도에야 나왔을 정도로 당시에는 일단 걸렸다하면 대책 없이 고통을 당하다 죽어가는 수밖에 없었던 저주받은 병이었다.

선원들은 그들 네 사람의 난잡한 교접 때문일 것이라고 짐작했지만 아무도 대놓고 말하지 못했다. 일부 선원들은 나병癩病(한센병)으로 의심하여 그들의 살갗에 닿지 않도록 슬슬 피해 다녔다.

그리고 선원들 가운데서도 괴혈병 환자가 계속 늘어만 갔다. 미라에게서 빼앗은 환약은 매독에 걸린 유다양과 헬리가 다투어 먹어치워 버렸기 때문에 병에 걸린 선원들은 그들 스스로 항구에서 구입했었던 일명 〈유니콘 가루약〉을 복용할 수밖에 없었다. 그러나 환자 선원들은 아무도 회복되지 못했고 오리엔트 호가 멕시코에 도달하기 전에 다섯 명이나 죽어서 수장해야 했다.

무인도에 유기한 세 명의 애드문 일행과 다섯 명의 병사病死한 선원들이 입을 덜어주기는 했어도, 예정보다 길어지는 항해 때문에 식량과 식수가 심각하게 부족한 지경에 이르렀다. 페냐가 수시로 조타실에 올라가서 배의 위치와 언제쯤 목적지에 도착할 수 있을지를 물어 보았으나 유다양과 헬리의 대답은 매번 일치하지 않았다.

그래서 페냐는 선원들에게 제공하던 식사와 식수의 양을 여태

까지의 1/5로 줄였다. 유다양과 헬리의 식사와 식수도 1/3만 제공하겠다고 통보했다. 이러한 결정은 선장이나 선주의 권한이었지만, 페냐의 영향력이 막강한 데다 그의 결정이 합리적이었고, 선원들로부터 선장으로서의 자질에 대한 존경과 권위를 제대로 받지 못하고 있기 때문에 유다양과 헬리도 군말 없이 따를 수밖에 없었다.

선원들은 배고픔과 목마름을 참느라 유다양과 헬리에게 불만이 많았지만 페냐가 자숙하라는 눈치를 주자 더 이상 동요 하지 않았다.

목적지에 도달했어야 할 날짜를 한 달 보름이나 넘기고서야 육지가 시야에 들어왔다. 그런데 입항 할 목적지 아카폴카 항이 아니었다. 육안으로 보이는 해안선과 해도에 나타나 있는 해안선을 비교해보니 오리엔트 호는 아카폴카 항보다 훨씬 북쪽에 있었다. 하는 수 없이 오리엔트 호는 남쪽으로 침로를 바꾸어 멕시코 해안선을 따라 항해를 계속했다.

그러던 며칠 후 조그마한 포구를 발견했다. 오리엔트 호는 포구 입구까지 접근한 후 페냐와 여덟 명의 선원들이 애드문의 돈으로 구입했던 비단과 후추를 보트 세 척에 잔뜩 싣고 육지로 나갔다. 선원들이 비단과 후추를 얼마간의 식량과 식수로 바꿔 싣고 돌아오자 오리엔트 호에는 오랜만에 생기가 도는 듯 했다. 배는 돛을 올려 멀리 보이는 해안선을 따라 또다시 남쪽 방향으로 항해했다.

며칠을 더 항해해도 목적지가 나오지 않았고 날씨마저 줄곧 궂기만 했다.

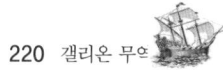

"정말 지긋지긋하군!"

매독 균과 싸우느라 지쳐 헬쑥해진 제인이 답답하여 갑판에서 돛 포를 수선하고 있는 선원에게 다가가서 물었다.

"도대체 언제쯤 아카풀코 항에 도착할 수 있어요?"

선원이 퉁명스럽게 대답하기를,

"너무 북쪽에 와버려서 보름 정도 더 남쪽으로 항해해야 한대요. 헬리 선장님도 자주 그랬잖아요. 그런데 지금의 애송이 선장님이야 오죽 하겠어요?"

비쩍 마른 선원의 벌어진 입술 사이로 충치 먹은 까만 비웃음이 엿보였다.

1616년 9월 10일, 오랜 항해로 지친 오리엔트호가 드디어 멕시코의 아카풀코 항에 도착했다. 4-5개월 예정이었던 항해가 7개월이나 걸렸다. 돛 포들은 제때 수선하지 못했는지 군데군데 구멍이 나고 찢어져 있었고 외판과 갑판들도 청소를 하지 않아 오물과 쓰레기 썩는 냄새로 악취가 진동했다. 멀리서 보기에도 불결하기 짝이 없어 병든 자들과 거지들이 우글거리는 유령선 같아 보였다.

어쨌든 오리엔트 호는 예정보다 두 달 이상 늦게 도착했다. 항구 안의 부두에는 세 척의 갤리온 선들이 접안하여 화물들을 싣거나 내리고 있었고 수 십 척의 작은 선박들도 정박해 있었는데 그 중에 타릿파 호가 눈에 들어왔다. 오리엔트 호보다 훨씬 늦게 하갓냐 항을 출항했을 것이 분명한데 아카풀코 항에 먼저 도착한 것이다. 유다양과 헬리는 자신들이 관리하는 배의 악취와 불

결함 때문인지 아니면 항해에 대한 무능력이 드러났기 때문인지, 아니면 그 두 가지 이유 때문인지 부끄러움을 느꼈지만 내색하지 않으려 애썼다.

갤리온 선 세 척 중 어느 한 척이 출항해야만 오리엔트 호가 부두에 접안할 장소가 생기기 때문에 항구안쪽의 바다에 닻을 내리고 며칠간 대기해야 했다.

유다양은 화물을 구매할 상인들이 찾아오면 협상하겠다며 선내에 남기로 했고, 헬리와 제인은 일주일 정도 멕시코시티에 있는 제인의 부모를 만나러 다녀오겠다며 떠났다. 헬리가 부두 끝으로 사라지는 뒷모습을 주시하면서 유다양은 음흉한 미소를 지었다.

'상인들이 찾아오면 재빨리 흥정하여 화물들을 처분한 후 페냐를 구슬러서 출항해버리자. 그런데, 만약 페냐가 나의 제안을 거절하면 어떻게 하지? 흠 …… 그때는 화물과 오리엔트 호도 한꺼번에 팔아치우고 그 돈을 가지고 어디로든 도망쳐 버리자. 흐, 흐, 흐……'

그러나 일주일이나 넘어 헬리와 제인이 오리엔트 호에 돌아올 때까지도 상담이나 거래를 하기 위해 오리엔트 호를 찾아 온 상인은 한 사람도 없었다.

헬리와 제인은 멕시코시티에 도착하자마자 제인의 부모에게 밀수한 보석들을 일부 넘기고 제법 큰 액수의 이익을 챙겼다. 일부 진귀한 보석들은 제인에게 은밀히 보관하여 두도록 부탁했다.

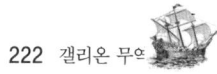

그것까지 다 팔게 되면 현금이 너무 많아 들고 다니기 불편하고 위험할 것이기 때문이었다. 그리고 보석 값이 계속 오르고 있기 때문에 몇 년 뒤에 파는 것이 더 유리할 것이라는 계산도 해 두었다.

헬리는 수중에 들어온 현금의 일부를 그 도시에서 가장 유명하다는 의사를 찾아가 그들이 앓고 있는 성병을 치료하는 데에 썼다. 그리고 수은이 든 이상한 약만 잔뜩 들고 아카폴코 항으로 부랴부랴 되돌아왔다. 그들이 부두에 도착하자 마침 짐을 다 실은 갤리온 선 한 척이 출항하여 오리엔트 호는 그제야 부두에 접안할 수 있었다.

헬리는 들고 온 약을 열 배의 차액을 남기며 유다 양과 페냐에게 팔았다. 매독에 걸린 네 사람. 유다양, 헬리, 페냐 그리고 제인. 그날 이후부터 수은이 함유된 약을 장기간 복용했지만 발진과 두통과 같은 증세를 다소 누그러뜨렸을 뿐 당시의 그따위 처방전으로는 고칠 수 있는 병이 아니었다.

9월 19일. 아침부터 날씨가 흐려 금세라도 비가 내릴 것 같고 음산한 바람이 일었다. 유다양과 헬리는 뭔지 모를 불안감과 초조함을 느꼈다. 서둘러 아침 식사를 마친 두 사람은 아카폴코 항에서 가장 이름난 도자기 상인인 마틴을 찾아갔다.

그러나 그들을 맞이한 마틴은 거래하고자 하는 화물에 대해 두 사람의 설명이 끝날 때까지 심드렁한 표정으로 기다렸다가 퉁명스럽게 말했다.

"오리엔트 호에 실려 있는 모든 화물은 네 사람 동업자의 소유

로 세관에 신고 되어 있던데요? 그것은 동업자 네 사람이 공동 서명한 판매 대리인이 나타나지 않는 한 아무도 그 배의 물건들을 부두로 내릴 수 없고 살 수도 없다는 것을 의미합니다."

유다양이 화들짝 놀라 당황한 기색을 드러내며 물었다. 긴장된 목소리였다.

"무슨 말씀을 하고 계시는 것입니까? 선장인 내가 바로 그제 세관에 신고했었는데……. 어처구니가 없군요. 오리엔트호의 선장은 나 유다양입니다. 여기 증빙서류가 있다고요."

유다양이 자신이 서명한 오리엔트호의 화물적재 목록을 마틴의 코앞에 바짝 들이 밀었다. 유다양 곁에서 불편해 보이는 자세로 앉아있던 헬리도 핏기가 사라진 창백한 얼굴을 하고서 떨리는 목소리를 억지로 진정시키며 거들었다.

"오리엔트 호는 나와 유다양 선장 공동소유이고 거기에 실려 있는 모든 화물도 우리 두 사람의 공동소유입니다. 도대체 누가 그따위 허위 신고를 했단 말입니까?"

마틴이 고개를 갸웃거리며 두 사람을 번갈아 쳐다보았다.

"애드문 씨입니다."

그 말에 유다양이 기절할 듯이 놀라서 외쳤다.

"네? 애드문이라고 하셨소?"

헬리도 얼굴이 하얗게 질리어 이번에는 덜덜 떨리는 목소리로 말했다.

"아니…… 그 사람은 이곳에 있을 사람이 아닌데…… 도대체 어떤 놈이…… 그런 거짓말을 하고 다닌단 말이오?"

"애드문 선장과는 수년 간 거래하고 있기 때문에 내가 잘 알고

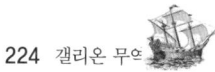

224 갤리온 무역

있고 한 달 전에 만났었소. 아직도 그 사람은 포르테 여관에 묵고 있을 것이니 가서 직접 확인해 보시구려."

애드문이 살아 있다는 것도 믿기 어려웠거니와 무인도에 버려졌던 자가 그들보다도 한 달이나 먼저 아카풀코 항에 도착했다니! 그것은 불가능했다! 도저히 있을 수 없는 일이었다!

마틴이 들려주는 애드문의 인상착의를 들으면서도 두 사람은 오히려 자신들의 귀를 의심하지 않을 수 없었고 연신 고개를 가로 저었다. 혼란스러워하는 머리와 두근거리는 가슴을 달래어 평정심을 유지하고자 무진 애를 썼다.

유다양과 헬리만이 오리엔트호의 공동선주이고 화물의 주인이라고 주장하면서 증거라며 들고 온 서류들을 모조리 탁자 위에 펼쳐 놓았다. 그러나 마틴은 그 서류들을 힐끗 내려다보았을 뿐 관심을 주지 않았고 오히려 얼굴을 찡그렸다. 그들의 집요함이 싫어서였기 때문인지 손바닥에 번져있는 발진을 쳐다보기 혐오스러웠기 때문인지 모를 일이었다.

다급해진 두 사람은 배 안에 있는 모든 화물들을 시세의 절반 값에 일괄적으로 넘기겠다는 파격적인 제안도 했다. 그들은 미소를 지었지만 어두움이 스쳤고 매독 때문에 발진이 돋아있는 이마에는 땀이 배어나오고 있었다. 필사적이었다. 마틴은 끝내 그들의 제안에 응하지 않았다. 세관 문제부터 먼저 풀어야 흥정할 수 있다고 했다.

극도로 허탈하고 불안해진 마음을 품고 배에 돌아와 보니 오리엔트 호 안에서 한 바탕 난리가 났었다고 제인이 울먹이며 보고했다. 두 사람이 마틴을 설득하기 위해 기를 쓰고 있는 동안에

세관원들과 보험사 직원들이 배에 들이닥쳐 화물들과 유다양이 서명하여 제출했던 화물적재 목록을 하나하나 대조하며 조사했고, 조타실안과 선장실에 보관 중이던 배의 설계도면을 압수하여 가져가 버린 것이다. 게다가 비밀 창고 두 곳도 조사하고는 그 화물들은 왜 화물적재 목록에 기재되어 있지 않느냐고 캐묻고 갔다고 했다.

페냐는 침실에 숨겨 두었던 고양이 발바닥만 한 크기의 황금돼지와 어른들 새끼손가락 크기의 은괴 두 개가 발각되어 더 조사할 게 있다며 세관원이 데려 갔는데 아직 돌아오지 않았다고 했다.

은괴 하나는 유다양과 헬리가 애드문의 암살을 사주할 때 주었고, 또 하나는 애드문 일행을 낯선 섬에 유기하는 데 협조한 대가로 주었던 것인데…… '황금돼지는 또 뭐야? 이 녀석이 그동안 나 몰래 식량을 빼돌려 판 돈으로 황금 밀수를 하고 있었던 것이로군!' 헬리는 페냐가 그동안 자신을 속이고 밀수행위를 한 것에 커다란 배신감과 분노를 느꼈다. 그 자신이 노련한 밀수꾼이라는 사실은 까맣게 잊은 듯 했다.

상황이 위험하게 돌아가고 있다는 것을 직감한 유다양은 항해사에게 명령하여 모든 선원들은 즉시 배에 복귀하여 출항 준비를 하라고 시켰다. 그러나 부두 인근의 선술집에서 창녀들 치마 속과 술독에 빠져 있던 대부분의 선원들은 농담으로 치부하면서 웃어 넘겼다.

"화물을 하나도 하역하지 않았는데 출항한다고요? 도대체 어디로? 왜?"

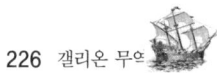

"거 무슨 헛소리를 지껄이는 거요? 항해사 양반, 여기 앉아 우리하고 술이나 한잔 합시다!"

그들은 항해사가 전하는 선장의 개뼈다귀 같은 명령을 술집 앞에서 어슬렁거리는 개들에게 던져주었다. 오리엔트 호에 승선하고 있을 때에는 선장과 페냐가 규율을 잡으면서 선원들을 자제시키고 있었지만, 낯선 항구에 정박하면 고분고분하지 않고 음란해지는 선원들이 더러 있게 마련이다. 아닌 게 아니라 부두 이곳저곳에는 비실대며 돌아다니는, 다른 배들에서 내렸음직한, 술에 취한 선원들을 쉽게 볼 수 있었다.

일곱 달 동안의 오랜 항해는 흙과 술 그리고 여체에서 풍기는 유혹을 거부하기 힘들 정도로 그들의 정신을 나약하게 만들어 놓았다. 게다가 상륙해서까지 선장이나 페냐의 구속을 받을 이유가 그들에게는 없어 보였다. 구름이 벌거벗은 달을 살며시 열어젖힐 때쯤에 그들은 이미 거나하게 취한 상태였다.

풋사랑의 흥정과 짜릿한 향락이
선원들의 열정을 고조시키네.
구릿빛 창녀들이 화장한 매춘 굴
술에 취한 허세
매스꺼운 땀과 뒤섞인 무의미한 돈
그리고 거듭된 타락
선원들의 지친 가슴에는
잔인한 파도와 열병이 우글대는
바다의 물마루를 타고

끝없이 자맥질을 한다네.

유다양과 헬리가 발을 동동 구르며 밤 10시가 넘도록 기다렸어도 그 시각까지 오리엔트 호에 복귀한 선원은 총 56명 중에서 17명에 불과했다. 세관에 잡혀간 페냐의 소식은 들려오지 않았으나 황금돼지를 그들 몰래 숨기고 있었다는 사실에 배신감을 느낀 터라 구출해서 함께 도망치고 싶은 생각이 추호도 없었다. 가까운 항구까지 일주일 정도 항해하려 해도 최소한 서른 명은 태워야만 가능했기에 그 상태로 당장 출항할 수는 없었다.

구름들이 잠시 달을 감추었고 하늘에는 별들만 총총했다. 어두운 바다 위를 스쳐 지나온 소금기 짭짤한 바람이 스산하게 불어와 유다양의 마음을 더욱 초조하게 만들었다.

그날 밤 자정이 가까워진 시각에 느닷없이 애드문이 미라와 길버트를 대동하고 오리엔트 호가 정박해 있는 부두에 나타났다. 길버트는 14년 전 해적선에서 구조된 노예였는데, 당시 10대 초반의 소년이 어느덧 어엿하고 늠름하게 성장하여 애드문 소유의 셀레나 호에서 이등항해사로 일하고 있었다. 눈이 날카로웠고 이마가 훤칠했으며 용기와 재치, 판단력을 가지고 있어서 애드문이 총애하며 항해술과 각종 무술을 가르쳤었다. 애드문과 길버트는 긴 칼을 차고 있었고 총까지 휴대하고 있었다.

마침 보름달이 맑은 하늘에 먼저 나온 별들에게 모두 뒤에 숨어 있으라고 명령했는지 부두와 오리엔트호의 갑판에는 온통 달빛만이 무성하여 훤했다. 선원들은 애드문의 유령이 나타났다고 수군대며 두려움을 감추지 못했다. 그들이 마녀라고 의심했던 미

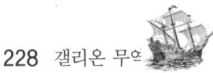

라의 창백한 모습을 뱃전에 몸을 숨기며 훔쳐보았다. 그들은 마치 단체로 오한이라도 난 것처럼 선원들 사이로 두려움과 떨림이 퍼져 나갔다.

부두와 오리엔트 호의 갑판에 팽팽한 긴장감이 흐르고 있는 중에 보고를 받은 유다양과 헬리가 허겁지겁 갑판으로 튀어 나왔다. 마틴에게서 애드문이 생존하여 아카폴코 항에 먼저 와 있다는 말을 들은 바 있었지만, 두 사내 모두 실제로 애드문의 얼굴을 보게 되자 놀라서 외마디 비명소리를 지르며 얼굴이 새빨개졌다. 두근거리는 가슴은 전율이 되어 몸을 떨게 했고 등골에서는 식은땀이 흘렀다. 선원들이 유다양과 헬리가 심장마비를 일으켰다고 생각할 정도였다.

정신을 가다듬은 유다양이 겁에 질려 있는 선원들에게 지시했다.

"냉큼 뛰어가서 애드문, 크리스전 그리고 미라의 소지품을 모조리 걷어 와라. 어서!"

그러나 아무도 움직이려 들지 않았다. 너무 놀라고, 또 불안과 공포에 휩싸여 선원들은 반쯤은 정신이 나가 있었던 것이다. 헬리가 유다양의 손을 이끌어 선실 안으로 들어갔다.

잠시 후, 유다양과 헬리는 들고 나온 세 사람의 소지품들을 애드문이 보는 앞에서 부두에 내동이 쳤다.

"애드문, 네 이놈! 이것들을 가지러 지옥문을 빠져나왔다면 다 가지고 당장 지옥으로 꺼져!"

유다양이 쉰 소리로 고래고래 악을 썼다. 그의 목젖이 찢어지는 듯한 고통도 함께 배어 나왔다. 그러나 그의 목소리는 떨리고

있었다. 그의 손에 들려진 총부리도 벌벌 떨고 있었다.

　그로써 유다양과 헬리는 애드문에게 용서를 구하고 화해할 수 있는 마지막 기회마저 지옥으로 보내 버렸다.

　애드문 곁에서 애드문을 호위하듯 늠름하게 서 있던, 키가 훤칠하고 체격이 건장한 길버트가 뱃전에 바짝 다가서더니 둘둘 말아 묶은 서류뭉치를 헬리 쪽으로 던졌다.

　미라의 고운 얼굴에 또 다시 분노의 눈물이 흘러내려 달빛에 반짝였다. 그녀는 길버트와 함께 묵묵히 부두에 버려진 책들과 소지품들을 챙겼다. 집어 든 책들 중에서 문득 《햄릿》이라는 제목의 책에 접혀진 페이지를 펼쳤더니 애드문이 밑줄을 친 듯한 글귀가 눈에 들어왔다. 순간 미라의 가슴 깊숙이에서 뜨거운 불길이 솟아올랐다.

　'죄가 있는 곳에는 반드시 응징의 철퇴를 내리쳐야한다!'

　책에서 눈을 들어 올려다보니 애드문은 오리엔트 호와 연결되어있는, 배와 부두를 왕래하기 위해 걸쳐놓은 길고 두꺼운 판자의 부두 쪽 끝에 마치 동상처럼 고즈넉이 서 있었다. 뱃전에서 유다양은 숨을 죽이고 꼿꼿하게 긴장해 있었고, 그의 옆에 있는 헬리는 고양이한테 쫓기어 막다른 골목에 몰린 쥐새끼 마냥 몸을 잔뜩 움츠린 채 겁먹은 눈알을 굴리고 있었다. 애드문은 칼집이 묵직하게 달린 허리춤에 손을 얹고서 가소롭다는 듯이 두 사람에게 비웃음을 띄워 보내고 있었다. 그의 얼굴에서 눈을 떼지 못하고 있던 미라의 소망이 살포시 가슴을 적시었다.

　'저 분의 양 어깨에 덮여 있는 가벼운 달빛처럼, 저 분의 어깨

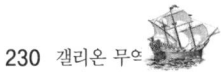

에 운명처럼 덮여 있는 짐의 무게도 달빛처럼 가벼웠으면…….'

이것이 미라가 이들 세 사람의 동업자를 함께 본 마지막 장면이었다. 밤이 어두워지고 있었고 그럴수록 달은 더욱 빛나고 있었다.

애드문 일행이 부두에서 사라진 후, 헬리는 길버트가 던져 준 서류를 들고 선실로 들어갔다. 그는 촛불 아래에서 서류를 조심스럽게 풀어보다가 소스라치게 놀라 바닥에 주저앉았다. 흥분으로 온몸을 부들부들 떨었다. 그 서류들은 다름 아닌 네덜란드 동인도 회사가 헬리를 사기죄로 고소했던 10년 전 판결문의 필사본과 살인혐의에 대한 소환장, 그리고 가정부 엠바의 진술서였다.

1602년에 설립된 네덜란드 동인도 회사는 당시 국가의 관리 하에 여러 개의 무역회사가 하나로 통합되어 운용되고 있었다. 그 무렵 헬리는 갤리온 선 두 척을 소유하고 있던 부유한 가문 출신 상인 페레스의 친구이자 선장이었다.

페레스는 서른 한 살의 젊은 나이임에도 식탐이 심하여 지나치게 비대해진 몸을 가지고 있었고 자주 앓아 누웠기 때문에 (요즘으로 치면 당뇨병을 앓고 있었다) 젊은 아내 조안은 항상 외로움에 시달렸다. 키가 크고 늘씬한 노총각이었던 헬리 선장은 외국에서 돌아올 때마다 진귀한 보석들을 페레스 몰래 조안에게 선물하면서 호감을 샀다.

그러던 중 페레스는 시력이 급속도로 나빠졌다.

심신이 몹시도 피곤한 어느 날, 페레스는 이미 불륜의 관계였

던 조안과 헬리가 은밀하게 준비한 서류에 내용도 모르는 채로 서명했다. 그 서류에는 페레스 소유의 갤리온 선 두 척을 조안 소유로 명의를 이전한다는 내용이 적혀있었다.

얼마 후 페레스는 세상을 떠났고 미망인 조안은 헬리와 재혼했다.

헬리는 조안의 갤리온 선으로 몇 차례 무역거래를 직접 챙겼지만 선장으로서의 경험만 있었지 상인으로서는 서툴렀던지라 계속 손해를 보고 말았다. 빚을 갚기 위해 헬리는 한 척을 처분하고 싶었지만 제 값을 쳐주겠다는 사람을 찾을 수 없었다.

그러다가 1604년 초에 동인도 회사와 갤리온 선 두 척에 대한 해상손해보험계약을 체결했다.

계약이 성립된 지 약 반년 후에 스페인 북부 해안에서 선원들과 공모하여 갤리온 선 한 척에 불을 지른 다음 동인도회사를 찾아가 자신의 배가 해적들에게 공격을 당하여 불타버렸다고 신고하면서 보험금 지불을 요구했다. 그러나 헬리가 설명하는 말에 동인도 회사 직원이 이상한 낌새를 포착했다. 회사에서는 헬리가 제출했던 서류들을 사설탐정에게 부탁하여 면밀히 감정했고, 그 결과 일부 서류가 위조되었음이 탄로났다. 게다가 불타서 침몰했다는 헬리의 갤리온 선은 다른 선주에게 헐값에 팔려 이름이 바뀌었다는 새로운 사실도 얼마 후에 발각되었다.

그러자 회사에서는 즉시 헬리를 사기죄로 고소했고 결국 1년 형을 선고받아 마드리드 형무소에서 복역했다.

조안은 자기 소유의 배를 불지르는 척 하고 헐값에 팔아넘기더니, 보험금을 타내기는커녕 오히려 유죄선고를 받아 교도소에

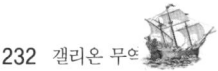

수감된 남편 헬리의 어리석음에 치를 떨었다.

그래서 헬리가 감옥에 있는 동안 다른 남자 친구를 사귀어 남아 있던 갤리온 선인 오리엔트 호를 운영하게 하고 있었다. 1년 형을 마치고 출소한 헬리가 조안에게 불같이 화를 냈고 조안이 두 번째 남편 헬리의 무능을 탓하며 대들었음은 당연한 순서였다.

헬리가 출소한 지 한 달 후부터 조안의 몸이 점점 야위어 가고 몸에 이상한 반점이 생기기 시작하였다.

또 다시 한 달 정도 지난 어느 날, 헬리는 눈에 띄게 수척해지고 힘이 없어 혼자서는 걸을 수조차 없는 조안을 마차에 태우고 가정부 한 명만을 데리고 이웃 마을 해안으로 소풍을 갔다. 그리고 그날 오후 조안과 가정부가 마차와 함께 해안가 절벽에서 추락하여 익사했다는 신고가 접수되었다. 헬리가 잠시 자리를 마련하는 동안 해안 구경을 다녀오겠다며 가정부가 마차를 몰고 가다가 사고가 났다는 것이었다.

조안의 시체는 일주일이나 후에 떠올랐는데, 물고기들이 뜯어 먹고 심하게 부패되어 시신의 형태는 거의 알아보기 힘들었다. 시체가 걸치고 있는 의상으로 조안임을 짐작했을 뿐이었다. 가정부의 시체는 끝내 발견되지 않았다.

그 후 헬리는 오리엔트 호를 타고 다니면서 직접 무역거래를 했다.

한편, 헬리와 조안 부부의 집에서 일했던 또 다른 가정부 엠바는 헬리 부부가 소풍을 떠나기 전에 이미 조안은 헬리가 몰래 타. 먹인 독약에 중독된 상태였고, 절벽에서의 추락도 헬리의 짓이라고 알고 있었다. 그러나 조안의 장례식을 치룬 날 밤 엠바는

은화 다섯 냥을 받고 헬리와 몸을 섞었다. 이튿날 엠바는 멀리 다른 지방으로 떠났다.

그 가정부 엠바를 대체 누가 어떻게 찾아냈고 어떻게 설득했는지 도무지 이해되지 않았다. 한 편, 그녀가 써 낸 진술서에는 헬리가 조안과 가정부를 살해했다는 혐의의 내용이 자세하게 기술되어 있었다.

'애드문, 이 놈! 어떻게 이것들을……?'

갑자기 궁금증보다 두려움이 더 먼저 헬리를 압도해 버려 심장이 멎는 듯했다. 애드문 앞에서 발가벗겨진 채로 서서 난도질 당하고 있는 느낌이 들었다. 평생을 두고, 험한 파도와 사투를 벌일 때에도, 사기가 들통 나 실형을 선고받을 때에도, 아내 조안을 독살할 때에도 이러한 공포를 느껴본 적이 없었다. 떨리는 가슴 마냥 그의 손에 들려있는 서류들도 한 장씩 한 장씩 촛불 위에서 바삭바삭 떨면서 사라져갔다.

17

도주와 추격

1616년 9월 20일, 아침부터 짙은 안개가 끼기 시작하더니 금세라도 소나기가 쏟아질 것 같았다. 아주 먼 곳에서 폭우가 내리는지 천둥소리가 아련하게 들려왔다. 날씨는 점점 무더워져 찜통을 방불케 했다.

점심 식사시간까지 거의 모든 선원들이 오리엔트 호에 복귀하였지만 선원들은 유다양의 출항 준비 명령에 따르지 않고 갑판 위에 모여서 웅성거리고만 있었다. 애드문의 유령과 마녀 미라에 대한 얘기였다. 그리고 페냐와 나머지 동료들을 내버려둔 채 떠날 수 없다고 항명했다. 유다양이 화를 내고 고함을 지르자 선원들도 불량스럽게 대들었다. 유다양으로서는 프리메이슨 조직의 의리와 단결력에 대해 소문은 들어 봤어도 이렇게 무식할 정도인 줄은 몰랐기 때문에 움찔하지 않을 수 없었다.

갑판에서 소란이 벌어지고 있는 와중에 갑자기 부두 저쪽에서

기마병사 세 명이 힘차게 달려오더니 순식간에 배에 훌쩍 올라 탔다. 그들은 모두 긴 장총을 휴대하고 있었다. 병사들이 당황하여 쩔쩔매고 있는 유다양에게 내민 서류에는 '출항정지'라는 총독 대리인의 소인이 찍혀 있었다.

선원들이 기겁하여 우왕좌왕하고 유다양과 헬리가 사색이 허예져서 벌벌 떨고 있을 때, 또 한 무리의 경찰들이 말을 타고 달려왔다. 이번에는 로베르토 검사실에서 보내온, 9월25일까지 검찰에 나와서 조사를 받으라는, 유다양과 헬리앞으로 보낸 출두명령서였다. 고소자는 애드문과 크리스젠. 고소 내용은 살인미수죄, 살인교사죄, 승객유기죄, 밀수죄, 사기죄, 절도죄(하갓냐 항에서 고려청자를 몰래 빼돌려 매각한 혐의), 협박죄(톰슨에게 폭로하겠다는 협박).

세찬 바람이 갑판 위를 빠르게 훑고 지나가더니 갑자기 천둥번개가 내리쳐 겁에 질려 떨고 있는 두 사람과 선원들의 간담을 더 한층 서늘하게 했다. 이윽고 소나기가 억수같이 쏟아지기 시작했다.

9월 21일 오전, 화창하게 갠 아침에 유다양과 헬리는 서둘러 아카폴코 시내에 있는 대성당을 찾아갔다. 대주교 후코를 단독 알현하는데 은화 한 냥을 지불해야 했다.

두 사람은 대주교에게 자신들이 얼마나 독실한 가톨릭 신자인지 그리고 애드문 이라는 작자가 얼마나 교회와 성직자의 권위를 무시하는 이단자인지를 장황하게 설명했다. 귀찮고 지루한 표정으로 이들의 말을 듣고 있던 후코 대주교가 찾아온 용건을 물

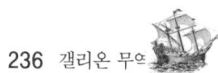

었다. 그제야 두 사람은 자신들이 억울하게 피소되었으니 로베르토 검사에게 탄원해 줄 것을 호소했다. 그러자 갑자기 대주교는 오만상을 찌푸리며 두 사람이 충분히 들을 정도로

"이런 젠장맞을!"

이라며 욕을 하였다. 두 사람은 누구를 상대로 대주교가 그런 상스러운 욕을 입에 담았는지 알 수 없어서 마음이 오그라들었다. 대주교가 종을 흔들자 사제 두 명이 접견실로 들어왔다.

"이 두 분 사제들이 법적인 문제는 나보다 잘 알고 있으니 이분들 앞에서 다시 설명해 보오."

순식간에 온화한 표정으로 바꾼 대주교가 마치 학생들에게 훈계하는 투로 말했다. 두 사람의 설명을 들은 사제들이 몹시 어려운 문제라며 난처하다는 눈빛을 대주교와 교환했다. 노련한 헬리가 품속에서 슬그머니 조그마한 자루를 꺼내 대주교에게 내밀었다. 그 속에서 은화 다섯 냥과 보석 여러 개를 확인한 대주교의 얼굴이 태양처럼 환하게 빛났다.

대주교와 헤어져 돌아올 때 두 사람의 감정은 흥분하여 또다시 원기가 솟아났다.

9월 24일. 검찰에 출두해야 하는 하루 전날이었다. 날씨가 변덕을 부려 새벽부터 먹구름들이 다시 하늘을 뒤덮기 시작했다. 달뜬 표정의 유다양과 달리 헬리는 어떤 불길하고 무서운 예감에 몸이 부르르 떨리고 있었다.

아침 일찍 유다양과 헬리가 다시 대성당을 찾아갔다. 대주교를 알현하기 위해 또다시 은화 한 냥을 지불했다. 그러나 네 시

간이 넘도록 접견실에서 기다리는 데 아무도 나타나지 않았다.

유다양은 후덥지근한 접견실 안에서 하품을 쩍쩍 하면서 가까스로 졸음을 참았다. 앉아서 가만히 기다리고 있자니 지루해서 견딜 수가 없었다. 속으로 욕지거리를 해대었다.

'빌어먹을 대주교새끼! 돈을 그렇게 받아 처먹고도 우리를 이렇게 오랫동안 기다리게 해?'

그러나 헬리는 안절부절못하며 이리 저리 서성였다. 아까부터 이마에 땀이 흐르고 가슴이 두근거렸다. 밭고랑처럼 깊게 패인 주름들은 불안의 깊이를 드러내고 있었다. 얼굴에서는 끊임없이 흔들리는 눈동자가 탁한 빛을 내고 있었다.

그의 초라하고 가엾은 모습이 유다양의 눈에는 대낮에 밖에 나와 어디로 가야할지 몰라 두리번거리는 겁먹은 시궁쥐처럼 비춰질 뿐이어서 눈살이 저절로 찌푸려졌다.

'저렇게 심장이 약한 늙은이하고는 함께 큰일을 도모할 수 없어. 이 일을 해결하고 나서 하루빨리 저 겁쟁이를 떨어내든지 처치해 버려야겠다!'

점심시간이 훌쩍 넘고 나서야 사흘 전에 만났던 사제 두 사람이 비 냄새를 풍기며 접견실로 들어왔다. 밖에는 어느 덧 비가 내리고 있었다. 유다양이 자리에서 벌떡 일어나 사제들에게 반가운 미소를 지으며 인사했다.

"안녕하십니까? 대주교님께서는 바쁘신가요?"

"후크 대주교님께서는 어제 밤부터 감기 몸살로 외부인을 만나실 수 없어서 저희가 대신 두 분 형제님을 뵙게 되었습니다. 날씨가 오락가락하니 그 연세에 적응하기 힘드시나 봅니다. 이해

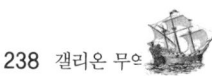

해 주시기 바랍니다."

"괜찮습니다. 대주교님의 쾌유를 기원합니다. 그런데…… 일전에 부탁드렸던 일은 어떻게 되었습니까?"

사제들이 서로 얼굴을 마주 보더니 망설이듯 말을 더듬거리며 말했다.

"두 형제님의 사정은 대주교 성하께서 많이 걱정하고 계십니다. 저희도 그제와 어제 로베르토 검사를 만났습니다만, 이 건에 개입하지 말라는 충고만 받고 왔습니다. 형제님들도 소문을 들으셨는지 모르겠습니다만, 로베르토 검사는 완고하고 융통성이 없기로 이곳 아카폴코에서 아주 유명하답니다. 일단 두 분 형제님들을 직접 심문하여 죄가 있는지 여부를 판단하겠다고 고집을 부리더군요."

두 사람은 실망감과 좌절감에 가슴이 무너질 것 같았다. 헬리가 잔뜩 긴장한 목소리로 물었다.

"그럼 저희가 내일 검사실에 출두해야만 하는 것인가요?"

"저희도 최선을 다해 보았습니다만…… 로베르토 검사가 그러는데, 형제님들을 고소한 사람이 스페인 황제의 특별 위임권을 가지고 있었다 하는데, 알고 계셨습니까?"

"황제의 특별 위임권이라구요? 금시초문입니다만!"

두 사람의 동공이 크게 확대되었고 목소리가 몹시 떨렸다. 소나기가 매섭게 쏟아지고 있어 사제는 목소리를 키워야 했다. 그랬더니 그들에게 맡겨진 일이 귀찮거나 짜증스럽다는 듯이 들렸다.

"정부와 교황청의 고위직 관리들과 귀족들만 알고 있는 사실인데, 황제 펠리페 3세는 관리들의 부정부패를 감시하고 충성스

러운 신하들을 격려하기 위해서 황제가 신임하는 극히 소수의 사람들에게만 특별위임권이 새겨진 반지를 하사했습니다. 반지는 일반인들의 관심을 따돌리기 위해 청동으로 만들었지만 반지 뚜껑을 열면 그 안에는 순금으로 새긴 황제의 특별 위임권과 반지 소유자의 이름 그리고 황제의 서명이 깨알같이 작은 크기로 새겨져 있지요. 그 반지를 소유한 사람은 황제의 대리인으로 대접받아야 하고 그의 요구는 황제를 제외한 어느 누구도 거절하지 못합니다. 애드문이 그 반지를 로베르토 검사에게 보여주었다고 합니다."

두 사람의 기겁한 두 눈에는 애드문의 손가락에 항상 끼어있던 촌스럽게 생긴 반지가 어른거렸다. 어느 덧 접견실 안은 숨이 막힐 정도로 끈적끈적한 채취를 풍기고 있었다. 유다양은 눈으로 흘러드는 땀을 닦으며 안절부절 못하고 있었다. 헬리가 다급하고 긴장된 목소리로 물었다.

"아니…… 애드문은 명문 귀족도 아니고 고위 관리도 아닌데…… 어떻게?"

따져 묻는 그의 목소리가 다소 흐릿해졌다. 분위기가 심상치 않다는 것은 누가 봐도 분명했기 때문이었다.

"저희도 궁금해서 검사에게 물어 보았지요. 로베르토 검사 역시 일개 상선의 선장이 어떻게 그런 특권을 가지게 되었는지 의심이 되어 캐물어 보았다 합니다. 알고 보니 그 사람은 그 유명한 엔젤 호의 선주이자 선장이었던 리카르도 씨더군요. 반지의 소유자는 황제가 개명을 인정한 리카르도의 새로운 이름인 애드문으로 새겼다 하구요. 해적들을 소탕한 후 전리품의 일부를 황

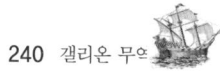

제에게 바쳤을 때 황제가 그 반지를 하사품으로 내린 것이었다고 합니다. 전임 펠리페 2세 황제가 드레이크 선장 때문에 얼마나 큰 손실과 고통을 당했는지 두 분도 잘 알지 않습니까? 황제가 그의 목에 현상금을 걸기까지 했었고요. 비록 리카르도 선장이 드레이크를 죽인 것도 아니고, 리카르도 선장이 활약을 시작하기 전에 드레이크가 먼저 세상을 떠 버려 두 사람의 대결을 보지 못한 것이 아쉽긴 하지만…… 아무튼 황제는 리카르도 선장이 드레이크의 졸개 해적들을 소탕해준 데 대해 엄청난 관심과 고마움을 표시했던 것은 사실입니다. 지금은 다 지난 일이어서 아무도 문제 삼지 않습니다만, 한 때 우리 가톨릭 교황청과 리카르도 선장 사이에 오해가 있었을 때 애드문으로 이름을 바꿨다고 합니다."

설명을 듣고 있던 두 사람의 얼굴은 흙빛이 되었고 유다양은 극심한 공포와 두려움으로 무릎에 힘이 빠져 간신히 버티고 있던 다리가 후들거렸다. 맥이 풀려서 손가락 하나 까딱하기 힘들 정도였다.

두 사람은 이제 사태의 심각성을 제대로 깨달았다. 이 문제는 대주교와 로베르토 검사를 뇌물로 회유한다고 해결될 일이 아니었다. 강아지가 호랑이 꼬리인 줄 모르고 물어버린 꼴이었다. 무슨 수를 써서든지 멀리 멀리 도망쳐야만 했다.

비가 내리고 있었지만 두 사람은 태양에 노출되어 벌겋게 달아오른 듯한 얼굴들을 하고서 허둥지둥 대성당을 빠져 나왔다. 불안과 현기증 때문에 눈조차 제대로 뜨지 못한 채 비참한 기분으로 부두를 향해 비에 젖은 거리를 비척비척 걸어갔다. 영락없

이 두 가랑이 사이에 꼬리를 감추고 슬슬 기는 개꼴이었다. 그들은 싸늘하게 식은 무력감과 더위와 습도로 인한 불쾌감, 그리고 암초들로 둘러싸인 바다에서 갑자기 짙은 안개에 묻혀버린 듯한 두려움을 동시에 느끼고 있었다. 시꺼멓고 두꺼운 구름의 장막이 점점 커지며 그들 앞으로 다가오고 있었다. 번갯불이 위협적으로 번쩍였다.

그날 밤, 두 사람은 인디언 안내인의 도움을 받아 아카폴코를 탈출하기로 했다. 어렵게 흥정하여 산 튼실한 말 세 마리는 밤의 어둠과 구분이 가지 않을 정도로 새까맸고, 가슴이 벌렁벌렁 뛰는 유다양과 헬리를 태우자마자 밤길을 미친 듯이 달렸다. 또 말발굽이 돌에 부딪칠 때마다 거기서 불꽃이 일어 마치 악마의 불길 속을 달리는 것이 아닌가 하는 의심이 들 정도였다. 깜깜한 밤, 늦은 시각에 이렇게 질주하는 세 사람을 보았다면, 그 누구라도 악마에게 달려가는 요괴라고 착각할 것이다. 소나기를 몰고 오려는지 그들 뒤로 천둥 번개가 내려쳤다.

9월 25일 비 내리는 오전, 로베르토 검사실에 애드문이 이등 항해사 길버트를 대동하고 나타났다.
"스콜이 잦구먼."
애드문이 툴툴거리며 성큼 검사실 방문을 열었다.
"어서 오십시요, 리카르도 선장님! 아니…… 애드문 선장님! 피고소인들은 아직 이곳에 출두하지 않았습니다만……."
로베르토 검사가 자리에서 벌떡 일어나 정중하게 인사했다. 그

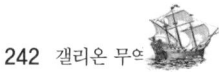

러자 근처에 있던 경찰들도 일제히 일어나 차렷 자세를 취했다. 그토록 화려하고 위압스럽게 차려입은 고위층 검사 앞에서 일개 상선의 선장은 초라해 보여야 마땅하지만, 그의 존재가 주위 사람들을 압도했다.

"알고 있습니다. 그들은 이미 이 도시를 떠났습니다."

"네? 어떻게…… 그것이 사실입니까?"

애드문이 길버트 쪽으로 고개를 돌리며 말했다.

"이 사람은 제 수하에 있는 이등 항해사 길버트 입니다. 지난 며칠 동안 오리엔트 호와 피고소인들의 동향을 감시하고 있었지요."

"아, 그래요! 그렇다면 어떻게 하지요? 그들은 어디로 갔을까요?"

"어젯밤에 그들에게 말 세 필을 팔면서 인디언 안내인까지 소개해 주었던 상인에게 알아보니 베라크루스 항을 향해 떠났더군요. 검사님께서 그 두 사람의 도피 죄까지 추가하여 체포영장을 발급해 주셨으면 합니다. 그리고 길버트와 함께 베라크루스 항까지 갈 수 있는 건강한 형사 한 명을 차출해 주시기 바랍니다."

"여부가 있겠습니까, 애드문 선장님! 당장 준비하겠습니다!"

로베르토 검사는 베라크루스까지 가는 길을 가장 잘 아는 형사를 골라 튼튼한 말 두 마리와 함께 여행채비를 하고 오라고 지시했다. 잠시 후에 훤칠한 키에 가슴과 어깨가 떡 벌어지고 우락부락하게 생긴 30대 중반의 사나이가 멋진 제복과 우의에 박차달린 장화차림으로 나타났다.

여행경비가 담긴 두툼한 주머니를 애드문에게서 건네받은 길버트가 형사와 함께 억수같이 퍼붓는 빗속을 화살처럼 빠르고

용맹하게 달려 나갔다. 그들의 뒷모습을 보며 애드문은 단호한 표정으로 입술을 깨물었다. 그의 머릿속에 조선의 명장 이순신의 말이 떠올랐다.

"왜적들이 이 땅을 떠나려 하고 있다. 허락 없이 마음대로 이 땅에 들어와 우리의 고향을 유린하고, 부모와 형제, 자식을 학살한 저 왜적들을 그대로 보내주어서는 안 된다. 이 땅을 짓밟은 대가가 얼마나 혹독한 것인가를 똑똑히 보여주어야 한다!"

1616년 10월 5일 오전, 유다양과 헬리는 안내인과 함께 멕시코의 대서양 연안에 있는 베라크루스 항에 몹시 피곤한 몰골로 나타났다. 말들은 땀투성이였고, 숨을 내쉴 때마다 코에서 하얀 연기 같은 것이 나와 수증기처럼 가슴 부근을 덮고 있었다. 부두를 돌아다니며 알아보니 스페인까지 갈 예정인 선박은 두 척이 있는데, 한 척은 갤리온 선 탐피코 호였고 다른 한 척은 우편선 타이거 호였다. 우편선은 쾌속 범선이라서 갤리온 선보다는 빠르지만 닷새 후에나 출항할 예정이라 하고, 마침 화물을 거의 다 실은 상선 탐피코 호는 오후에 출항한다고 했다.

혹시라도 애드문과 로베르토 검사가 보낸 경찰들이 뒤쫓아 올지 모른다는 공포에 사로잡혀 있던 두 사람은 곧바로 근처 여관에 들러 몸을 씻고 수염을 깎았다. 그런 다음 가방에 담아 온 깔끔한 신사복으로 갈아입었다. 그러고 나니 누가 보더라도 뭐 좀 있는 사람들처럼 보였다.

여관을 나온 그들은 지체하지 않고 탐피코 호에 1등석 승객으로 승선하기 위한 수속을 밟았다.

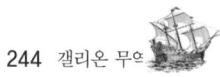

뱃삯을 지불하고 나니 유다양에게는 은화 46냥이 남았다. 아카폴코 항에서 금괴와 진주를 팔았던 은화와 선원들 임금으로 보관하고 있던 은화를 모두 챙겨 도주했던 것이다. 그런데 공교롭게도 그의 주머니에 남은 돈은 28년 전 해적선을 탈출하면서 도둑질했었던 돈의 양과 정확히 일치했다. 헬리에게는 은화 31냥이 남았다. 그러나 이 돈은 헬리의 개인 자산이었다. 두 사람이 대주교에게 썼던 뇌물과 베라크루스까지 도주하면서 썼던 비용 그리고 빌바오 항까지의 뱃삯도 유다양이 관리하고 있던 공금으로 지불했다.

무려 10일 동안 거의 쉬지 않고 말을 달려 겨우 겨우 베라크루스에 도착했고 마침 출항 직전의 탐피크 호를 가까스로 따라잡았으니 두 사람은 운이 좋았다고도 할 수 있었다. 그러나 줄곧 따라다니는 두려운 예감들을 떨쳐버리지는 못했다. 두 사람은 이를 부득부득 갈아 댔다.

'강한 자가 있으면 약한 자가 있는 것은 당연하다. 항상 당하고만 사는 선량하고 착한 사람들이 있는 가하면, 사기도 치고, 배신도 하고, 도둑질도 하고, 협박도 하면서 사는 악당도 있는 것이다. 우리와 같은 악당들에게 걸리면 그냥 재수 없었거니, 똥 밟았거니 치부하고 참고 살거나 우리 주위에서 슬그머니 꺼져 다른 세상으로 가 주는 게 서로에게 좋지 않은 기억을 없애주는 최선인 것이고…… 세상은 넓지 않은가 말이야. 그게 상식 아니던가?

역사를 들춰봐도 강자에게 당한 수많은 약자들이 다 그러했는데, 애드문 이 놈은 완전히 독종이었구먼! ……그런데 황제의 특

별 위임권을 가지고 있었다니 ……독종에다가 우리보다 강자였어! 그러고도 눈치 한번 주지 않았다니!

오히려 우리가 감쪽같이 속은 것이다. 우리가 던진 돌멩이를 잡아 오히려 우리 뒤통수를 때린 셈이지. 페냐의 암살시도가 실패하였을 때 곧바로 총을 쏘아 애드문 그 놈을 없애 버렸어야 하는 것이었는데…….'

탐피크 호가 늦은 오후의 태양빛을 받으며 떠난 지 세 시간 후에 길버트와 형사가 베라크루스 부두에 도착했다. 두 사람 모두 쉬지 않고 달려왔지만 인디언의 안내를 받아 지름길을 택해 죽기 살기로 도망쳐 온 유다양과 헬리를 따라잡을 수 없었던 것이다. 간발의 차로 놓쳐버려 두 사람은 분통을 터트렸으나 수배범들은 배를 타고 이미 수평선 너머 멀리 사라진 뒤였다. 항구는 서서히 황금빛 노을에 물들고 있었다.

길버트는 부두에서 우편물을 싣고 있는 타이거 호에 올라가 선장을 만났다. 형사가 사정을 설명하고 길버트는 당장 출항할 경우 우편물을 다 싣지 못하여 발생하는 손실이 어느 정도인지 물었다. 선장은 난색을 표했으나 형사의 위협에 눌려 이내 고분고분해 졌다. 손실 예상치에 해당하는 은화 30냥은 애드문이 길버트에게 유사시 사용하라고 쥐어 준 은화 50냥 중에서 해결했다. 아카폴코로 돌아가야 하는 형사에게 여비에 보태 쓰라며 은화 2 냥을 주었더니 고마워 어쩔 줄 몰라 했다. 형사는 로베르토 검사가 발급한 체포영장을 길버트에게 넘겨주고 떠나는 길에 몇 번이고 되돌아보며 손을 흔들었다.

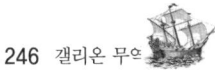

타이거 호는 대서양을 횡단하여 스페인에 도착할 때 까지 필요한 식량과 식수를 실은 후 10월 6일 오후, 바다가 천천히 태양을 삼키고 있는 시각에 출항했다. 탐피크 호에 승선한 두 명의 범죄자들보다 또다시 하루 늦게 출발하여 뒤를 쫓게 된 것이다.

18
석별의 정

길버트가 유다양과 헬리를 대서양까지 뒤쫓고 있던 그 시각, 네 사람이 타릿파 호 선장실에서 석별의 정을 나누었다. 달빛이 여느 때보다 포근하게 사방을 내리비추고 있었다.

이틀 전에 톰슨에게서 지시를 받았다며 에릭손 선장이 포르테 여관을 찾아 왔었다. 아카폴코 항에서 화물을 부린 후 마닐라를 향해 출항하라는 지시였는데, 이번 항해에는 일본의 나가사키 항에도 들르기로 되어 있었다. 애드문, 크리스전, 에릭손 선장은 마닐라와 나사사키를 잇는 항로에서 잠깐 이탈하여 미라를 조선 땅에 상륙시키기로 계획을 짰다.

좀 더 구체적으로 설명하자면 이렇다. 마닐라 항에서 교역이 끝나고 나면 나가사키로 향하는 길에 먼저 조선의 남해안 먼 앞 바다에 닻을 내리고 누구도 눈치 채지 못할 야밤에 종선從船을 이용하여 미라를 금오도金鰲島에 안전하게 상륙시킨다는 계획이었

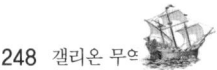

다. 미라가 그녀의 상륙지를 금오도로 택한 이유는, 이 순신 장군이 활약했던 전라좌수영(여수) 및 장군의 마지막 격전지였던 노량해역과 지근거리에 있고 정 여럼이 서실을 차려놓고 대동계를 조직했던 진도와 가까워, 그 지역에 그녀의 꿈을 실현할 수 있는 혁명가들이 많을 것이라고 판단했기 때문이다.

그들 곁에 다소곳이 앉아 대화를 듣고 있던 미라는 아름다운 입술을 꼭 깨물었다. 울음을 참고 있었기 때문이었다. 기쁨과 감격에 겨워 가슴이 벅차올랐고 젖어있던 영롱한 눈망울이 촛불에 반짝거렸다.

논의가 끝난 후 애드문이 은화 50냥과 작은 거울, 한 움큼의 보석들이 든 보자기를 미라에게 선물했다. 그 안에는 다이아몬드가 9개나 박힌, 황후들에게 선물하면 적당할 만한 진귀한 목걸이도 들어 있었다.

당황하여 어찌할 줄 몰라 바르르 떨고 있는 미라의 곱고 가녀린 손에 크리스전도 은화 30냥을 쥐어줬다.

"미라 씨는 항해 내내 이 못난 늙은이를 극진하게 간호해 주었소. 게다가 헬리가 몰래 우리 음식에 독약을 탔을 때에도 해독제를 풀어 우리들의 생명을 구해 주셨다고 애드문 씨가 말해 주었다오. 생명의 은인이신 미라 씨에게 이 정도 밖에 보답을 못해 드려 내가 오히려 송구하구려. 부디 고향에 무사히 가셔서 행복하게 사시기 바랍니다."

애드문은 눈물을 글썽이는 미라를 쳐다보며 새삼스럽게 기쁨의 전율이 온몸에 흐름을 느꼈다.

고향산천 한시라도 잊었을까
사무치는 부모형제
가슴 미어지는 무수한 나날들
눈물과 한숨으로 절여놓은 그리움

무능한 조선 왕
무능하고 부패한 조선 양반 놈들
백성을 빼앗기고
백성을 버렸다네

고달프고 서러워라 납치된 그녀 인생
꽃다운 그의 청춘 피워보지도 못한 채
사슬의 땅 이국을 떠돌더니

꽃보다 아름다운 재주
꽃보다 아름다운 그녀의 넋에
감동한 이국인 셋
한 마음 정성을 모아
바다 건너 먼 고국으로
그녀를 보내드린다 하네.
고이고이 모셔드린다 하네.

조선의 가을 햇살
어느덧 멕시코에까지 다다라

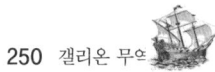

용감하고 아름다운 조선 여인의 가녀린 넋을
따사롭게 위로하고 있다네!

아카폴코 항에 도착한 후 두 달 동안 정성을 다해 만든 환약이 상아처럼 하얀 미라의 손을 통해 한 통씩 애드문, 크리스전 그리고 에릭슨 선장에게 마지막 작별 선물로 건네졌다.
그리고 정성껏 보자기에 싼 책 한 권을 애드문에게 건넸다. 항해 중에 스페인어로 번역했던 《동의보감》이었다. 애드문이 한쪽 무릎을 꿇고 미라의 손등에 입을 맞추어 진심어린 감사를 표했다. 네 사람은 그 후에도 한참 동안이나 이야기꽃을 피우면서 헤어짐을 아쉬워했다.

19

체포

1616년 11월 10일, 스페인의 빌바오 항에 탐피코 호가 도착했다. 약 5,300마일 거리의 목적지까지 35일 만에 도착했으니 평균 7노트의 빠른 속도로 항해한 셈이었다. 배가 접안 준비를 하는 동안 헬리와 유다양이 함께 묵었던 1등실에서는 음험한 실랑이가 벌어지고 있었다. 이제 그들은 곧 헤어질 것이므로 유다양이 관리하고 있는 공금 은화 46냥을 어떻게 나눌 것인가를 놓고 다투는 중이었다.

"유다양 씨, 그것은 우리 둘이 반반씩 나누기로 합의했던 것 아닌가요?"

"그랬었죠! 하지만 한 달 전에 당신은 제인과 멕시코시티로 갈 때 나 몰래 진주와 보석들을 가져갔지 않소! 당신은 나를 속였소! 그래서 우리들의 합의는 무효가 된 것이오!"

"그런 일 없소! 제인의 부모를 만나러 다녀왔을 뿐이오!"

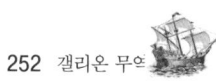

유다양이 비웃음을 흘리며 말했다.
"흥! 감히 누구 앞에서 거짓말을! 제인은 돈만 주면 아무에게나 몸을 열고 입도 쉽게 여는 갈보라는 걸 당신도 잘 알면서 왜 이러시나? 돈 대고 살 대는 사람이 너무 많으면 비밀이 존재하기 힘들죠."
헬리는 가슴이 뜨끔해지는 것을 느꼈다.
"그것뿐이 아니지요. 나하고 페냐한테 팔았던 그 약, 제인한테 확인해보니 아주 싸게 구입하셨더군요?"
헬리는 뒤통수를 얻어맞은 듯 순간 멍해졌다.
'아차, 그렇지! 육체와 영혼을 돈으로 산 남자와 침대에서 뒹굴며, 요구하는 건 뭐든지 다 해주는 제인. 그녀는 창녀가 맞다!'
헬리가 헛기침을 하며 말을 가다듬었다.
"어험…… 유다양 씨, 제인 아버지와 거래하는 진주와 보석은 순전히 내 돈으로 구입했던 것이고 나 혼자만의 사업이요. 그리고 약값은……."
유다양이 더 이상 듣기 싫다는 듯이 헬리의 말을 끊어 버렸다.
"웃기는 소리 하지 마시오, 헬리 씨! 치사하게 약값은 더 이상 거론하지 않겠소. 그러나 마닐라에서 우리 두 사람이 오리엔트호와 화물들을 차지하기로 합의했을 때, 그 후의 모든 거래는 우리 두 사람 사이에 숨기거나 속이지 않기로 약속했잖소!"
"무슨 당치도 않는 소리를 하는 거요? 우리 두 사람이 배와 화물을 차지하기로 합의한 것은 맞지만, 그 후의 모든 거래까지도 함께 하자고 한 적은 단연코 없소! 증거라도 있소? 자꾸 이런 식으로 나오면 당신이 애드문 일행을 죽이라고 페냐를 사주했던

사실을 검찰에 폭로할 수도 있소!"

유다양은 헬리가 협박을 하자 더 한층 음흉한 미소를 띠며 비웃었다.

"당신이 감히 나를 협박한다고? 하! 하! 하! 좋소! 정 그렇게 나온다면 당신이 카를 선장에게 했던 사업 제안이 사기였음을 폭로하고 이제까지의 모든 암살시도에 당신이 공범이라고 폭로하겠소! 애드문과 크리스젠을 속여 오리엔트 호를 우리 둘이서 독차지 하자고 당신이 먼저 제안했지요? 맞지요? 고려청자를 몰래 팔아 상아를 사고 차액을 챙기는 것도 당신의 머리에서 나왔던 것이지요? 애드문을 죽이라고 페냐를 사주하자고 제안한 것도 당신이지요? 애드문 일행의 음식에 독약을 넣은 것도 당신이지요? 참, 아직도 독약을 품 안에 숨기고 다니지요? 애드문 일행을 무인도에 버리자고 제안한 것도 당신이지요? 맞지요?"

유다양이 주절대자 헬리의 눈동자가 독기를 품기 시작했고 미간의 주름살이 깊게 패였다.

"이제 와서 누구한데 뒤집어씌우는 게야?"

"자, 이봐요, 헬리 씨! 나야 더 이상 잃을 것도 없지만 당신은 마드리드에 재산도 많이 숨겨놓았을 것이고…… 자신 있소? 그래도 현실 파악이 안 되시나? 이 영감탱이야!"

"네 이놈! 어디 한번 해봐! 이 사기꾼! 도둑놈자식!"

"누가 할 소리!"

두 사람이 서로 멱살을 잡고 주먹다짐을 할 찰나에 선원 한 명이 문을 열고 들어오더니 눈이 휘둥그레졌다.

"카를 선장님이 두 분을 찾으시는뎁쇼?"

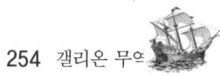

선장실로 가는 도중에 헬리가 18냥을 요구하자 유다양이 15냥으로 역제안했다. 헬리는 잠시 망설이다가 유다양의 제안을 받아들였다. 남은 은화 46냥의 분배는 유다양이 31냥, 헬리가 15냥을 갖기로 한 것이다. 그 대신에 카를 선장을 사기 쳐서 돈을 갈취하게 되면 반드시 반반씩 나누는 것에 대해 유다양에게 거듭 다짐을 요구했다. 유다양은 고개를 끄덕이며 동의를 표시했지만 비웃음을 숨기지 못했다. '늙어 이빨 빠진 소심한 사기꾼! 어리석은 놈!'

조금 전까지만 해도 서로 사기꾼이라고 멱살을 잡았던 두 사람은 선장 방에 거의 다다르자 다시는 서로를 속이거나 배신하지 않기로 약속하면서 굳은 악수를 나눴다.

두 사람이 티격태격하는 사이에 팀파크 호는 이미 부두에 접안한 지 한 시간 쯤 지나 있었다. 카를 선장은 그 해 12월이 되면 휴가를 받을 것이라며 그 때 서로 연락하여 만나 새로운 사업에 대해 논의하기로 약속했었다. 그는 먼 친척 중에 부유한 상인이 있다고 했고 그 친척에게 돈을 꾸어 아카폴코 항에 정박 중인 오리엔트 호와 화물 전체를 은화 1,000냥에 인수하기로 합의했다. 두 사람 ─유다양과 헬리─이 오리엔트 호의 공동 소유주라는 증빙은 배를 담보로 보험회사에서 은화 300냥을 대출해 준 대출증서와 그때 보험회사와 주고받았던 진짜 서류와 가짜 서류들을 보여줌으로써 해결되었다. 잘만 하면 애드문 때문에 손해 본 것을 한 방에 만회하고도 남을 수 있기에 기대가 부풀어 올라 있었다. 대서양 횡단 항해 중에 거짓말을 보태어 재미있는 이야기를 많이 해줬더니 카를 선장이 헤어지기 섭섭하여 부른

것이라 생각했다.

 카를 선장의 방문을 여니 제복을 입어 커다란 덩치가 위압감을 더해주는 경찰 두 명과 낯이 익은 청년 한명이 잡담을 나누고 있었다. 두 사람은 갑작스레 두려움이 질주해오는 듯한 느낌을 걷잡지 못했다. 당황하여 선장실에 들어서기를 망설이며 엉거주춤하고 서 있는 두 사람을 카를이 억지로 끌어들였다. 그리고선 유난히 호탕한 목소리로 너스레를 떨었다.

 "유다양 씨! 헬리 씨! 어서 오십시요. 항해 중에 얘기 잘 들었습니다. 여기 계시는 신사 분들은 당신들이 도착하기를 며칠 째 기다리고 있었다고 합니다. 마닐라, 아카폴코와 마드리드에서 동시에 고소를 당하셨더군요. 허! 허! 허!"

 그 말에 유다양은 가슴이 덜컥하며 온 몸의 힘이 일시에 빠져나가는 듯한 기분이 들었다. 겁에 질린 그는 다리가 저절로 접히면서 선장실 마룻바닥에 털썩 주저앉고 말았다. 절망의 물결이 그의 등줄기를 빠르게 훑고 지나갔다. 헬리는 간신히 서 있었지만 좌절감과 두려움에 몸을 부들부들 떨며 얼굴이 잿빛으로 변했다. 카를 선장이 얘기를 계속했다.

 "고소인의 한 분인 리카르도 씨는, 아참 애드문 씨로 개명했다지요? 제가 만나본 적은 없지만 그 분이 해적들과 맞서 싸웠던 전설적인 이야기는 익히 들었기에 꼭 한번 만나보고 싶었습니다. 애드문 선장님을 법정에서 만나게 되면 저의 존경과 안부 인사를 꼭 전해 주시기 바랍니다. 아, 참! 그리고…… 오리엔트 호 인수에 대한 당신들의 제안은 저에 대한 모욕으로 간주하고 평생 잊지 않겠습니다."

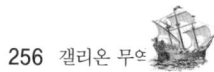

그러고 보니 형사들 옆에 서 있는 사람은 애드문의 휘하에 있는 길버트 이등 항해사였다. 아카폴코 부두에 애드문, 미라와 함께 나타났었던 그 젊은이였다. 그때는 어두운 밤이었고, 애드문에게 정신이 팔려 있었던지라 자세히 보지 못했었는데, 밝은 장소에서 지척 거리에 서 있는 그의 앞에 서니 애드문에게서 느꼈던 것과 비슷한 위압감이 풍겨왔다.

이등항해사 길버트가 베라크루스 항에서 탔던 타이거 호는 일반 상선보다 규모가 작은 150톤 급 쾌속범선이었는데, 항구를 벗어나자마자 겨울철에 접어든 대서양의 거친 파도를 수월하게 치고 나가지 못했다. 하지만 길버트가 애드문으로부터 전수받은 항법과 돛 사용법을 타이거 호 선장에게 권유하자 배는 평균 8노트로 목적지에 도착했다. 당시의 열악하기 짝이 없는 항해장비와 돛만으로 대서양 겨울바다를 그토록 빠른 속도로 항해하였다는 것은 실로 경이로운 일이었다.

결국 탐피크 호보다 사흘이나 먼저 도착했고, 도착하자마자 빌바오 항의 검사실로 달려가 로베르토 검사가 발급한 체포영장을 제출하였다. 그리고 애드문이 자필로 작성한 후 스페인 황제의 특별 위임권을 찍은 서류도 제출했다고 했다. 특별 위임권은 애드문이 항상 끼고 다니던 반지의 뚜껑을 열면 그 안에 조각되어 있다고 독자들도 이미 알고 있는 터다.

그토록 머나먼 유럽에까지 사람을 보내 기필코 두 사람을 잡아내고야 마는 애드문의 끈질긴 저주에 등골이 시려 왔고 심장에 소름이 돋았다. 그들은 뿌리째 뽑히어 허공에서 흔들리는 잡초처럼 순식간에 생기를 잃어 버렸다.

빌바오 검사실에서 출동한 두 형사가 엄한 목소리로 보충 설명을 해 주었다. 그들이 말하는 동안 유다양과 헬리는 창백한 얼굴로 몸을 떨고 있었다.

"로베르토 검사님은 당신들에게 도피 죄를 추가 기소하여 체포영장을 발급하였고, 마드리드 시 검찰청의 페드로 검사는 선원급여를 갈취하였다는 선원들의 증언을 근거로 당신들을 업무상배임죄로 추가 기소했소. 오리엔트 호 선원들은 밀수 공모 혐의로 모두 수감 중이고."

"로이드 보험회사 마닐라 지사에서도 당신들이 총 다섯 사람의 공동소유자로 명의가 바뀐 사실을 숨긴 채 두 사람이 오리엔트 호를 담보로 은화 300냥을 대출해 간 사실에 대해, 문서 위조죄와 사기죄로 고소했습니다. 그런데 오래된 기록을 확인해 보았더니 헬리 씨는 14년 전에도 보험사기사건에 연루되어 1년 형을 받았었더군요, 그리고 지금은 아내를 살해했다는 존속살인혐의로 소환되는 것입니다. 헬리 씨의 마드리드 계좌도 현재 압류 절차가 진행 중입니다."

두 형사가 유다양과 헬리를 체포하면서 그들이 소지하고 있던 단검과 총을 압수했고, 유다양의 소지품 속에 감추어 두었던 은화 46냥까지 증거물로 압수했다. 헬리도 보석 판매 수익금과 매독 치료제를 유다양과 페냐에게 팔고 받았던 은화 31냥을 압수당했다. 재물을 자신의 피만큼이나 소중하게 여기던 두 사람은 돈을 압수당하는 순간 자신들의 피와 살점이 떨어져 나가는 듯한 극심한 고통을 느꼈다.

두 사람이 포승줄에 묶이어 갑판으로 나오자 선원들의 조롱

섞인 눈길이 온몸을 쏘아댔다. 유다양은 그들의 시선을 외면하고 먹구름이 쌓여 가는 하늘을 올려다보았다.

'아…… 이제 나는 완벽하게 빈털터리가 된 것인가? ……소송 비용은 누구에게 빌려야 하나? ……대체 몇 년 동안이나 감옥에서 썩어야 할까?'

그러나 고뇌와 두려움도 잠시뿐. 이내 음흉한 마음으로 바뀌기 시작했다.

'설마 종신형이나 참수형을 받지는 않겠지? 감옥에서 풀려나면 스페인을 떠나 다시는 돌아오지 않아야겠다. 해적들 중에 이제는 나를 기억하는 자 없을 것이니 영국으로 가야겠다. 그곳에 가면 나의 망가진 인생을 보상받을 기회가 분명히 있을 것이다. 스페인은 점차 저물어가고 영국이 떠오르고 있지 아니한가! 한창 허영심 부풀어 오른 영국 졸부들의 등을 치기가 닳고 닳은 스페인 부자들 상대하기보다 훨씬 수월할 것이다. 흐흐흐…… 사람은 누구나 자기 운과 능력을 가지고 사는 것이다. 나의 능력은 탁월하지만 아직까지 어쩐지 운이 따라주지 않았을 뿐이다. 그동안 십일조를 꽤나 드려 나에게 빚을 졌으니 이제 운을 달라고 신께 기도하고 졸라야겠다.'

유다양이 머리통 터지게 잔머리 굴리는 소리는 빌바오 항 연안에서 파도가 자갈 굴리는 소리보다 시끄러웠으리라. 그의 눈에

서는 희미하게 작은 불꽃이 일었다. 탐욕의 불꽃은 끝내 사그라지지 않았던 것이다.

아무것도 되돌릴 수 없을 때가 되어서야 비로소 뭔가를 깨닫는 사람들이 있다. 그러나 죽는 순간에 이르기까지도 영영 깨닫지 못하는 구제 불가능한 인간들도 있다. 그래서 선량한 사람들은 마음 깊숙이 광인狂人의 기운을 숨기고 있는 자들을 경계하고 멀리해야 악운과 악연을 피할 수 있다.

혹시 동정이라도 받을 수 있을까 하여 악수를 청했지만 카를 선장의 두툼한 손은 유다양의 창백하게 떨고 있는 손을 거칠게 뿌리쳤다. 카를은 말했다. 냉소를 머금은 채로.

"당신들 두 사람은 간사한 사기꾼들인데다 흉악한 살인범들이오! 신은 당신들이 반드시 죄 값을 치르도록 하실 것이오!"

팀파크 호 갑판에서는 선원들과 부두 노동자들이 한데 섞여서 각종 화물 포대들을 부두로 옮기느라 부산했다. 유다양은 부두로 내려서려다 무심코 뒤를 돌아다보다 소스라치게 놀라면서 또 한 번 가슴이 덜컥 내려앉았다. 얼핏 누군가가 갈고리를 치켜들고 그를 향해 섬뜩한 미소를 짓고 있었기 때문이다. 눈에 익은 자 같기도 하고 아닌 것 같기도 했다.

어느덧 11월의 짧은 석양은 저물어 갔다. 부두에서는 겨울을 재촉하는 차가운 바람이 불었고, 축축한 잿빛의 안개가 어스름과 함께 사방에서 이리 왔다 저리 갔다 하며 어지럼증을 부추겼다. 바람에 날려간 안개는 항구를 둘러싼 산비탈에서 방황했다. 검게 젖은 해안가의 나뭇가지들은 두통에 시달리는 듯 고개를

푹 떨어뜨리고서 좌우로 흔들고 있었다.
 마닐라를 출항하기 직전에 중국인 상인에게서 샀던 담비 외투 사이로 갑자기 칼날 바람이 매섭게 파고들었다. 발진이 번지고 있는 두 손은 등 뒤로 묶여 있는 터라 옷깃을 여밀 수가 없어서 유다양의 심장이 얼어붙을 것 같았다. 올 겨울은 유난히도 매서울 것이라고 생각했다. 어두운 가을이 황급히 뒷모습을 보이면서 저만치 멀어져 가고 있었다.

20

에필로그 -미라, 크리스찬

조선의 이야기꾼들은 미라에 대한 전설을 이렇게 전했다.

전라도 동쪽 땅 끝 여수 금오도라는 섬이 있다. 그 섬은 육지에서 워낙 멀리 떨어져 있는 데다 바닷바람이 심하여 소금기가 뒤섞인 땅에 곡식이 잘 자라지 않았다. 섬 주민 누구도 배를 가진 자 없을 정도로 가난하여 고기잡이마저도 제대로 할 수 없었다. 그래서 그곳은 거주자들이 거의 없는 척박하고 외딴 섬이었다. 조선의 관리들은 이 섬에서 공출을 받아낼 만한 게 없다고 믿고 있었기 때문에 그곳에 살고 있는 사람들의 호구조사도 거의 하지 않았다.

광해군 10년(1617년) 봄, 그 섬의 남서쪽 직포라는 곳에 미라라고 하는 신비한 여인이 홀연히 나타났다. 하지만 이 여인이 정확히 언제 어떻게 그 섬에 왔는지 아는 이는 아무도 없었다.

이듬해 광해군 11년부터, 그녀는 좌수영(여수)과 순천에 기반을 둔 한약재 상인으로 이름을 날렸다 하고, 의술 또한 신비하여 못 고치는 병이 없었다 한다. 그런데 특이하게도 부잣집 양반들과 권세가들에게는 엄청난 금액의 치료비를 요구하였는데 반해 평민들과 천민들은 거저 치료해 주었다.

의협심이 강한 사람과 예술적 재능이 있는 사람이면 평민이든 천민이든 가리지 않고 누구에게든 아낌없이 재산을 풀어 도왔다 한다. 특히 정여립의 대동계 사상을 간직하고 있는 사람들과 은밀하게 소통하면서 물심양면의 지원을 했다. 전라도 지역에 예술과 혁명의 기운이 유독 강하게 유지된 것은 미라와 같이 이름이 알려지지 않은 의인들이 애쓴 공로가 크다 하겠다.

남편과 자식이 없는 그녀는 괴이하게도 서양인들의 말을 할 줄 알았고 서양인들의 글을 읽고 쓸 줄 알았다. 중국과 유럽의 왕족들이나 만져 볼 수 있는 진귀한 금은보화들을 그녀가 소지하고 있었다고 증언하는 사람들도 여럿 있었다.

1626년 임경업이 30세의 젊은 나이로 전라도 낙안군수를 지내며 선정을 펼쳤다. 그 이듬해 1627년(인조5년) 정묘호란이 일어나 후금(後金)이 쳐들어오자 서울로 진군하려 할 때였다. 그녀는 비밀리에 은화 오백 냥을 풀어 군사들의 피복과 군량미를 마련하여 그녀의 심복으로 하여금 임 장군을 뒤따르게 했다. 그러나 그들이 강화에 도착했을 때에는 이미 화의가 성립된 후였기에 싸워보지도 못하고 낙안으로 되돌아왔다.

미라의 도움을 받았던 수많은 사람들 중에는 홍 씨와 전 씨 성을 가진 몰락한 양반자제가 있었다. 훗날 그들의 자손 중에 조

선 역사상 가장 훌륭하고 걸출한 혁명가들인 홍경래와 전봉준이 나타났다. 홍경래는 1811년 평안도 일대에서 왕조시대를 무너뜨리고 지역차별을 없애고자 봉기했고, 전봉준은 1894년 동학농민군을 조직하여 봉건사회를 철폐하기위해 봉기했다. 미라의 가슴 속 깊이 품어두었던 혁명의 씨앗이 이백여 년의 긴 기다림의 세월을 뚫고 결실을 맺은 것이다.

1617년 1월, 크리스전은 타릿파 호를 타고 마닐라로 돌아왔다. 그가 1년 전 오리엔트 호를 타고 항해를 떠나기 전에 인트라무로스 요새 안에 사들였던 대지 위에는 어느덧 제법 큼직한 창고 건물이 세워져 있었다. 그곳은 애드문과 미라를 만났었던 칼라우 여관에서 광장을 가로질러 건너편에 자리하고 있었기 때문에 크리스전이 사무실로 쓰고 있는 창고의 이층 창문을 통해 광장 전체와 칼라우 여관이 내려다보이는 전망 좋은 곳이었다.

그는 이 창고 안에서 그동안 계획하고 설계해왔던 도르래와 조타기, 나침반 같은 선박용 기구들과 삼을 이용하여 로프를 만들었다.

그의 제품들은 오래지 않아 당대 최고의 품질을 인정받았다. 특히 그가 심혈을 기울여 제작한 새로운 망원경은 매년 10개 이내의 아주 소량밖에 제작하지 못했는데 (왜냐하면 렌즈를 정밀하게 깎는 작업이 당시의 기술로는 여간 어려운 일이 아니었기 때문이다), 이 망원경은 유럽의 어느 안경 제작업자가 만든 것보다 성능이 탁월했고 그 어느 제품들보다 비싼 값에 거래되었다. 크리스전은 그 제조가격을 비밀에 부쳤는데, 일설에 따르면 망원경

열 개를 팔아서 남기는 이득이 공장에서 생산된 다른 모든 기구들을 일 년 동안 판 것보다 많다고 했다.

그의 창고 겸 공장에서는 스페인과 멕시코에서 데려온 숙련된 기술자들과 마닐라에서 고용한 현지 노동자들이 매일 새로운 물건들을 만들어냈다. 그리고 그의 사무실은 그곳에서 만들어진 물건들을 구입하기 위해 찾아 온 여러 나라의 상인들로 항상 북적였다.

상인들과 협상이 끝날 때 즈음이면 칼라우 여관 앞에 우람하게 버티고 서 있는 망고나무와 그 아래에 놓여 있는 벤치를 망연히 바라보는 그의 모습이 눈에 띄곤 했다. 벤치에는 낯선 사람들이 앉아 있을 때가 많았다. 그와 애드문이 항해담과 무역 이야기로 취해 있었던 시절을 떠올리고 있었음을 아는 사람은 그의 주위에 아무도 없었다. 그리고 칼라우 여관에서 정성껏 치료해 주던 아름다운 조선 여인 미라를 생각하고 있었음을 짐작하는 사람은 더더욱 없었다.

세월이 흘러감에 따라 그의 기억력은 가파르게 하락하고 있었지만 결코 잊히지 않고 오히려 더욱 또렷해지는 추억도 있게 마련인 모양이다.

21

에필로그 - 헬리와 유다양

　헬리는 15년 형을, 유다양은 10년 형을 선고받고 산티아고 감옥에 갇혔다. 유다양은 숨겨둔 모든 재산을 동인도 회사의 주식에 투자해 놓고 있었기 때문에 쉽게 추적이 되어 몰수 되었다. 헬리의 재산도 몰수된 것은 마찬가지였지만 만일의 경우에 대비하여 제인에게 맡겨둔 황금과 보석들이 아직 멕시코에 무사히 남아 있을 것이라고 생각했다. 오리엔트 호와 화물들은 몰수된 유다양과 헬리의 재산과 함께 애드문과 크리스전의 손해배상금으로 지불한다는 판결이 내렸다. 그리고 그 중 일부는 헬리의 옛 가정부였던 엠바에게 포상금으로 지불되었다.
　산티아고 감옥 안에는 온갖 범죄자들이 우글거렸다. 유다양과 헬리가 구금된 감방은 건물부터가 서로 멀리 떨어져 있었다. 조그마한 감방 안에는 주로 살인 강도짓을 하다 잡혀온 죄수들이 백여 명씩이나 들어와 함께 지내야 했다. 그들은 몹시 거칠고 난

폭해서 감방 안에서는 항상 공포 분위기가 조성되어 있었다. 헬리는 나이도 나이려니와 매독 균이 온몸을 갉아먹고 있어서 오래 살지 못하리라는 것을 직감하고 있었다. 그러나 유다양의 몸은 매독 균이 그다지 기승을 부리지 않았다.

두 사람이 투옥된 다음해인 1618년부터 개신교도들이 무더기로 잡혀 들어오기 시작했다. 그후 30년이나 지속된 종교전쟁의 여파로 개신교도들뿐만 아니라 삶이 피폐해진 수많은 평민들이 강도와 도적으로 변하는 바람에 수용인원 3천 명이면 적당할 산티아고 감옥은 5천 명이 넘는 죄수들이 들어와 미어터졌다.

유다양과 헬리는 감옥 안에서 서로 만난 적이 없었다. 아니 딱 한 번 있었다. 감옥에 수감된 지 3년이 훌쩍 지난 1620년 5월, 개신교도 수감자들이 폭동을 일으켰을 때 우연히 마주쳤다. 당시 순교하기로 작정하고 격렬하게 저항하는 개신교도들의 폭동을 진압하는 데 애를 먹고 있던 파밀로 교도소장은 폭동에 가담하지 않던 가톨릭교도 죄수들에게 진압을 도울 경우 형량을 줄여주겠다고 선언했다. 그러자 파밀로 소장의 꼬임에 빠진 많은 죄수들이 개신교도들을 학살했고, 유다양과 헬리가 그 진압 무리에 섞여 있었음은 물론이다. 그러나 학살의 와중에 서로를 잠시 확인했을 뿐 얘기를 나누지도 않았고 오히려 서로 멀리 떨어져 있으려 했다.

폭동이 진압되고 나자마자 새로운 교도소장 에스칼로가 부임해왔다. 당연히 파밀로 소장의 약속은 휴지조각이 되었다. 대신 교도소 안에는 조그마한 변화가 있었다. 개신교도들을 수감한

감방 안에 진압에 앞장섰던 구교 죄수 한두 명을 집어넣어 감방장으로 대우해주며 그들을 감시하도록 한 것이다. 유다양도 감방장으로서 개신교도들이 우글거리는 감방으로 옮겨졌다.

요즘에야 죄일 수 없지만 가톨릭이 사회질서를 유지하는 역할을 하고 있었던 당시의 스페인에서는 개신교도들이 범죄자로 취급받는 일이 허다했다. 그러나 그들은 무척이나 선량하고 순진했으며 항상 경건하고 기도하는 분위기를 유지하고 있었다. 게다가 그들은 유다양의 음험한 눈빛을 보자마자 지레 겁을 집어먹고 어떠한 명령에도 고분고분했다. 그래서 유다양이 감방 안의 질서를 유지하는 데에는 아무런 어려움이 없었다.

그러나 헬리에게는 그런 기회가 주어지지 않았고 예전의 감방에 그대로 수감되었다. 그곳에서 헬리는 난폭한 죄수들에게 둘러싸여 온갖 험한 꼴을 당하고 있었고, 배식되어 나오는 쥐꼬리 같은 음식마저도 절반 이상 그들에게 빼앗기고 있었다.

어느 날 매독 균이 온몸에 퍼졌다고 느끼며 상심에 빠진 헬리가 제인에게 다시 편지를 썼다. 페냐와 선원들 모두가 밀수죄로 투옥되었을 것이라고 믿었지만 제인은 전직 스페인 군인이었던 그녀 아버지의 도움을 받아 처벌에서 벗어나 멕시코시티에서 살고 있으리라 믿고 있었다.

그러나 투옥된 후 지난 3년 동안 스무 통 이상의 편지를 보냈지만 아직껏 답장은 한 통도 받지 못했다. 스페인과 멕시코가 멀리 떨어져 있다손 치더라도 3년이 지나도록 그가 보낸 많은 편지들을 한 통도 못 받지는 않았을 터인데……. 환갑이 넘은 나이에

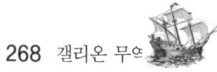

감옥에서 시달리다보니 헬리의 심신은 나날이 나약해져 갔다.

게다가 한 가닥 기대를 품었던 파밀로 소장의 약속마저 지켜지지 않았고 폭동진압에 대한 아무런 혜택도 받지 못하게 되자 더욱 무기력해졌다. 기력이 쇠하고 매독 균의 공격을 받게 되자 아무리 노련한 살인자이자 사기꾼인 헬리로서도 판단력이 흐려질 수밖에 없었다. 그래서인지 이번에 쓴 편지에는 여태까지 언급하지 않았던, 제인에게 맡겨 둔 보석들에 대해 언급해 버렸다.

모든 죄수들에게 적용되듯이 헬리의 편지도 간수들의 검열을 받았다. 잠시 후 간수 한명이 급히 헬리의 편지를 들고 에스칼로 소장실로 달려갔다.

그로부터 두 달 후, 멕시코시티에 있는 제인의 부모 가게에 낯선 사내가 찾아왔다. 헬리의 감방을 지키는 간수들 중의 한 명이었다. 그들은 한참 동안 심각한 대화를 나누고 나서 제인의 아버지가 챙겨주는 조그마한 자루를 간수가 품 안에 넣었다. 그들은 정중하게 악수를 나누고 헤어졌다.

그로부터 다시 두 달 후, 산티아고 교도소에 예의 그 간수가 나타나더니 에스칼로 소장의 사무실로 곧장 들어섰다. 품에 숨겨놓았던 자루를 풀자 은화 31 냥이 반짝이고 있었다. 간수가 간략하게 보고했다.

"소장님, 제인의 부모는 두 번 다시 이런 일에 연루되고 싶지 않고 다시는 헬리를 보고 싶지 않다고 말했습니다. 제인은 이상한 병에 걸려 죽은 지 일 년이 넘었다고 했습니다."

"알았네. 수고 많았어! 자, 이것은 자네 교통비와 수고비니 받아 둬!"

에스칼로 소장이 주머니에서 은화 다섯 냥을 꺼내 간수에게 건네주었다. 공손하게 돈을 받아든 간수가 허리를 쭉 펴며 부동자세를 취했다.

"감사합니다, 소장님!"

"이제 가 봐도 돼! 그리고 헬리는 자네가 알아서 잘 처리해!"

"넵, 소장님!"

거수경례를 마치고 씩씩하게 소장 실을 나온 간수는 즉시 졸개 간수를 불렀다. 품 속에서 은화 한 냥을 꺼내 그에게 주며 무엇인가 은밀한 지시를 내린 후 헤어졌다.

그날 밤, 헬리는 영문도 모르는 채 독방으로 옮겨졌다. 그리고 나흘 동안 음식은 전혀 나오지 않고 물만 나왔다. 독방으로 옮긴 지 닷새째 되던 날 저녁, 드디어 따뜻한 스프가 들어왔다. 헬리는 천정 가까이 달린 한 뼘 크기의 환기 구멍으로 들어온 달빛에 스프를 비춰보았다. 그리고 그가 바깥세상에서 활약하던 때 항상 숨기고 다녔던 것과 똑같은 종류의 독약 기운이 스프에 노골적으로 어려 있음을 알아챘다.

그것을 입에 넣으면 죽는다는 것을 헬리는 알고 있다. 그러나 그의 손과 위장은 한때 노련했지만 이제는 병들고 노쇠해져버린 뇌의 명령을 따르기를 거부했다. 이제는 어느 곳에도 되돌아갈 수 없고 결국 모든 것이 끝났다는 생각에 온몸이 전율했다. 그리고 자신의 영혼에 스스로 독을 친 자에게 걸맞는 최후의 만찬에 손이 이끌고 갔다.

1620년 9월 6일. 간수 외에는 아무도 모르는 채 헬리의 몸은

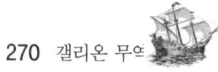

싸늘하게 식어갔고 그의 더러운 영혼도 갈기갈기 찢어져 우주 속 어딘가로 흩어져갔다. 그날은 종교의 자유를 찾아서 신대륙으로 가기 위해 '필그림 파더스'라 불린 영국의 청교도 백여 명이 메이플라워에 승선했던 날이기도 하다.

헬리가 숨지던 날, 에스칼로 소장은 당직자를 제외한 간수들 전원과 개신교도들 감방에 배정되어 있는 감방장들을 한자리에 모았다.

"너희들도 알다시피 아직도 독일지역에서 종교전쟁이 소강상태에 있다. 이 전쟁이 소강상태라고 하는 말의 뜻은 개신교도들의 세력이 만만찮아서 주류인 우리가 오히려 밀리고 있다는 말이다. 아니, 아직 우리가 열세인 것은 아니지만 이제는 비주류인 그들과 세력이 엇비슷해졌다. 이 상태를 타개하여 우리가 유리한 전세를 확보하기 위해서 반드시 해야 할 중요한 일이 있어서 너희들을 부른 것이다."

가장 뒷자리에 앉은 유다양은 소장의 말에서 어떠한 비장함을 느꼈지만 그의 눈빛에서는 지겨움과 짜증이 묻어났다. 좌중이 귀를 곤두세우고 소장의 다음 말이 이어지기를 기다렸다. 소장은 짐짓 딴청을 부린 후에 헛기침을 하곤 지시하는 투로 말했다.

"마드리드 시에서 암약 중인 개신교도들의 지도자를 색출해내어 체포해야 한다. 그런데 아직까지 그가 누군지 이름도 얼굴도 알려져 있지 않다. 그러니 너희들은 개신교도 죄수들을 철저히 감시하여 그들의 지도자가 누구인지 단서를 찾아내야 한다. 간수들이 찾아내면 진급과 포상금이 따를 것이다. 감방장들이 찾

아내면 내 권한으로 즉시 교도소 문을 나가게 해주겠다. 이 약속은 내 명예를 걸고 틀림없이 지킨다. 알겠나?"

"네!"

모두들 일제히 자리에서 일어서며 한 목소리로 대답했다.

그날부터 간수들과 감방장들은 개신교도 죄수들에게 그 도시의 지도자 이름을 대라고 협박과 폭행, 그리고 회유책까지 동원하며 매일 달달 볶기 시작했다.

그러나 유다양만은 달랐다. 그는 짐짓 개신교에 관심이 있는 척하며 접근했다. 처음에는 개신교도들도 그를 의심하며 경계했다. 유다양은 그동안 그들과 함께 생활하면서 엿들었던 두 교파 간의 차이점과 가톨릭의 문제점들을 거의 완벽하게 암기하고 있었다. 그리고 라틴어를 할 줄 아는 지식인이라는 점을 이용하여 그들에게 접근해 갔다. 기회가 될 때마다 가톨릭의 문제점들을 얘기하며 비판했다. 개신교도들이 기도를 하면 그들 속에 섞여 함께 기도했다.

그러자 그들이 유다양을 대하는 태도도 조금씩 누그러지기 시작했다. 특히 다른 감방에서는 빈번한 폭행을 유다양은 행사하지 않은 것도 그들의 경계를 허무는 데 큰 기여를 했다. 육신이 갇히어 두려움과 괴로움에 떨고 있는 사람들은 무엇이든 희망의 끈을 잡으려고 한다. 그들은 서서히 유다양에게 희망을 품게 되었다.

한 달이 지나자 소장이 다시 간수들과 감방장들을 은밀하게 소집했고 아무런 진전사항이 없음을 확인했다. 보름이 지나자 또 다시 소장의 소집명령이 떨어졌다. 그때쯤 유다양은 이미 개

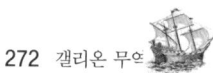

신교들의 기도문과 열 가지 이상의 찬송가를 외우며 간수들 몰래 그들과 어울리는 사이가 되어 있었다.

세 번째의 회의가 성과 없이 끝나고 해산명령이 떨어지자마자 유다양이 소장 곁으로 바짝 다가섰다.

"소장님, 드릴 말씀이 있습니다."

"응? 그래, 뭐야?"

간수들과 다른 감방장들이 유다양을 호기심어린 눈으로 쳐다보았다.

"죄송하온데, 소장님께만 드릴 말씀이라서……."

소장은 마뜩잖은 눈치를 보이면서도 유다양만 남고 모두들 회의실 밖으로 나가라고 명령했다. 간수들이 밖으로 나가면서 기분 나쁘다는 표정으로 유다양을 힐끔 쳐다보았다. 회의실에 소장과 단 둘이 남게 되자 유다양이 공손하게 말했다.

"소장님, 칼뱅의 책 《신앙강요》 한 권만 구해주실 수 있겠습니까?"

"뭐라고? 이 녀석 보게? 그 책은 발견하는 즉시 불태워 버린다는 것을 몰라? 그리고 그 책을 가지고 있는 것만으로도 구속이라고!"

"네, 네. 잘 알고 있습지요. 그런데 그 책이 있어야 저자들이 제게 마음 놓고 비밀을 털어 놓을 것 같아서요, 헤헤헤!"

소장은 유다양의 눈을 가만히 응시했다. 그 속에 무언가 모를 음흉한 계략이 숨어 있음을 감지했다. 그리고 탐욕까지도…….

"좋아. 네게 은밀하게 그 책을 하나 선물하지. 만일 앞으로 한 달 이내에 내가 원하는 정보를 얻어내지 못하면 나를 속인 죄로

너를 독방에 처넣을 것이다. 그래도 되겠나?"

독방이라는 말에 유다양은 순간 몸이 굳어졌지만 자신의 계획을 포기하고 싶지 않았다.

"네. 물론이지요. 그렇게 하겠습니다!"

유다양이 에스칼로 소장에게 부탁했던 《신앙강요》는 칼뱅이 1544년에 쓴 책으로 그의 개혁주의 신학사상이 가장 잘 나타나 있다. 그리고 이 책만큼 기독교 신학에 지대한 영향을 끼친 책도 없다고 후세 역사가들은 말한다.

며칠 후 유다양에게 먼 친척이 면회를 왔다는 전갈이 왔다. 그리고 그날 밤 간수들이 불을 꺼버리고 모든 죄수들에게 강제로 잠이 들기를 명령하고 나서야 유다양은 감방 안에 있는 죄수들을 살며시 불러 모았다. 그러고는 품 속에 넣어 두었던 《신앙강요》를 조심스럽게 꺼내보였다. 마치 세계에서 가장 소중한 보물이라도 된 듯이 조심, 조심 그리고 정성을 다하여 그 책자를 다뤘다. 개신교도들은 희미한 어둠 속에서 그들의 신앙심을 북돋워주는 위대한 서적이 그들이 갇혀 있는 감방에 들어온 것에 너무나도 놀라워했다. 숨죽여 흐느끼면서 '아멘'을 연발했다. 폭풍과도 같은 감정의 물결이 소용돌이치도록 내버려 둔 채 유다양은 첫 페이지부터 조용히 낭송했다. 라틴어로 쓰인 그 책의 내용을 한 단락씩 라틴어로 읽은 후 스페인어로 번역해주었다.

별빛이 감옥 안에 더 이상 들어오지 않아 책을 읽을 수 없을 때까지 유다양의 책읽기와 번역은 계속되었고, 개신교 죄수들은 유다양을 마치 재림한 예수를 보는 듯이 존경과 감탄의 마음으

로 받아들였다.

다음날부터 개신교도들 사이에 유다양의 인기와 존경심은 하늘을 찌를 듯이 높아져 갔다. 그러나 그것은 어디까지나 자기들끼리의 비밀스러운 정서였고, 간수들이나 다른 죄수들에게는 전혀 내색하지 않았다. 유다양도 평소의 행동을 그대로 유지하기위해 의도적인 노력을 기울였다.

그런데 며칠 후, 그날 밤에도 죄수들과 함께 《신앙강요》를 읽으며 칼뱅의 신학을 공부하고 있는데 마침 그 감방 앞을 순찰 중이던 간수에게 발각되고 말았다. 금서를 발견한 간수는 즉시 감옥 안 전체에 비상나팔을 불었다. 《신앙강요》는 당연히 그날 밤 모든 죄수들이 지켜보는 가운데 불태워졌고, 유다양은 벌거벗겨진 채로 채찍질을 당했다. 발진이 번진 그의 알몸에 채찍이 닿자 수월하게 살점이 떨어져 나갔고 피가 튀었다. 개신교도들은 숨어서 눈물을 훔치며 기도를 올렸다.

그 시각에는 에스칼로 소장이 이미 집으로 귀가한 뒤였기 때문에 그 누구도 유다양에 가해진 체벌을 면하게 해줄 수 없었다. 아니 어쩌면 소장이 있었다 하더라도 모르는 체 했을 터였다. 그리고 어쩌면 그러한 사건도 유다양의 계략에 이미 들어 있는 것인지도 몰랐다.

채찍질이 끝나자 피범벅이 된 유다양은 다른 감방으로 이송되었다. 그곳에서 유다양은 개신교도 죄인들과 똑같은 취급을 받았고, 그곳 감방장에게서 온갖 학대와 폭행을 당해야 했다. 그럴수록 감옥 안에 있는 개신교도들의 유다양에 대한 신임과 존경은 더욱 높아져만 갔다.

그 사건이 있은 며칠 후, 산티아고 교도소 안에 있는 모든 죄수들이 교도소 주변을 뒤덮고 있는 잡초를 뽑고 청소하러 감방에서 나왔다. 그 시간에야 비로소 다른 감방에 있는 죄수들끼리 얼굴을 볼 수 있었고 짧은 시간이나마 대화도 나눌 수 있었다. 유다양이 아직 채찍으로 인한 상처가 아물지 않아 거동이 불편한 몸짓으로 잡초를 뽑고 있는데, 죄수 한 명이 다가와서 말을 걸었다.

"저 혹시, 며칠 전 밤에 《신앙강요》를 가르치시다 형벌을 받은 분 맞나요?"

"네, 그렇습니다만…… 누구신지?"

"맞군요. 반갑습니다. 저는 바쿨로라고 합니다. 개신교도이고 지도자님을 모시고 전도하면서 군자금을 모으다 어처구니없는 실수를 하여 체포되어 버렸습니다."

'지도자'라는 말에 유다양의 귀가 번쩍 뜨였다. 그러나 애써 무관심한 듯 힘없는 목소리로 대꾸했다.

"그렇군요. 저는 이곳에서야 비로소 새로운 신앙을 발견했습니다만 아직 정식으로 개종 절차를 밟지는 못했습니다. 그래서 제 자신을 개신교도라고 소개할 수 없습니다."

"그것이 무슨 차이가 있겠습니까? 개종절차는 형식일 뿐이고, 마음으로 진실한 신앙을 받아들이는 것이 훨씬 중요하지요."

"그렇게 말씀해주시니 감사합니다. 그런데 지도자님이라고 부르는 그분도 같이 체포되었나요?"

"아닙니다. 다행히 저만 체포되었고 그분은 안전합니다. 이 감옥을 나가게 되면 이곳에서 행하신 형제님의 용감한 행동과 고

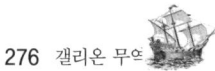

행에 대해 지도자님께 말씀드리겠습니다. 형제님의 행동이 이곳에 있는 모든 형제와 자매들에게 큰 힘이 되어 주셨습니다. 항상 강건하시길 신께 기도하겠습니다."

"감사합니다. 형제님도 항상 강건하십시오."

유다양은 간수들의 눈을 피해 재빨리 자리를 떠나는 그 죄수를 눈여겨보았다. 보통의 체격에 갈색 곱슬머리, 그리고 수염이 많지 않고 말에 절도가 있는 것을 보니 아주 젊지는 않고 30대 후반 정도의 나이로 짐작되었다. 특이한 점은 오른쪽 목덜미에 커다란 사마귀가 있는데, 옷깃을 세우면 보이지 않을 것 같았다.

'이제 지도자라는 자를 알아낼 수 있는 단서를 잡았다. 그런데 방금 그 자를 어떻게 다시 찾아내지? 여기는 오천 명이나 되는 죄수들이 있다지 않던가?'

유다양이 고민에 빠져 있는데, 바로 곁에서 잡초를 뽑고 있던 유다양과 같은 감방에 수감되어 있는 개신교 죄수가 그의 팔꿈치를 툭 치며 말했다.

"저 사람은 한 달 전부터 우리 옆방에 수감되어 있습니다."

그 말을 듣는 순간 유다양은 갑자기 하늘이 훤해지는 것을 느꼈다. 뽑은 잡초를 들고 허리를 쭉 펴고는 주위를 둘러보았다. 어느덧 만면에 미소가 번지고 있었다.

'아…… 이제, 이 지긋지긋한 감옥을 나갈 날이 멀지 않았구나!'

그날 오후, 유다양은 평소 안면을 익혀둔 간수에게 다가가서 에스칼로 소장과 면담을 요청했다. 그의 행동이나 말이 다른 죄수들의 의심을 사지 않도록 극도로 조심했다. 그러나 간수는 통

명스럽게 대꾸했다.

"네가 소장님을 만나서 뭐하게?"

당황한 유다양이 재빨리 주위를 둘러보았다. 간수의 목소리가 크지 않아서인지 다소 떨어져 있는 죄수들은 이쪽에 신경 쓰고 있지 않은 듯 했다. 유다양이 사정조로 속삭이듯 말했다.

"나으리! 제발 억양을 낮추시고요. 제가 긴히 드릴 말씀이 있어서 그러니 제발 소장님께 전해 주십시오. 그 은혜 평생을 두고 잊지 않겠습니다."

"알았으니 청소나 해, 이 녀석아!"

간수는 유다양의 존재가 짜증난다는 듯이 꽥 소리를 지르고는 유다양의 복부를 손에 든 곤봉으로 툭툭 건드렸다.

그날 밤 감방 밖으로 호출되어 나간 유다양을 기다리고 있던 사람은 에스칼로 소장이 아닌 간수 세 명이었다. 그 중의 한 명은 몇 시간 전에 유다양이 소장과 면담을 주선해주기를 요청했던 간수였다. 그들은 죄수들에게 이름을 밝히지 않으니 편의상 간수 A, B, C라 부르자. 오후에 만났던 간수는 A다.

"너, 임마! 뭔가 정보를 알아냈으면 우리한테 먼저 보고를 하는 것이 순서인 줄 몰라?"

간수 A가 유다양의 얼굴을 보자마자 소리를 지르며 곤봉으로 유다양의 어깨를 내리쳤다. 유다양은 비명을 지르며 바닥에 무릎을 꿇었다.

"뭘 알아냈어? 우리한테 먼저 얘기해 봐."

간수 B는 제법 점잖은 목소리로 달랬다.

"그게 아직……"

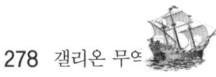

유다양의 목소리는 잔뜩 경계하며 움츠러들어 있었다. 그가 겁에 질려 대답을 얼버무리자 간수 A의 곤봉이 그의 어깨와 허리를 가격했고, 팔짱을 끼고 서 있던 간수 C도 발길질을 해 대었다. 간수 B가 말리자 그들은 폭행을 중지했다,

"어허. 쓸데없이 매를 버는구먼. 네가 알아야 할 중요한 사실이 하나 있어. 그것은 뭐냐 하면, 음…… 네가 개신교 지도자의 정보를 소장님께 바친다 해도 너는 석방이 되지 않는다는 사실. 그리고 너는 우리에게 매일 매를 맞게 되어 한두 달 안에 골병들어 죽게 된다는 사실. 그렇지만 만약 네가 그 정보를 우리에게 바치는 경우, 너는 네 형기를 마칠 때까지 매일 우리의 보호 아래 편안하고 배부른 생활을 하게 된다는 사실. 어때? 어느 쪽을 선택할 건데?"

유다양은 겨우 정신을 차리고선 바닥에 무릎을 꿇고 빌었다.

"나으리님들, 제발 살려주십시오! 저는 아직 그 정보를 알아내지 못했지만 기필코 알아내어 나리님들께 바치겠습니다."

"아직 못 알아냈어? 그럼 왜 소장님을 만나려 하는 게야?"

"그 정보를 가지고 있을 것 같은 사람이 제 옆방에 있어서……. 방을 옮겨달라고 부탁하려 했습니다."

"그래? 그런 일이라면 우리 선에서 해줄 수 있는 일이잖아, 이 자식아!"

원하는 정보를 얻지 못하는 데 대한 실망감이 커져버린 간수 A가 다시 곤봉을 쳐들고 이번에는 유다양의 머리를 가격했다. 유다양은 피를 흘리지는 않았지만 골이 깨지는 통증을 느끼며 다시 바닥에 널브러졌다.

그날 밤 유다양은 옆 감방으로 이송되었다. 그곳에 있던 개신교 죄수들은 이미 유다양을 알고 있었던 터라 간수들에게 폭행을 당해 피멍이 든 그의 몸을 정성껏 간호해 주었다. 그리고 그를 위해 기도와 찬송을 부르는 것도 잊지 않았다.

유다양은 이미 눈여겨보아 두었던 바쿨로를 찾아 의도적으로 그의 곁으로 다가가곤 했다. 그렇게 하여 며칠 동안 지극한 간호를 받는 동안 유다양과 바쿨로는 더없이 가까워졌다.

항해사 시절에 겪었던 재미있는 얘기들을 유다양 특유의 말솜씨(거짓과 사실을 7대3으로 적당히 섞는 솜씨)로 풀어내자 바쿨로와 죄수들은 금세 유다양을 좋아하며 따랐다. 게다가 이제는 (어쩌면 자기들보다도 더 신앙심 깊은) 개신교 형제이지 않은가!

어느 날 밤, 잠들기 전 기도와 찬송이 끝난 후 유다양이 바쿨로에게 물었다.

"바쿨로 형제님, 당신이 말했던 지도자께서는 정말로 안전한 건가요? 이렇듯 많은 신도들이 잡혀왔는데 어떻게 전도활동을 할 것이며, 전쟁터에 보낼 자금은 또 무슨 수로 걷는다는 말입니까?"

"유다양 형제님, 그래도 다 방법이 있답니다. 그리고 우리 지도자께서는 아주 안전한 곳에 계시지요. 누구도 상상하지 못할 그곳에, 하! 하! 하!"

"저로서는 이해하기 힘이 듭니다만, 지도자님의 안전에 관련된 부분이니 더 이상 질문하지 않겠습니다. 다만 걱정은 많이 되는군요."

두 사람은 더 이상 속삭이지 않고 잠이 들었다.

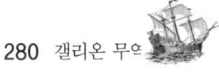

다음날 아침, 바쿨로가 가만히 유다양에게 다가왔다.

"어제 말씀하셨던 보물섬에 관해서인데요, 유다양 씨가 해적들에게서 탈취하여 숨겨두었다는…… 그 섬의 이름과 보물을 숨겨둔 위치를 알려주실 수 없나요? 말씀하신대로의 보물이라면 저희 개신교 형제들이 이번 전쟁을 승리로 이끄는데 크나큰 도움이 될 것이라고 믿습니다."

유다양이 고개를 끄덕였다. 그러나 근심이 가득한 표정을 지으며 물었다,

"그러나 제가 믿을만한 사람이어야만 그 섬의 이름과 보물의 위치를 알려드릴 수 있어요. 자칫 상대방에게 알려지거나 탈취될 우려가 있다면 차라리 그대로 묻어 두는 게 더 나으니까요."

"그런 걱정은 안하셔도 됩니다. 저희 지도자님께서는 아주 강하신 분이고 안전한 곳에 계시니까요."

바쿨로가 확신에 찬 어조로 말했으나 유다양은 여전히 미덥지 않다는 투로 말했다.

"어떻게 숨어 다니는 사람이 강할 수 있으며 안전하다고 할 수 있을까요?"

"그럼, 제가 저희 지도자님의 신분을 밝히면 그 보물을 저희 형제들에게 넘겨주실 수 있겠습니까?"

"당연하지요! 종교의 자유와 우리의 신앙을 지키는데 쓰이는 것이라면 저로서도 영광입니다, 형제님!"

순수한 영혼의 소유자인 바쿨로는 유다양의 거짓연기에 감동받아 눈물을 주르르 흘렸다

"형제님만 믿고 말씀드립니다. 저희 지도자님은 빈센트 사제님

입니다. 가톨릭 성직자로 위장하고 계시니 아무도 눈치 챌 수 없지요."

"아, 정말 그렇군요! 이제야 형제님의 말씀을 이해하게 되었습니다. 자, 그러면 보물섬 지도를 한 장 그려 드리지요. 이것을 사제님께 보내드리면 됩니다."

"감사합니다, 유다양 형제님!"

여전히 감격의 눈물을 흘리고 있는 바쿨로의 손을 꼭 쥐어준 뒤 유다양은 한 장의 지도를 그려 주었다. 장소는 태평양 어느 섬. 물론 실제로 존재하지만 해도에는 나와 있지 않은, 애드문 일행을 유기해버렸던 그 무인도. 보물을 묻어둔 적 없는 섬, 그 섬이 그 후 화산 폭발로 인해 이미 바다 속으로 잠겨버렸다는 사실도 유다양은 알 필요조차 없는 일이었다. 이제 그럴듯한 보물섬 지도를 이 불쌍하고 어리석은 개신교도에게 건네주고 자신은 무슨 수를 써서든 에스칼로 소장을 만나기만 하면 되는 것이었다.

유다양을 옆 감방으로 옮긴 후 간수들은 줄곧 유다양의 눈치를 살폈지만 정보를 알아냈다는 기미를 보여주지 않았다. 어쩌다 눈이 마주칠라치면 고개를 좌우로 흔들기만 했다. 아직 못 얻어 냈다는 뜻이리라 생각했다. 유다양은 소장의 눈에 띌 날만을 눈이 빠져라 기다리고 있었다.

1620년 11월 9일, 이 날은 두 명의 살인범들에 대한 처형식이 예정되어 있었다. 두 명의 사제가 그들이 처형되기 전에 고해성사를 듣고 처형된 뒤에는 짧은 미사를 올리는 일정도 식순에 포함되어 있었다.

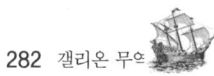

아침부터 산티아고 교도소 안에 있는 공터에는 교수대가 설치되었고 단상 위에는 에스칼로 교도소장을 비롯한 귀빈들이 앉을 의자도 마련되었다.

이윽고 처형식이 준비되자 교도소 안의 모든 죄수들을 교수대 앞 공터에 정렬시켰다. 그들 모두에게 법의 준엄함을 보여주고 공포심을 심어주기 위함이었다. 죄수들의 정렬이 끝나자 소장과 사제 두 사람이 단상에 나타났다.

죄수들 무리의 중간에서 유다양 곁에 서 있던 바쿨로가 속삭였다.

"아! 빈센트 사제님이 직접 나오셨구나!"

그 말을 듣는 순간 유다양은 '헉!'하고 심장이 멎는 듯했다. 그러고 나서 가슴이 콩닥콩닥 뛰기 시작하더니 갈수록 격렬하게 고동쳤다. 얼굴이 달아오르고 호흡도 가빠졌다. 감옥을 빠져나갈 절호의 기회가 왔다는 것을 온몸이 느끼고 있었던 것이다. 너무 흥분하고 긴장한 탓인지 다리가 후들거렸다. 그는 머리를 이리저리 흔들었다. 열심히 머리를 돌리고 있다는 증거였다.

문득 결심이 선 듯 유다양은 소장과 사제들을 응시하며 한발 한발 단상 쪽으로 몸을 움직이기 시작했다. 바쿨로가 유다양의 옷깃을 잡아끌었지만 그는 아무 생각도 할 수 없었다. 오직 단상 앞으로 가야만 한다는 일념뿐이었다. '저기 저, 빈센트 사제가 개신교 지도자입니다'라고 소리치는 유다양의 목소리와 몸짓을 소장이 직접 듣고 직접 보아야 한다는 것뿐이었다. 그는 초조함 때문에 심장이 멈춰 버릴 것만 같았다.

유다양이 열을 무시한 채 자꾸만 앞으로 나아가려는 것을 격

정한 바쿨로마저 유다양을 따라 앞 열을 헤집고 나아가자 그들 앞에 서 있던 죄수들이 짜증을 내면서 큰 소리로 욕설을 퍼부었다. 뒤쪽에서도 화가 난 몇몇 음성이 소리쳤다.

"너희들 뭐하는 거야? 줄을 서! 줄을!"

유다양과 바쿨로 주위에 작은 소란이 일었다. 그러자 간수 A가 재빨리 죄수들 사이로 들어가 유다양의 앞을 가로막고 엄하게 쏘아보았다.

"네 자리로 돌아가!"

유다양은 심장의 고동소리가 목까지 차오르는 것을 느끼며 떨리는 목소리로 사정했다.

"나으리, 소장님을 만나야 합니다!"

유다양은 말을 뱉고 나서 후회했지만 이미 엎질러진 물이었다.

"내게 먼저 말하라고 했잖아!"

간수 A가 곤봉으로 유다양의 정강이를 후려쳤다. 유다양이 쓰러지자 바쿨러가 그를 부축하려고 유다양의 손을 잡았다. 그때였다. 느닷없이 유다양의 목에서 괴성이 터져 나왔다. 그것은 유다양이 단상 곁에 바짝 다가선 후에 외치려고 속으로만 수없이 되내고 되내던 말이었다. 지금 이 순간이 아니었다. 그런데 이미 유다양의 입과 혀는 그의 뇌가 세워놓은 음모에 따르지 않기로 결정한 모양이었다.

"소장님! 찾아냈습니다! 개신교 지도자는 바로……."

소스라치게 놀란 바쿨러가 온몸을 던져 유다양을 덮치는가 싶더니 재빨리 그의 입에 주먹을 쑤셔 넣었다. 그러자 간수 A가 이번에는 바쿨러를 곤봉으로 내리쳤다. 그러나 바쿨러는 그의 주

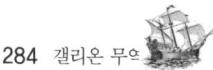

먹이 유다양의 목젖 깊숙이 들어가는 것을 느낄 때까지 쏟아지는 곤봉의 아픔을 초인적인 정신으로 참아냈다.

순식간에 간수들 몇 명이 더 달려들어 바쿨러를 집단으로 폭행했다. 이윽고 잠잠해지자 처참한 상황이 벌어졌음을 보여주었다. 바쿨러는 온몸이 피투성이가 된 채로 혼절해 있었고, 유다양은 바쿨러가 혼신의 힘을 다해 팔꿈치 언저리까지 쑤셔 넣은 입을 다물지 못한 채 질식해 숨져 있었다. 그의 횅하게 떠 있는 눈에는 흰자위만 보였고, 언제 올라 왔는지 매독 균 발진들이 얼굴 전체를 뒤덮고 있어서 흉측하기 그지없었다.

이날, 청교도들을 태운 메이플라워 호는 미국 매사추세츠 주의 케이프코드에 상륙했다.

22

에필로그 -리처드(애드문)

유다양과 헬리가 유죄판결을 받아 산티아고 교도소에 수감된 후 애드문은 영국으로 건너갔다. 그때부터 더 이상 애드문이라 하지 않았고 리처드라는 영국식 이름을 쓰기 시작했다(그가 항시 끼고 다녔던 반지도 어디론가 사라지고 없었지만 그 누구도 물어보지 않았고 그 역시 얘기한 적이 없었다).

그가 소유한 갤리온 선은 이미 후계자를 정해 맡겨놓았으니 더 이상 직접 항해를 한다거나 무역에 신경 쓰지 않아도 되었다. 해적들에게서 노획했던 많은 보물이 아직도 남아 있어서 경제적인 면에서 아무런 염려가 없었다. 게다가 그의 후계자 항해사들은 의리를 가장 소중하게 간직하는 사람들이었다. 그들은 해마다 한두 차례씩 리처드의 런던 자택을 방문하여 항해와 무역에 대한 간략한 브리핑을 하면서 의견을 나누었다. 그리고 이익의 일정비율을 리처드에게 전달했다.

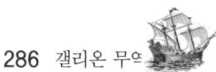

리처드가 정착한 런던의 이층집은 템스 강과 케임브리지 대학을 걸어서 30분이면 갈 수 있는 거리에 있었다. 매일 오전에는 템즈 강가를 산책했고 오후에는 케임브리지 대학의 도서관에서 책을 읽는 것이 일과였다. 평범한 일상을 즐겼기 때문에 멀리서 보기에는 바위처럼 움직이지 않은 채 살고 있는 듯 했다.
　집에는 그가 쓰는 침실과 서재 외에 일곱 개의 손님용 방이 있었고, 한 명의 남자 집사와 두 명의 여자 가정부가 그의 일과를 챙기고 손님들의 시중을 들었다. 그의 집에 찾아와 머무는 손님들은 주로 그와 친분이 있는 항해사들이었지만 가끔 그가 좋아하는 작가들과 정치가들도 초대하여 머무는 동안 말벗이 되기도 했다.

　1627년 가을 오후, 65세의 리처드가 케임브리지 대학의 도서관에서 책을 빌려 나오는데, 도서관 앞 잔디 위에 일단의 학생들이 준수하게 생긴 청년과 토론을 벌이고 있었다. 그 옆을 지나가다 문득 청년의 발언이 귀에 들려왔다.

　"이보게들, 이제 우리들의 의식을 바꿀 때가 되었네. 왕을 몰아내고 시민이 주인이 되는 나라를 만들어야 할 때가 되었다는 말일세. 공동체는 공동체의 구성원 모두가 평등하게 주인임을 알아야 하네. 독재자는 인류의 적임을 주민들에게 알리세."

　리처드는 걸음을 멈추고 근처에 있는 벤치에 앉았다. 청년은 얼굴에 여드름이 더덕더덕 붙어 있어 앳돼 보이지만 눈빛이 강

렬했다. 그는 스무 명 남짓한 학생들에게 열심히 자신의 의견을 피력하고 있었다. 그들 중에는 청년의 의견에 반대하거나 시기상조라며 반론을 제기하는 학생들도 있었지만 대체로 청년의 의견에 수긍하는 분위기였다.

런던의 가을철 오후는 금세 저물어 버린다. 청년과 학생들이 그날의 토론을 마치고 잔디에서 일어서자 리처드도 벤치에서 몸을 떼어 청년을 향해 걸어갔다. 청년도 아까부터 그곳에 앉아 자신의 얘기를 경청하고 있던 노신사를 의식하고 있었고 호기심을 가지고 있었다.

"젊은이. 실례지만 잠시 얘기 좀 나눠도 괜찮겠는가?"

"네, 어르신. 아까부터 저희들의 토론에 관심을 가지고 계신 줄 알고 있었습니다. 저는 크롬웰이라 합니다."

"반갑네, 크롬웰. 나는 리처드라 하네. 전직 선장일세. 우리 집이 여기에서 멀지 않으니 함께 걸으면서 얘기하다 저녁식사도 같이 하면 어떻겠는가?"

"좋습니다. 저로서는 영광입니다, 리처드 선장님!"

두 사람이 집에 도착할 즈음에는 이미 대화를 통해 정치적인 견해가 비슷하다는 것을 확인했다. 저녁식사가 끝나고 응접실에서 커피를 마시며 자정 무렵까지 진지하게 의견을 나누었다. 그들이 헤어질 무렵에는 벌써 서로의 신념이 동일하다는 것을 알았고, 가슴 속에서 끓고 있는 똑같은 혁명의 기운을 감지해 냈다.

그 후 수차례의 만남을 통해 리처드는 크롬웰이 자신이 젊은 날부터 품어왔던 이상을 실현할 수 있을 만한 의지와 능력을 가졌음을 발견했다. 그가 이루지 못했던 꿈을 이 청년을 통해서

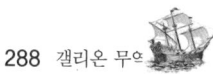

라면 성취할 수 있을 것이라고 예감했다. 크롬웰 역시 리처드의 경륜과 휴머니즘 사상에 크게 매료되었다.

  그때부터 리처드는 크롬웰의 장래에 필요하다 싶은 것들은 아낌없이 지원했다. 물론 그의 지원이 남의 눈에 띄지 않도록 배려하는 것을 잊지 않았다. 왜냐하면 크롬웰의 모든 성취가 스스로의 힘으로 이룩한 것이라는 것을 주위 사람들과 대중들에게 인식시키는 것이 중요했기 때문이었다.

  이듬해인 1628년, 크롬웰은 29세의 젊은 나이로 하원의원에 당선되었다. 정치인 크롬웰은 왕정을 폐지하고픈 강렬한 의지를 더욱 키워 나가면서 동조세력들을 규합하기 시작했다. 그들 중에는 훗날(1667년) '실락원'이라는 불후의 서사시를 썼던 밀턴도 포함되어 있었다. 의회주의를 적극적으로 지지했던 밀턴은 크롬웰보다 아홉 살 어렸고 크롬웰과는 케임브리지 대학 동문이었다.

  왕과 세습귀족들은 크롬웰을 경계하며 제거하고자 했지만 청교도로서 철저한 금욕주의 생활을 하는 그에게서 쉽사리 약점을 발견할 수 없었다. 그리고 그의 뒤에서 정신적으로 경제적으로 지원하고 있는 리처드의 존재는 그 누구도 눈치 채지 못했다.

  "폭력은 혁명을 낳는 데에 필수적인 요소라네."

  리처드는 크롬웰에게 혁명은 무력으로써만 달성할 수 있다는 것을 수시로 주시시켰다. 무력의 종류는 두 가지라고 얘기했다. 하나는 민중들을 교육시킨 후 무장봉기를 일으키는 것이었고 또 다른 하나는 소수정예 엘리트 군대를 훈련시켜 전쟁을 하는 것이었다. 두 사람은 토의를 거듭한 끝에 후자를 택하기로 했다. 왜

냐하면 당시의 영국 민중들은 문맹률이 너무 높았고 지적수준이 낮았기 때문이었다. 그리고 천 년이 넘는 오랜 세월동안 왕의 통치를 받아왔었기 때문에 민중 스스로 주인이 되어 민중의 대표가 나라를 통치한다면 어떻게 그들의 삶이 좋아진다는 것을 깨닫게 하기 힘들 것이라는 판단을 했다.

두 사람은 십여 년에 걸쳐 꾸준히 준비한 끝에 1642년에 드디어 기병대를 창설했다. 크롬웰의 기병대 병사들은 신 이외에는 두려울 것이 하나도 없는 청교도 청년들을 위주로 선발했고, 리처드의 무술을 전수받은 크롬웰의 부하장수들이 혹독하게 훈련을 시켰다. 그래서 그들의 용맹성과 전투력은 전쟁을 할 때마다 유감없이 발휘되어 승리를 거듭했다. 그래서 영국 국민들은 크롬웰의 기병대를 철기군 이라고 불렀다.

결국 크롬웰은 왕과 왕을 추종하는 귀족들의 군사들을 무찌르고 왕과 귀족들이 의회에 복종하게끔 만들었다. 그러나 1648년에 왕이 다시 반발하며 군사를 모으자 왕 찰스 1세를 체포하여 처형하기에 이르렀다. 이렇게 하여 리처드와 크롬웰이 꿈꾸어 왔던 공화정이 수립되어 민주주의(의회주의)가 실현되었다.

어느 날 밤늦게 몰래 찾아온 크롬웰에게 리처드가 신신당부했다.

"크롬웰, 민주주의가 꽃피우려면 국민들을 교육시켜야 하네. 학교를 많이 세우고 재정을 교육에 우선적으로 투자하여 문맹률을 낮춰 주시게. 모든 국민들을 일정기간 강제적으로 교육시켜야

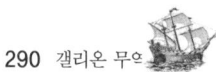

할 필요성도 있을 것 같으니 의무교육을 연구해보면 좋을 것일세. 그리하여 국민들의 지적 수준이 높아지고 민주주의와 인본주의, 공동체 사회주의를 제대로 이해하면 나라의 주인이 그들 스스로임을 깨달을 것이네. 주인인 그들의 책임과 의무를 자각하고 있는 한 자네가 이룩한 민주공화정치는 앞으로 수백 년이 흘러도 결코 시들지 않을 것이라고 믿고 있네."

1652년 봄, 리처드의 집에 길버트가 찾아왔다. 리처드의 나이는 벌써 아흔 살이 되었으니 길버트도 이미 흰머리 날리는 그러나 아직은 정정하고 훌륭한 선장이 되어 있었다. 그 즈음 리처드는 젊었을 때부터 모았던 거의 모든 재산을 기꺼이 혁명가 크롬웰의 성공에 쏟아 부었고, 공화국 수립이라는 결실을 보았으니 성취감을 맛보며 행복한 노년을 즐기고 있었다.

"선장님, 요즘 건강은 어떠십니까?"

"세상 떠날 날이 오늘일까 내일일까 기다리고 있는 노인네가 건강은 챙겨서 무엇 하겠는가? 길버트 선장, 자네나 건강 잘 유지해서 인생을 더 충실하게 즐기시게."

온몸에 주름이 가득하고 살점도 별로 남아있지 않아 허약해 보이는 늙은이 리처드의 덕담에 길버트는 마음이 먹먹해져 옴을 느꼈다. 그래도 찾아온 용건은 전해야 할 것 같아 말을 꺼내기로 했다.

"감사합니다, 선장님! 그런데…… 요즘 크롬웰에 대한 이상한 소문이 떠돌고 있습니다. 혹시 알고 계십니까?"

"크롬웰? 왜 무슨 나쁜 소문이라도 들었는가? 그 친구, 찰스

왕을 처형하고 공화정을 완성시키고 난 이후로는 거의 이곳에 찾아오지 않더군. 많이 바쁜 모양이야……. 그가 요즘엔 무슨 생각들을 하고 있는지 나도 궁금하던 차였네."

"최근 들어 크롬웰이 자신의 의견과 다른 정치인들을 탄압하고 있습니다. 조만간 의회를 해산하고 크롬웰 자신이 종신호국경이 되고자 한다는 소문을 제가 신뢰하는 사람에게서 들었습니다."

길버트의 말에 리처드는 답답한 듯 한숨을 내쉬었다.

"그래? 그 소문이 사실이 아니길 바라네만, 세상이 변하면 사람도 변하는 것 같아. 어찌 죽을 때까지 한 가지 신념으로만 살 수 있겠는가? 그러나 모름지기 사내대장부라면 평생 변하지 않을 신념이 하나 정도는 있어야 하지 않을까? 허! 허! 허!"

리처드의 소년티 나는 천진난만한 미소와 밝은 너털웃음에 길버트의 마음이 한결 가벼워졌다. 항해와 무역에 관한 것은 리처드 자신이 직접 가르치고 훈련시킨 항해사들 중에서 후계자를 선택하여 맡겼지만, 그의 정치적 신념에 관한 것은 크롬웰을 통해 실현하고자 했음을 리처드의 항해사들은 너무나 잘 알고 있었다. 크롬웰에 대한 부정적인 소문을 전하면 상심하거나 분노할 줄 알았는데 의외로 그다지 개의치 않는 듯한 리처드의 태도에 길버트는 저으기 안심했다. 그는 이제 동작이 굼뜨고 말하는 속도는 더 느린, 쭈그러든 노인네에 불과했다.

"선장님이 평생 간직하신 신념은 어떤 것들이 있습니까?"

그 말에 리처드는 눈을 감았다. 잠시 후 눈을 떴을 때 그는 아주 먼 곳에 다녀온 듯한 표정을 지었다.

"글쎄…… 내 신념들도 시대와 상황이 변하면서 많이 변했어.

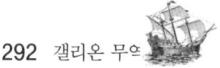
292 갤리온 무역

그렇지만 민주주의와 인본주의에 대한 신념만큼은 한 번도 변한 적이 없는 것 같아."

그러고는 탁자 위에 놓인 비단 보자기를 펼쳤다. 오래된 책이었다.

"길버트. 자네 혹시 미라 씨라고 기억하는가? 한때 내가 사모했던 조선이라는 나라의 여인이지."

"물론 잘 기억하고 있습니다, 선장님!"

길버트가 기억하고 있다는 말에 리처드의 얼굴에 흐뭇한 미소가 번졌다,

"그 여인에게서 선물 받은 책이네. 조선의 의학서인데 스페인어로 번역해 주었었지."

"네, 그것도 잘 기억하고 있습니다. 30여 년 전에 선장님께서 사본을 만들라 하셔서 선장님의 제자들 선단에는 모두 한 권씩 소장하고 있습니다. 이 책 덕분에 장기간의 항해 중에도 많은 선원들이 치료받고 목숨을 건질 수 있었습니다."

"그래, 반가운 일이네! 이제 미라 씨가 직접 써준 이 원본을 자네에게 선물하고 싶으니 받아 주시게. 나는 그 내용을 거의 암기하고 있고 앞으로 살 수 있는 날도 얼마 남지 않았으니 이제 더이상 필요하지 않다네."

길버트는 두 손으로 정중하게 책을 받아들면서 깊숙이 고개를 숙여 평생의 스승이자 상관이었던 리처드에게 깊은 존경과 감사를 표시했다. 아흔 살의 노인이 되어서까지 건강과 희망과 자신감을 잃은 적이 한 번도 없는 사나이였다.

가정부가 과일과 커피를 내오자 두 사람은 길버트의 항해와

무역에 대한 소소한 얘기들로 화제를 돌렸다. 향긋한 커피 향이 거실 안에 퍼져 나갔다.

길버트가 떠나고 난 후, 리처드는 집사를 시켜 아무 때나 바쁘지 않을 때 찾아와 주길 바란다는 전갈을 크롬웰에게 보냈다. 다음날 크롬웰의 부하장교가 직접 리처드를 찾아와 크롬웰이 지금은 몹시 바빠서 찾아뵙지 못하지만 조만간 시간을 낼 것이라고 전했다. 그러나 그해 봄과 여름, 그리고 가을이 다 가도록 크롬웰은 리처드에게 시간을 내지 않았다.

그 동안 리처드는 집사를 여러 차례 런던시내로 내 보내어 크롬웰에 대한 여러 경로의 소문들을 수집했다. 그리고 대부분 길버트가 알려주었고 우려했던 바와 거의 일치했다.

정치와 관련하여 크롬웰 측에서 영국 국민들에게 퍼뜨리고 있는 핵심적인 논점은 이러했다. 대다수의 국민들이 어떤 정책이 진정으로 그들에게 좋은지 나쁜지 판단할 수 있는 소양과 지적 수준이 되는지 의문이다. 그 수준이 낮다면 누군가 제대로 교육 받고 책임감 있는 사람들이 권력을 잡는 것이 더 바람직하다. 만일 그러한 가정이 옳다면 소수의 엘리트 그룹이 권력을 이어나가는, 즉 민주정치보다는 전제정치가 우월하다.

리처드는 오래된 의심을 되살렸다. 국민들의 소양과 지적수준을 누가 판단하고 평가할 것인가? 그 기준은 무엇인가? 소수의 엘리트 그룹 내에서만 권력을 승계한다면 그들이 진정으로 국민들을 위해서 정책을 편다는 보장이라도 있는 것인가? 엘리트 그룹이 국민들보다 자신들이 우선적으로 특혜를 받는 정책을 편다면 이미 권력을 쥐고 있는 그들을 누가 어떻게 처벌할 것인가?

리처드는 크롬웰이 두 사람간의 약속과 신념을 저버리고 독재 정치가가 되는 길을 택한 것인지 걱정했다. 그것도 군사독재정치를? 그토록 혐오하던 왕족들의 독재정치를 그는 정말로 답습하려 하는 것일까? 신념이 바뀐 것일까? 만일 바뀌었다면 언제 어떤 이유로 바뀌었을까? 직접 그의 생각을 듣고 싶은데 지금은 바빠서 만날 수 없다니…….

한때 리처드는 크롬웰에게 이런 말을 한 적이 있었다.

"혁명가들이 말일세, 처음에는 대개 선한 의도로 시작하지만, 혁명이 성공하고 나면 자신들이 선$^\text{善}$이라고 생각하는 것을 실행하기 위해 서서히 최악의 인간 본성인 포악성을 드러내 이용하게 된다네. 그 포악성이 독재일세. 자네는 반드시 그것을 경계해 주기 바라네."

1652년 런던의 늦가을 날씨는 아흔 살 노인에게는 견디기 힘들 정도로 추웠다. 어느 날 리처드가 집사를 불렀다. 밖에는 안개비가 내리고 있었고, 바람마저 불어 더욱 쌀쌀했다.

"이 편지를 크롬웰 호국경을 직접 만나 전하고 오시게. 그가 바쁘다고 하면 몇날 며칠을 그의 사무실 앞에서 기다려도 좋으니 반드시 자네가 직접 전해야 하네."

두툼한 외투차림으로 바꿔 입은 집사가 편지를 받아 품속에 넣고 정중하게 말했다.

"잘 알겠습니다, 리처드 선장님! 반드시 크롬웰 호국경님을 직접 만나 선장님의 서신을 전달하고 오겠습니다."

이 집사도 리처드가 런던에 정착할 때부터 줄곧 함께 지내고

있으니 벌써 30년의 인연이 되었다. 그 역시 리처드에게는 참으로 충직하고 성실한 친구가 되었다. 안개비가 내리고 있어서 침울하게 느껴지는 거리로 나서는 그의 뒷모습을 바라보며 리처드는 스스로 인복(人福)이 많은 사람이라고 생각했다.

그러나 집사는 끝내 집에 돌아올 수 없었다. 크롬웰의 부하 장교들은 집사가 직접 전달해야 한다고 우기자 건물 속 어디론가 강제로 끌고 가서 리처드의 편지를 갈취했다. 그 편지에는 단 두 줄만이 쓰여 있을 뿐이었다.

공동체는 공동체의 구성원 모두가 평등하게 주인임을 알아야 하네. 독재자는 인류의 적임을 국민들에게 알리세.

그들 중 가장 지위가 높은 듯한 장교가 편지를 뚫어지게 바라보았다. 그는 30여 년 전에 청년 크롬웰에게서 이 문장을 귀가 따갑도록 들었던 케임브리지 대학생이었다.

바로 한 달 전에 크롬웰과 핵심 참모들은 열띤 토론을 벌였었다. 참모들은 그에게 종신호국경이 되어 줄 것을 강력히 건의했는데 그는 망설이고 있었다. 참모장이 최후의 발언을 했다.

"다윗 왕이나 시저와 같은 사람들은 천부적인 지도자라 할 수 있습니다. 그들에게는 다른 사람들에게와 똑같은 규율을 부과할 수 없습니다. 왜냐하면 그들의 역사적 임무는 타인에게 규율을 부여하는 것이지 규율을 준수하는 것이 아니기 때문입니다. 호국경님은 그들과 같은 천부적인 지도자이십니다. 만일 저희들의 건의를 받아들여주지 않으신다면 저희들은 각하의 곁을 떠나겠

습니다."

결국 크롬웰은 끝내 지워버리지 못한 무한권력에 대한 욕구와 부하들의 간청에 굴복했다. 지금은 의회를 해산하고 크롬웰이 종신호국경에 오르는 적당한 시일을 저울질하고 있는 중이었다. 그러나 크롬웰에게 민주주의에 대한 신념이 완전히 사라진 것이 아니었다. 크롬웰의 부하 장교는 생각했다.

'신념은 상황이 변함에 따라 변할 수 있는 것이다. 지금은 우리들이 목숨을 걸고 쟁취한 기득권과 우리들의 장래가 신념보다 더 중요하다.'

그들은 짧은 회의를 거친 끝에 리처드의 편지가 크롬웰의 결심을 번복하게 만들 가능성이 있고, 앞으로의 행동방향을 결정하는 데 커다란 걸림돌이 될 것이라는데 의견이 일치했다. 그래서 집사를 살해하고 리처드의 편지는 불태워 없애기로 하는 데에도 의견이 일치했다.

집사가 심부름을 떠난 지 일주일째 집에 돌아오지 않아 걱정을 하던 리처드가 외출 채비를 했다. 오후가 되자 열흘 동안의 안개비가 그치고 햇볕이 들었다. 가정부들이 아직도 바람이 차갑다며 말렸다. 그러나 노인의 고집을 꺾을 수는 없었다.

가정부가 집 근처에서 대기 중인 마차를 불렀고, 마차에 오른 리처드는 케임브리지대학 도서관까지 가자고 요구했다. 마차가 낙엽이 뒹구는 런던 거리를 따각따각 말발굽 소리와 함께 천천히 달렸다. 마부도 늙디 늙은 손님의 외출을 염려하고 있음에 틀림없었다. 늦은 오후의 햇살은 가을을 더욱 농익게 하고 있었다.

얼마 후 마차에서 홀로 내린 리처드는 천천히 걸어가며 도서관 앞 벤치를 찾았다. 오가는 학생들이 몇몇 눈에 띌 뿐 한가한 교정에는 낙엽이 가득했고 앙상한 나뭇가지들이 이미 겨울의 문턱에 들어섰음을 암시하고 있었다. 이끼와 낙엽 냄새는 쓸쓸한 계절의 분위기를 자아냈다. 희뿌연 안개가 다시 몰려와 그를 잔뜩 둘러쌌다. 그의 얼굴과 손을 스치는 공기가 얼음처럼 차가웠다.

청년 크롬웰의 신념을 처음 들었던 그 벤치는 여태껏 그 자리에 그대로 있었다. 벤치 위에 쌓여있는 낙엽을 치우지도 않고 벤치 위에 (아니 낙엽 위에) 그대로 앉았다. 꽤 오래 전의 일이었건만 바로 엊그제 일처럼 그때가 떠올랐다. 지난 세월의 기억들이 차례차례 눈앞을 스쳐 지나갔다. 축축하게 젖어 있던 낙엽들이 옷을 적시면서 리처드는 엉덩이가 차갑다고 느꼈다.

늦가을 바람이
교정의 나무사이를 헤집고 다닙니다.
콧노래를 부르며.
나뭇가지에 매달린 몇 장의 잎사귀들은
바람이 다가오기를 기다렸다가
온몸을 던집니다.

바람과 콧노래에 실린 낙엽들은
하늘하늘 춤추며 유영을 합니다.
재잘거리며 싸돌아다닙니다.
출렁이며 항해합니다.

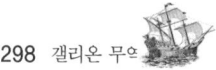

298 갤리온 무

이리 저리로.

 항해사들은 바람을 좋아한다. 리처드는 살며시 눈을 감았다. 썩어가는 낙엽 냄새가 서서히 사라져 갔다. 그때 문득 짭짜름한 바다의 향기가 코끝을 스치는가 싶더니 아스라이 파도 소리가 들렸다. 한 마리의 조그맣게 시작된 갈매기의 울음소리가 곧 사방에서 울려 퍼졌다. 이윽고 펄럭이는 소리만이 들리고 돛을 활짝 편 그의 갤리온 선이 바람을 모아 태평양을 질주하고 있었다. 바다가 경쾌한 노래를 불렀고 노인의 주름 가득한 얼굴에 가벼운 미소가 번져 나갔다. 매우 온화하게.

 얼마쯤이나 시간이 흘렀을까…… 차가운 기운이 서서히 그의 몸 이곳저곳으로 전이되었다. 리처드는 몸이 마비되어 가는 것을 느꼈다. 그러나 고통은 전혀 느낄 수 없었다. 그래도 정신만은 끝내 마비되지 않고 점점 또렷해지고 있었다. 갑자기 수평선 위에 미라 씨의 총명한 눈빛과 먼저 떠난 아내의 후덕한 미소가 한꺼번에 떠올랐다.

 서쪽 하늘이 유황빛 바다에 빠져들면서 리처드의 영혼도 육체의 옷을 벗고 서서히 아름다운 전설 속으로 용해되어 갔다.

이윽고
한 줄기 바람이 콧노래를 부르며 달려오더니
둥실둥실 떠 있는 꿈같은 전설을 싣고서
너울거리며 사라져 갔다.

관련 연표

1550년 : 스페인, 멕시코 아카풀코 항에 정착촌 건설

1555년 : 유럽 아우크스부르크 화의 성립. 조선 을묘왜변 발생
소설속 주인공 헬리 출생

1556-1605년 : 인도, 무굴왕조 3대 황제 악바르 대제 영토 확장

1561년 : 시인 공고라 탄생(1627년 사망)

1562년 : 의적 임꺽정 체포, 사형. 소설 속 주인공 애드문 출생. 프랑스, 신교와 구교 갈등으로 인한 위그노 전쟁 시작

1564년 : 영국, 셰익스피어 탄생(1616년 사망)

1565년 : 필리핀 총독 레가스피, 괌 정복

1566년 : 네덜란드 항거 운동 시작. 스페인의 가톨릭에 대항

1567년 : 스페인의 네덜란드 총독, 에그몬트 백작과 8천 명의 개신교도들 처형. 네덜란드는 독립전쟁 준비

1568년 : 네덜란드, 스페인으로부터 독립전쟁 시작

1569년 : 이이와 정철《동호문답》을 지어 선조에게 바침. 혁명사상가 허균 탄생(1618년 반역죄로 사형)

1571년 : 레판토 해전. 기독교국가 연합함대가 오스만 제국의 투르크(터키) 함대 격침. 소설 속 주인공 유다양 출생. 필리핀 레가스피 총독, 마닐라에 인트라무로스 요새 건설

1573년 : 영국의 해적왕 드레이크, 스페인 소유의 파나마 보물창고 습격

1574년 : 소설 속 주인공 미라 출생

1577년 : 초기 갤리온 선 골든하인드 호 건조. 드레이크 선장이 세계일주 항해에 사용. 길이 31 m, 폭 6m. 조선의 이이 교육서적인《격몽요결》저술

1580년 : 영국 드레이크 선장 세계일주 후 귀환

1580년 : 포르투갈 왕 주앙이 죽은 후 왕위 계승한 조카 세바스티앙이 북아프리카에 위치한 모로코 내분에 개입하였으나 참패, 세바스티앙 전사

1581년 : 영국 드레이크 선장, 폴리머스 시장으로 정치 활동

1584년 : 율곡 이이 사망. 허준은 39세로 선조의 어의가 됨

1584년 : 마테오리치《천주실의》출간

1585년 : 필리핀 인트라무로스 요새 건설(레가스피 총독)

1585년 : 드레이크 영국 여왕의 요청으로 다시 해적이 됨

1588년 : 영국, 스페인 무적함대 격침. 프랑스, 몽테뉴《수상록》출간

1589년 : 기축옥사 발생. 정여립 자결. 그 후 2년 동안 1천 명 이상의 동인 희생. 프랑스 위그노(신교도)의 지도자인 앙리 4세 취임. 부르봉 왕조 시작

1592년 : 임진왜란 발발(7년간 지속)

1596년 : 해적왕 드레이크 사망

1597년 : 9월 16일, 이순신 장군 명량대첩

1598년 : 11월 19일 이순신 장군 노량해전 중 전사. 스페인 펠리페 2세 사망, 펠리페 3세 즉위. 프랑스, 낭트칙령 발표. 신교와 구교 갈등으로 빚어진 위그논 전쟁 종식

1599년 : 셰익스피어《줄리어스 시저》첫 공연

1600년 : 영국, 동인도회사 설립. 이태리 천문학자 조르다노 브루노, 종교재판을 받고 화형. 스페인과 네덜란드-영국 연합군 전쟁. 스페인 패퇴

1602년 : 네덜란드, 동인도회사설립

1603년 : 필리핀 24,000명의 중국인 학살. 영국 엘리자베스 여왕 사망. 제임스 1세 즉위. 독일 천문학자 요한 바이어 항성지도책《우라노메트리아》출간

1604년 : 프랑스, 동인도회사설립

1605년 : 스페인, 세르반테스《돈키호테》출간.

1607년 : 포카혼타스 공주, 영국인의 목숨을 구함. 영국, 미국의 버지니아 주에 최초의 식민지 제임스타운 건설

1608년 : 네덜란드 안경제작자 한스 스퍼세이, 망원경 발명. 조선, 선조 사망, 광해군 즉위. 일본 에도막부 시대 개막(도쿠가와 이에야스 쇼군)

1609년 : 스페인-네덜란드 12년 간의 휴전조약 체결. 명나라, 시인 오위엄 탄생(1671년 사망)

1613년 : 허준《동의보감》편찬

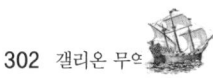

1615-1616년 : 중국 극심한 가뭄

1615년 : 소설《갤리온 무역》동업 시작. 마젤란 필리핀 발견, 정복 후 100년 된 시점. 갈릴레이 갈릴레오 종교재판

1616년 : 후금(청)건국. 필리핀 레가스피 해역 마욘화산 폭발. 셰익스피어 사망. 런던 버지니아 회사, 포카 혼타스 공주 초청

1617년 : 프랑스, 루이 13세, 모친 유폐. 포카 혼타스 공주 영국에서 사망

1618년 : 홍길동전 저자 허균 역모죄로 처형. 독일을 무대로 유럽의 신교와 구교 30년간 종교전쟁 시작

1620년 : 최초의 청교도 이민자 1백 명 아메리카 도착

1623년 : 능양군이 광해군을 쫓아내고 왕(인조)이 됨

1627년 : 정묘호란(청나라의 조선공격)

1628년 : 크롬웰 하원의원 당선. 영국 왕 의회에 굴복해 권리청원에 서명.

1632년 : 인도, 타지마할 공사 시작. 22년 후 완공

1636년 : 병자호란(조선, 청나라에 항복)

1642년 : 영국, 의회파와 왕당파간의 내전 발생. 크롬웰 기병대(철기군) 창설

1644년 : 중국 이자성의 반란

1645년 : 청에서 풀려 돌아온 인조의 장남 소현세자 의문의 사망(독살설). 이후 인조는 며느리와 손자(소현세자의 처와 아들)를 죽임.

1648년 : 베스트팔렌 조약. 독일을 무대로 한 유럽의 신구교 간 전쟁 종식

1649년 : 크롬웰 내란에서 승리 후 영국 왕 찰스 1세 처형. 공화국 창설

1653년 : 크롬웰 잉글랜드, 스코틀랜드, 아일랜드를 통치하는 종신호국경

1658년 : 크롬웰 사망

1688년 : 영국 명예혁명

1689년 : 영국 권리장전 선포

문종구

1963년 서울 출생. 이후 전라남도 금오도와 여수에서 성장하고 한국해양대학교를 졸업했다. 대학 졸업 후 줄곧 필리핀에 정착하여 사업체를 운영하고 있으며, 현지인 아내와 사이에 3남 1녀를 두고 있다. 우리 말과 글을 잊지 않으려고 늘 무엇인가 읽고 쓰기를 즐긴다. 펴낸 책으로 《필리핀 바로 알기》와 《삶의 숲 속에서》가 있다.

갤리온 무역

초판 1쇄 발행 2015년 12월 25일

지은이 문종구

펴낸이 김현주

편집장 한예솔
교정 김형수
디자인 노병권
마케팅 한희덕

펴낸곳 섬앤섬

출판신고 2008년 12월 1일 제396-2008-000090호
주소 경기도 고양시 일산동구 백석로 119, 210-1003호
주문전화 070-7763-7200 **팩스** 031-907-9420
출력 나모 에디트(주) **인쇄** 우진테크(주)

ISBN 978-89-97454-18-1 03810

이 책의 한국어판 출판권은 저자와 독점 계약한 '섬앤섬' 출판사가 소유합니다. 저작권법에 따라 보호를 받는 저작물이므로 무단 전재와 복제를 금합니다.

이 도서의 국립중앙도서관 출판예정도서목록(CIP)은 서지정보유통지원시스템 홈페이지(http://seoji.nl.go.kr)와 국가자료공동목록시스템(http://www.nl.go.kr/kolisnet)에서 이용하실 수 있습니다.(CIP제어번호: CIP2015030021)

책값은 뒤표지에 있습니다. 잘못된 책은 구입하신 곳에서 바꾸어드립니다.

Rusia

JN370092

Japón

34° 03' N Latit
172° 30' E Longi
20-07-1565 - 1

Okino Tori
21-06-1565 - 06

29° 12' N Latit
156° 48' E Longi
05-07-1565 - 1

Filipinas

Tubabao
03-02-1565

Guam
22-01-1565 - 11

Islas Ma
12-01-156

Australia